[清] 李辅燿 著
尧育飞 整理

李辅燿长沙日记

岳麓書社·长沙

湖湘文库
续编

湖南省教育厅资助科研项目“《李辅燿长沙日记》整理与研究”成果
(项目编号 :24B0036)

前　言

1913年5月29日，阔别故乡近20年的李辅燿回到长沙芋园，眼前所见，人物皆非。5月30日日记提及“正屋诸妹、诸侄女来，多不忆识”。5月31日日记记载“至老七处拜祖堂，诸侄辈多未见者”。贺知章诗云：“儿童相见不相识，笑问客从何处来。”其中酸苦，李辅燿一一品尝，予以记录。这位晚清湘阴李氏文化世家走出的官员，在生命最后的三年多时间里，叶落归根。作为长沙城重要的士绅，李辅燿在日记中将耳闻目睹者均翔实记载，于了解长沙在民国初年一系列政治、社会、风俗、人物的变迁不无裨益。

李辅燿（1848—1916），字补孝，号幼梅，又号怀庐主人，湖南长沙人。祖父李星沅（1797—1851），官至两江总督；父亲李桓（1827—1891），曾任江西巡抚，编有《国朝耆献类征初编》七百二十卷、《宝韦斋类稿》一百卷，为西泠印社早期重要赞助者。李辅燿同治九年（1870）与友人瞿鸿禨（1850—1918）、张百熙（1847—1907）同科中举，但之后多次会试不第。此后李辅燿历任内阁中书、浙江道员、宁绍台道台、省防军支应局会办、杭嘉湖道台、温州盐局督办等职。1911年卸任，侨居上海。1913年5月，李辅燿因老病率全家返回长沙芋园故居。1916年8月2日（旧历七月初四日）病故。李辅燿著述颇丰，所撰有《玩止水斋遗稿》《皇清诰授通奉大夫署理江西巡抚江西布政使本生显考黼堂府君事略》，所辑有《读礼丛钞》十六种、《海宁念讯大口门二限三限石塘图说》等，另有皇皇日记存世。今存李辅燿日记共计63册，分《燕行纪事》《怀怀庐日记》及《饰待草堂日记》等，2014年由浙江大学出版社影印出版，统名《李辅燿日记》。其中与长沙关系密切者，有《燕行纪事》中约两个月的日记，最集中者在《饰待草堂日记》，所记为李辅燿1913年返回长沙直至1916年去世事，共八册。今将这两部分日记统一整理，名为《李辅燿长沙日记》，以飨读者。

湘阴李氏自李星沅科第显名之后，此后一百多年在湖南乃至整个晚清中国文化版图中都占据较为重要的位置。李氏家族与何绍基（1799—1873）家族、谭延闿（1880—1930）家族等均有联姻，与郭嵩焘（1818—1891）、王闿运（1833—1916）、曾国藩（1811—1872）等家族往来密切。李辅燿本人与瞿鸿禨（1850—1918）、张百熙（1847—1907）为同年好友，结下一生友谊。而他与叶德辉（1864—1927）、王先谦（1842—1917）等著名士绅也过从甚密。光绪、同治年间，长沙芋园一度成为湖南文人雅集的中心。凡此，皆是使李辅燿远离故乡多年后回到长沙，其家仍能迅速恢复文化影响力的重要缘由。此外，李辅燿乐善好施，与雅礼医院、湖南基督教青年会等机构多有往来。而其最心爱的长孙李青崖（日记中称丙孙）更与长沙新派人物关系密切。凡此，都在《饰待草堂日记》中有较多体现。

1913年的李辅燿已风烛残年，身患多种疾病，多方延医治疗，他将这些求医问药及自身疾病状况笔之于书，几于每日必记，故其日记又具有很高的医疗史研究价值。此外，李辅燿精于饮食，日记中颇多与湘菜及民国年间饮食文化有关的资料，从中可管窥湘菜在清末民初这一高速发展时期的真实历史场景。而日记详细记载近代长沙名胜——李氏芋园的衰败，更为后人了解湘阴李氏文化世家最终的衰落提供了必备的文献资料。《李辅燿长沙日记》于清末民初政治、经济、文化及社会生活方方面面均有相当的价值，兹仅就政治、人物交游、医学史、饮食史及家族史等方面，略述一二。

民国初年的长沙

一、民国初年长沙政坛

李辅燿晚年由上海迁回故乡长沙，有避开战乱的考量。然而民国初年，长沙社会并不太平。回乡不久，“二次革命”兴起，李辅燿也受到冲击，日记中于此颇有记载：

(1913年7月16日)江西已宣告独立，九江并已开仗，北军败衄。李烈钧电各省以期联合北伐，恐未能如愿耳。敬吾来谈，以此颇生恐慌，思预为避地之计，亦未免太早也。

(7月17日)刘次田来谈，闻诸个中人亦以江西之乱为不足平，且军界确不欲再有战事。刘照璜、贺祥林皆从鄂中退伍归。据云黎元洪于湘人不甚相信，故愿退者听其解甲归农。渠二人皆愿归，亦见其知幾也。闻北军已派第八师南来，约计今日可到，添此一万劲旅，当可得力，且必陆续增兵，为一鼓而下之策。据刘照璜言，日前湖口开战，赣军占笠山之后，颇得地利，故袁军败绩耳。

(8月7日)大儿来书，并寄到书纸多件，言谭宅有人自沪回，组眷赁船而居。北军领制造局，南人攻之不下，流弹伤人及于美界。南北相距甚远，乃亦不能免焉。南京已取消独立，黄兴逃赴香港，伍廷芳入京说总统罢兵，所闻若确，亦佳耗。宁鄂属于中央，他省无能为役，特恐乱党未知石卵之势耳。

(8月10日) 见汪颂年、王新田书，言省中某某气数已衰，外示镇静，内实仓皇，苏、宁、皖、粤皆已取消独立，则湘势益孤。南京之取消独立出于军官之口，逼送黄兴登日本兵舰，令其东行，可谓快事。此番之乱，固群奉黄兴为渠帅，今若此，则气焉得而不馁。吾意其且三而竭矣。又况沪已停战，外人出而干涉，驱逐“八伟人”，不准寓居租界，岑春（烜）［煊］亦在此数，殊不值也。并闻驻岳军已与北师通款曲，桂兵已到永州界，贵兵已到芷江界，荆襄镇抚使兵已到澧州界，其外容似将攻湘者，意必有秘密命令。倘军官有如南京之识大局者起而与谭、周、龙、刘诸人为难，一如逐黄之故事，则湘中之福也。军队意本不愿，有此榜样，当必有仿行者。

日记所载“二次革命”相关事件，透露湖南士绅在“二次革命”中的基本态度，可粗略归纳如下：第一，他们都愿意维持地方和平，而不愿意再兴战事；第二，对当时黄兴、岑春煊等“八伟人”，李辅燿颇不以为然，并且视他们为“乱党”，将局势看作南方军队的以卵击石。“二次革命”时期的南北局势，大致如此，后来发展也如李辅燿所述，袁世凯麾下的北洋军队很快获胜，而黄兴等人也被迫再次流亡海外。其中值得注意的是李辅燿所称“谭宅有人自沪回，组眷赁船而居”。此处“谭宅”所指的就是李辅燿亲家谭延闿家。李辅燿的四女儿嫁给谭延闿之子谭寿曾，两家来往密切。鉴于当时复杂的局势，谭家人多次前往李家避难。如1913年7月7日日记云：“下午六钟时，忽闻火起，而枪弹之声隆隆不绝，大可诧异。探知为军装局失慎。入夕后，谭宅女眷皆来，局在风神庙，去所居甚近，不得不避出。上下四十余人，仓皇而来，留宿一夜，拥挤不可言状。三更后始息，幸市面毫无惊扰，起事之由尚不得详，大约不出‘二次革命’之说。恐廿六日西园秘密会，即是此类事。闻大龙已避出赴沪矣。”大龙即指谭延闿。李家远离湖南政争中心，故能安然无事。

民国初年，长沙市面十分不太平，又可从时有爆炸事件看出。如1913年7月18日日记云：“昨夕炸弹伤者为内务司科员某人，李光第。适从曲园酒罢出门，即遭斯厄。此必为私仇报复，与去岁浙江警长虞廷被枪情形相同。波及而死者，舆夫二人，洋货店老妇一人，其少妇则伤乳部也。城市阛阓之地危险若此，不几于路断行人耶？”城市中央的爆炸事件，无疑增添了社会不安定情绪，而政府于此也采取威严政策。1914年8月13日日记载：“今晨枪毙乱党十三人，为开佛寺所捕获者，其宣布罪状则该恶将于阳历八月初一起事，用炸弹、洋油将满城焚烧杀戮净尽以为快，其险恶乃此极也，抑知天不能容耶？”1916年2月22日日记云：“发南友书，近日邮局检查信件甚严，闻有梁鼎甫信中论及近日查获乱党事，有‘在此一举’之语，当道跟究，经王莘田为之力保，认罚二万金，亦何不自量也。梁氏近年矿利得数百万，亦一时之盛矣。可不慎哉！佛翼饮于徐长兴，遇警兵在别座捕获一人而去，酒亦为之惊醒。军署前有少年乱党数人抛炸弹被获，即就地尽歼之。连日南北交通隔绝，北自小吴门，横至小东街，南则府正街一带，皆有开放一定时刻，余时概不准行。闻昨夕有数处放火，皆为雨泼息，止北门外稍出火头，谓非天祐吾民乎！”街面时不时传来炸弹声，在酒楼饮酒时，警察突然闯来抓人。政府方面对此也大加弹压，视各类破坏社会稳定分子为乱党，采取言论管制等高压手段予以打击。于是，街上又常有枪毙犯人的事件出现。

晚年李辅燿回到长沙，原指望颐养天年，不料长沙局势也时常动荡，故而他对日常长沙乃至湖南局势的些微变化，都十分敏感。在日记中，他将报刊记载、社会传闻都笔之于书，谭延闿、谭人凤、汤芗铭等人上台、下台，他都一一记录。因此，其日记于研究民国初年湖南政局不无小补。

二、叶德辉与龙璋的逸闻

不止于变幻莫测的政局，《饰待草堂日记》还描绘了形形色色的政界及文化界人物。在李辅燿的朋友圈中，有活跃的政治人物龙璋（1854—1918），有在政坛、文坛游走的叶德辉（1864—1927），也有西泠印社重要人物王福庵（1880—1960）等。其中内容，多此前文献所未揭示，在此摘录叶德辉与龙璋诸人情况，以补一二。

（1913 年 11 月 12 日）访叶焕宾，久谈，以《鸿冥堂记帖》属其考订。

（11 月 14 日）焕宾来，久谈。

（1914 年 1 月 12 日）检《飞霞洞摩崖十八种》并《滑州明福寺浮图记》《曹娥庙碑》赠焕宾。

（1 月 13 日）焕宾赠所刻《严冬友诗》《藏书十约》《游艺卮言》。

（4 月 15 日）佛翼来，言焕宾由京返湘过鄂，适壬老在鄂有会，焕宾与焉，忽发狂言，遂为当事拘留，电湘得覆，令其专轮押解，于前夕抵省，即押赴都督府，嗣闻拘禁军事裁判所，未知吉凶若何。既以笔墨贾祸，几蹈不测，复以口舌招尤，又陷危地，何不自量乃尔！以彼家道之厚、才华之盛、箸述之多，辟世山中，志为传人，真可睥睨一切。乃计不出此，而肆口嫚骂，非自作孽乎？深为惜之。

（4月16日）稺泉言焕宾被拘当无危险，不过汤督将扫其面孔耳。

（4月19日）晤敬吾，闻壬老在京为焕宾缓颊，总统有电致汤，已允释出。而焕宾以不得直，抗不出，未知如何收束。

（4月20日）闻焕份经汪颂年、胡少卿及某某四君保释，渠亦自具悔结，亦背晦极矣。

（5月2日）访焕宾，知释出后三日即赴沪矣。

（10月7日）访焕宾谈，携《圣传颂》往观，从《粤东金石略》中检查，已载入，亦无考据。主人出示樊榭手抄《稼轩词》《唐人写经册》，高成侯砖砚，皆精品也。

（12月14日）入城过焕宾，久谈，遂索馒首食之。

李辅燿早年即与叶德辉相知相交，然而或许由于年岁较长的缘故，晚年的李辅燿虽关心政治局势，但并无参与的热情，往往保持观望及沉默姿态。这与叶德辉的放胆言说情形迥异。自戊戌变法以后，叶德辉在国内即以保守、敢言著称，故而往往惹出大祸。叶德辉多次出走长沙，与他因言贾祸不无关系。《饰待草堂日记》即记载其中一桩。叶德辉在武汉出席王闿运的宴会，口出狂言，遂被拘留。而王闿运在北京为叶德辉关说，叶德辉却仍故态不改，执意认为自己被冤枉而不肯出狱，其名士做派可见一斑。不过最终叶德辉出具“悔结”，在汪颂年等人的担保下，获释出狱，旋即远走上海。对叶德辉，李辅燿与之谈论的多在金石、书画考订上，交流内容也多限于砖砚、《唐人写经册》等金石及珍贵古籍上。其他方面，李辅燿则以为叶德辉不必卷入口舌与政治事件中，并有感而发：“以彼家道之厚、才华之盛、箸述之多，辟世山中，志为传人，真可睥睨一切。乃计不出此，而肆口嫚骂，非自作孽乎？深为惜之。”李辅耀认为以叶德辉厚实的家道、睥睨一世的才华，专心著述，当可传世，卷入是非争端中，不免自作孽。观叶德辉后来的遭遇，不能不说李辅耀有先见之明。然而他对叶德辉的评价，仅止步于个人日记中，两人当面交往，他应当没有直接劝说，否则叶德辉此后可能会有所收敛吧。这也是深可惋惜的。

龙璋（1854—1918），字研仙，出身湖南攸县著名的龙氏家族，早年师事郭嵩焘，后对立宪、革命等事业均有赞助，为民国初年湖南难得的开明人士。民国初年，步入晚年的龙璋于革命事业仍不能忘怀，故屡涉险境。《饰待草堂日记》记载云：

> （1913 年 8 月 18 日）接大儿信，并补送之《时报》，所载北军之胜状、国民党之失败，宜乎湘省禁人不看也。谭人凤、周震鳞、唐蟒诸人均于十三日走逃，惟龙研仙尚在省，恐亦不能安其居。黄兴逃去日本，岑春煊逃香港，伟人之名扫地尽矣。
>
> （8 月 24 日）访王新田，得知近事，较大儿所闻为详。龙研仙以顽钝无耻自居，则无可挽救矣。
>
> （10 月 31 日）闻龙研仙正法于都督府，为之恻恻。六十老人何不知幾如此，其死也固在意中。若早脱离湖南，飘然远引，为日既久，亦冀幸免也。不料襄尧先生[①]理学大儒之孙，乃至陷于刑辟，人顾可数典忘祖哉！
>
> （11 月 1 日）昨夕以研仙事悄然失眠，晨起探访，知系

① 龙友夔（1794—1869），字襄尧。龙璋祖父，曾执掌城南书院，素负盛名。

讹传，因汤督出示“严缉乱党，获即正法”所致，众口哄传，明指为乱党矣。深为惜之。

(1916年6月19日) 龙研仙归来未久，犹有雄心，屡次登载广告，延揽宾客。然以所闻，似无多人往还，其心亦良苦矣。

(7月7日) 公推刘艮生为都督，已于申刻接印。闻七十八岁，精神甚健，名誉素优，庶可服众。龙研仙为民政长，推之谭组安，且电促之归，乃今日亦接事，想组安亦决不为此矣。

龙璋出身仕宦之家，然而与湖南保守士绅普遍的政治态度不同，他一贯同情、赞助、支持革命党人。民国时期，更加入国民党，积极从事“倒袁”事业。1913年10月31日，李辅燿误听谣言，以为龙璋被汤芗铭（1885—1975）下令在都督府正法，不禁感叹“其死也固在意中。若早脱离湖南，飘然远引，为日既久，亦冀幸免也”。尽管不无责备之辞，但对这位朋友，李辅燿实在哀其不幸，故而“昨夕以研仙事悄然失眠，晨起探访，知系讹传”。李辅燿虽埋怨龙璋老来不安分，但听闻他被处死，竟一夜未眠，早晨即去打探消息，获悉乃是讹传之后，心方稍定。1916年，龙璋回到长沙，仍竭力登报寻找志同道合的朋友，“烈士暮年，壮心不已”。尽管没有多少人回应，但李辅燿却对他抱以同情之理解，以为“其心亦良苦”。数年之间，李辅燿对政治的态度似稍有转变。

三、节俭会

尽管时局动荡，但民国初期，长沙社会经济仍有较大发展，城市人口迅速增长，风俗也日渐变化，饮食上的奢侈之风也日益弥漫。现代性酒楼的出现，也反映了长沙饮食业的兴盛。凡此，《饰待草堂日记》都保存了可贵的资料。

（1913年6月19日）闻省中有节俭会，仍不能实行。函致成之索章程未得。此会如能极力维持，大有裨益，恐众志不齐耳。

（6月22日）成之处送节俭会会券、简章来，规定甚善，闻奉行不力，多属空谈。圣人曰“先行其言，而后从之”，又曰“为政不在多言，顾力行何如耳”。今人首重演说，视为具文，宜乎言行不相顾矣。

（6月28日）成之送节俭会门牌、会券来，持此谢客，亦息事宁人之道。惟长沙十万户，入会者至余才一万四十六号，安望有挽回靡俗之日耶？可为慨叹。

（7月3日）今年生日居然到家，亦非始愿所及。得过且过，付之不论不议可也。内外客来，以蛏虷席为礼，城中大家以此品饷客，殆六十年来所未有。余于咸丰初年犹及与斯盛会，后此未之有闻。今实行之，亦断无效之者，亦求无负于入节俭会之名而已，他何知焉。

（1914年9月21日）晤刘时可，声叙节俭会原由，责成正副会长实力进行。虽知无补，似不可不言，亦希冀有一旦贯通之妙。

节俭会的兴起，与民国初年长沙经济逐步恢复并走向繁荣有关。依照中国传统士人的看法，当社会普遍走向奢靡时，往往意味着道德败坏、人心不古，随之而来的则是大动乱。故有识之士往往有抑制社会靡俗的倾向，以为经由此，可挽救世道人心。故而对湖南著名的富豪及藏书家唐成之（1868—1941）等人提倡的节俭会，李辅燿大加赞赏，倾情参与，以为可以借此谢客，免去诸多不必要的应酬活动。然而，节俭会重在演说与呼吁，实际运行效果不佳。长沙十万户人家，入会者才一万余户。李辅燿因而感慨“安望有挽回靡俗之日耶”。但在自己生日宴会上，李辅燿以老派儒者的姿态，厉行节俭，以“蛏虾席”饷客，而非咸丰以来一般人长沙富贵人家饷客的“海参席”。由此可见，保守的李辅燿一旦起而行事，往往当仁不让，毅行到底。

近代长沙中西医交锋的个体记录

《李辅燿长沙日记》清晰记载自身及周围人的健康与疾病状况。他的卫生方法、治病历程，以及如何接受医学知识等在日记中都有清晰记录。尤其值得注意的是，李辅燿作为民国初年长沙知名士绅，既能享受名中医的诊治，也一并得到西医的治疗。此时近代著名的 湘雅医院已逐步在长沙站稳脚跟，湘雅医院创办者胡美、颜福庆等人皆曾为李辅燿进行诊治。中医、西医的不同治疗方式及效果，李辅燿都予以详细记载，为研究民国初年长沙地区中西医之争提供了绝佳材料。

病患体验及其与医生的交流，是《李辅燿长沙日记》记载医事的重要内容，也为医书医案之外的中西医交锋提供了鲜活的图景。《李辅燿长沙日记》极为注意病痛书写，保存诸多病征信息。如 1913 年 8 月 17 日：“热极。昨夕临卧用眼药稍多，致左目珠微胀作痛，有泪，静坐半日始适。”1913 年 10 月 19 日：“晚刻目干口渴，津液不生，痔作隐痛，大解亦不畅，殆秋燥之故。”对当时新出病征及医生问诊，日记中也予以记录。如 1913 年 11 月 23 日：“正与谈论，忽五指发软，持箸不稳，似有风痰之象。幸心境尚明，赶服再造丸一粒，扶掖上床。两足无力，语言稍见迟涩。颜福庆来，诊听甚详，谓心房内之费皮连有脱落小点，由血管运送上行，至脑筋血管极小处沮滞不通，致有此象。此仍是心经之病，与中风无涉，但令此物在血管中化烊，即可无妨。因留丸药六粒，每四点钟服一粒，如头昏太阳筋跳，即改至八点钟再服。因此药能令血管放大，使费皮连在血内易于化烊，不至壅住也。申刻大解甚畅，再造丸之力。傍晚服丸一粒，至四小时未动，至八小时服第二丸，因平睡，头不觉昏，但太阳筋跳，知药有效力。”这是很详细的心脏病发作并引发昏厥病征，值得研究者注意。而颜福庆的诊治既包括医学知识的传播，也为彼时西医如何治疗心脏病提供宝贵材料。

一、西医为先：李辅燿与湖南红十字会

李辅燿因病返回故乡长沙，时在1913年5月29日，但踏足长沙土地之后，疾病便与之相随。1913年5月30日日记载：“晓起大解，因不寒，遂未加衣。饭后复泄，则又失检点矣。”腹泻此后成为他的顽疾，与之相伴随的还有脱肛等症状。6月1日是：“目干，现热象，终是血薄之故，初归亦未能静养耳。”这时，他的眼病也犯了。然而，此时的李辅燿并未在长沙求医问诊，他所服药物仍来自上海居住时的医生林洞省所开方。林洞省（1877—1957），福州人，早年从林纾学诗，后业医，悬壶于上海。沪上行医的林洞省中医出身，却已兼采西医。如6月5日日记载：“服林方三次，从红十字会配药粉，廉于沪。”则林洞省所开药方已有西药。而李辅燿虽然未在长沙求医问诊，但所用药物来源却已自湖南红十字会。6月6日：“药水照服。两日来手心忽又作痛，时有脱肛之意，殆气虚使然。脉之停至仍复数见，只好听之。”在上海所开药方已不济事了，故而6月7日，李辅燿第一次延请长沙医生治疗，而其所选择的

医生并非中医，而是西医。这可能与李辅燿长期生活在温州、杭州、上海等地，较早认识到西医疗效有关。

试看6月7日日记所载："延红十字会医生陈怀皋来诊，亦谓心房有病，毛地黄为必须用之品，更佐以袪痰之药，尤宜讲卫生之学，戒怒戒酒为最要。所论与洞省同，其人亦甚和蔼。"陈怀皋毕业于天津海军医学校，此时服务于湖南红十字。湖南红十字会后更名仁术医院，即今湖南省人民医院前身。6月11日云："服陈方已五日，病尚如常，似脉停多在午后，犹须细察。"李辅燿已在暗暗记载疗效，并以此评判陈怀皋的医术。

> (6月12日) 晨起，至红十字会访陈怀皋复诊，不知如何归内科李君主治。就原方加减，尚不甚远，姑照服之。
>
> (6月13日) 服李方尚无不合。至红十字会访陈怀皋，则已赴雅利医院，比至雅利，则又回十字会矣。归过六女，稍坐。眼极干涩，几不欲开视，气血之虚可知。试服大参五分，麦冬一钱。晡间服红血轮一次，药水仍照服，未识能无弊否。
>
> (6月14日) 晨起，精神似较好，目干、口渴亦轻。红血轮可日一进，当有效力。……便秘两日，今日服嘉士嘉剌一丸，得解二次。
>
> (6月15日) 右目忽红肿流泪，略用风药涤之。

由以上材料可知，民国初年的长沙，西医的求医问诊方式已较为通达，既可延请医生上门问诊，也可病人赴医院问诊。此外，当时医生已经实行某医长期追踪某位病人的制度，故李辅燿复诊时被安排由内科李君主治，即感到诧异。而当时名医如陈怀皋，不仅在湖南红十字会执业，也在雅利医院兼职，可见彼时西医职业缺口较大。在求医问诊的同时，李辅燿也以自己的方式进行治疗，如感到眼睛干涩，便自我诊断为气虚，决定“试服大参五分，麦冬一钱”。尝试自我治疗往往是中国古代病患的第一选择，李辅燿也不例外，于此也可见医生在医疗过程中并未占据绝对主导位置。而李辅燿能够自我开方诊断，也与儒生通医、业医的传统一脉相承。

二、从中医到西医：郑晓琼的治疗

在陈怀皋手上治疗八天以后，李辅燿的眼睛依然红肿，治疗效果仍不明显，李辅燿选择抛弃西医陈怀皋，而另请高明，这一高明即中医郑晓琼。试看日记所载：

> （6月16日）目红未退，倩郑晓琼来诊，谓余脉气和缓，停亦无碍，立方主涤痰泻肺热。久不服中药，姑试之。晓琼年五十五矣，近亦参究西法，而论议及于东医，似只分中外而未别西东也者，须久谈始得知所学耳。
>
> （6月17日）服郑方有效。
>
> （6月18日）服郑方，目红渐净。
>
> （6月19日）目疾渐愈。晓琼来改方，略用沙参、玉竹并酒芩以理肺热。
>
> （6月20日）服晓琼方，尚为有效。梅蒸正甚，目力未易复，不能看书写字，殊觉无聊。
>
> （6月22日）晓琼来，改方理肺。

郑晓琼由谁引介而来，日记没有记载。从李辅燿的记载来看，这位55岁的老中医受时代风潮影响，已参究西医及东医，但对医学只划分中外，而未细细考究中西医内部的差异。从李辅燿的记载来看，郑晓琼治疗眼疾的药方有效，其病情也日渐好转。可见，在中西医之间，李辅燿首选虽是西医，然而一旦西医效果不如预期，他很快便回到中医的怀抱。而决定中西医医生选择的标准既不受熟人荐医的影响，也不受中西医医生声誉影响，而全取决于疗效。

在郑晓琼的诊治之下，李辅燿身体逐步康复，日常服药也按部就班。如6月24日："昨夕用药油，晨起眵甚多，殆提出风湿之效。午间用药水，静卧一时，觉稍适，或尚可恃以为补救也。" 25日："服红血轮已三日，无弊，可按日进矣。午间仍以药水治目，静卧片刻。" 26日："目光有进，仍用药水。" 27日："服红血轮，既可受，乃兼进补精丸，日三次。"此后，再有疾病袭来，李辅燿的首选不再是西医而是中医。7月20日日记载："郑晓琼来诊，主治脾湿，用参术苓草。"

此后，李辅燿的病情较为安定，无须延请医生，自己照章服药即可。1913年8月4日："晚刻痰盛不适，既服嗬啰颠，复进霍香丸，加化橘皮，临卧稍好。"接下来的一段时间，在其他疾病复发时，李辅燿依然选择中医。日记所记如下：

> (8月8日) 少梧来改方。小雨穿秋矣。
>
> (8月19日) 少梧来诊，脉象甚迟，气弱不振，用芪术、杜仲、枸杞、归芍、桂苓等为治。
>
> (8月20日) 四日来早晚渐凉，秋暑将净矣。少梧方尚无弊，可照服。
>
> (8月21日) 痰甚盛，服化橘皮，入午时茶以和解之。停王方。

王少梧为长沙本土中医，生平未详，日记也未载其何时来诊，但从日记来看，二人关系密切，或是朋友关系。王少梧来诊，可能因郑晓琼前此药方失灵，为李辅燿延请而来。但在十几天服用王少梧药方之后，未见效果，李辅燿又选择自我治疗。8 月 27 日："燥气又作。……临卧忽气壅，而又气坠脱肛，服嗬啰颠，用尖丸，上下交治，得不加剧，然不能安眠矣。"李辅燿自我治疗所用药物为西药嗬啰颠及尖丸。嗬啰颠即复方氯仿酊，主治受暑所致的头晕、恶心、肠胃不适。尖丸未详何药，推测可能为某种中成药。可见李辅燿自我开方并不拘泥于中西医药的界限。

李辅燿选择中医诊治，与其家族乃至整个长沙地区的就医氛围相呼应。9 月 18 日日记："燥甚，口津欲竭，目干亦甚不适。蒋医为平孙诊视，倩立一方。据云金水不能相生，用虫参、小川连、生地、熟地等味，食之大吐，非吐药而吐，乃转觉稍适。晚刻仍用嗬啰嚬，始安。"这条日记显示李辅燿家人诊断仍以中医为主。蒋姓医生为李辅燿孙儿看诊，李辅燿请其立一方，然而食后大吐，吐后居然身体稍适。可见，蒋医生所开药方纯属误打误撞。故此后李辅燿延请医生又发生变化。1913 年 10 月 4 日日记云："腹中不适，午前二次大解，寒乘之欤？抑胃部受病欤？丙孙以修道院丸药进，曾服二日，或此药有不合欤？"10 月 5 日日记云："饭后腹中不适，服庆胜丹稍好，于修道院丸药不能无疑，可中止也。"丙孙即现代著名翻译家、学者李青崖（1886—1969），为李辅燿孙儿，李辅燿对他十分器重。作为留学法国多年的新派人物，李青崖是李辅燿家中坚定信奉西医者。在他的劝说下，李辅燿改用修道院丸药，然而服用数日后，李辅燿觉情况不对，即中止服用西药。

短暂接触西药之后，李辅燿仍然回到中医的怀抱，选择郑晓琼予以治疗。10 月 10 日：“谢蓝田步。旅馆湫隘，臭秽薰蒸，殊不可耐。归后尤不适，气紧身噤，表已相逼而来。倩郑晓琼来诊，主开散。”10 月 11 日：“昨夕服郑方得安睡，晨起甚适，仍照服。昨方主开散，而以党参五钱扶正气以驱邪，故合。”10 月 12 日：“郑晓琼来改方，用参术、故纸、兔丝、归芍等品。”

郑晓琼因为药方有效，重新取得李辅燿的信任，然而这种信任十分短暂。

> （10 月 13 日）昨服郑方，夜不能卧，气逆作势甚可怖，大约补火太骤。侵晓，购绿豆、甘草煎汤以解毒。有醴陵刘赍如辅察自日本医科毕业归国，设立诊病所，丙耆曾服其方，因约其来诊，考察病状甚详。其所用方书，皆东文翻德文，盖日本医学非学德文不得入校也。晚刻稍适。

一旦郑晓琼的药方失效，李辅燿便会更换医生。此时，熟人丙耆（未详何人）所引介的医生刘赍如（？—1930），乃是从日本留学归来的一名“东医”。从刘赍如那里，李辅燿了解到日本医学渊源于德国，而留日学医当习德文。

刘赍如的药方颇具效果，使李辅燿再度拥抱西医。10 月 14 日：“服刘医药尚合。”10 月 16 日：“刘赍如来改方，云外邪尚未净，药味稍有更动。此本病则为心脏瓣膜病，即心房启闭失力之证。赍如读瓣为辨，岂日本音读有异耶？”10 月 18 日：“访刘赍如复诊，药水有加减，兼用药粉。此君所用之药均系日文翻德文，无中国名称，故无从考校。”刘赍如已初步诊断李辅燿所患乃心脏病。然而因为刘赍如所开药物皆翻译自德文的日文名，李辅燿无从通过医书加以判断。

然而，诊断数天之后，刘赍如依然为李辅燿所抛弃。

> (11月1日) 晚约刘赍如来诊，谓为有表，前方以心脏病所用为朔番斯，与论毛地黄，则恐其太重。因检洞省方示之，乃改用毛地黄，以日来脉停、心停又作也。
>
> (11月3日) 昨夕醒太早，晨兴甚倦。服刘药粉，久停不化，是何故耶？胸鬲稍舒而饮食不欲进，殆于胃部缺理。朱枚勋为介绍颜福庆，因致一缄，约其明日来诊。

久病成医，李辅燿在长期的治疗过程中形成了较为完备的医学知识。利用从前林洞省的药方，李辅燿敏锐觉察刘赍如所开药方下药太重，因而以林洞省方示之，刘赍如由此改方。几天以后，疗效依旧不佳，李辅燿便因朱枚勋的介绍而选择了一代名医颜福庆。

三、李辅燿与湘雅名医胡美、颜福庆

作为中国现代医学奠基人之一，颜福庆（1882—1970）先后在上海圣约翰大学医学院、耶鲁大学医学院就读，成为最早荣获耶鲁大学博士学位的亚洲人。1913年，颜福庆应长沙雅礼医院聘请，担任外科医生，后任湘雅医学专门学校校长。胡美（Edward H. Hume，1876—1957）出生于印度，为美国传教士后裔，1900年毕业于约翰·霍普金斯大学医学院，获医学博士，初在印度孟买研究鼠疫。1905年胡美应“耶鲁中国传教团”之邀赴湖南长沙参与实施“耶鲁中国计划”，后任湘雅医学专门学校教务长，直至1927年离开长沙。东西方的两位名医在长沙精诚合作，使西医在湖南地区得以扎根并茁壮发展。颜福庆在长沙的18年间，架起了古老中国与现代西医合作之桥。颜福庆与他的合作伙伴们开启了湘雅的医学事业，并使医学教育真正成了整个雅礼会在华事业的重心。湘雅成为湖南省进而中南地区的医学中心，尤其在预防医学（公共卫生）领域，湘雅成了国内医学界的领跑者。颜福庆和胡美在长沙行医的具体过程，虽有胡美自传《道一风同》予以揭示，但尚嫌不够具体。《李辅燿长沙日记》对此则予以细致的记录。

> (1913年11月4日）颜福庆来诊，与刘所言同，先以理胃部为治，俟明晨送小便验视，再定药水方。今日服啤拍那三次，每次一丸，早晚润肠片二片，盖已三日不大解，非秘而实无。然饮食虽少，而有入必有去，其无出者，则仍是胃失消化力也。
>
> (11月5日）大解二次，服润肠片一次，啤拍那三次，药水三次。
>
> (11月6日）黎明大解一次，辰初刻一次，午初刻一次，皆系微利。申刻饭后忽又急，恐其过甚，以嚼啰囒少许止之。啤拍那则仍服三次，药水只二次。

也许受到颜福庆的影响，李辅燿在日记中的医事记载变得更为精确而科学化。症状的变化，用药的时间等都都予以记载，已经类似住院观察报告。甚至，李辅燿开始记载日常脉搏跳动，如1913年12月9日记载："药水照服。脉至二百余至不停，惟粗细不匀，此在定后则然，起坐时犹无此征也。"对脉搏跳动的记载，是西医观测心脏病的一个重要手段，此时也已登场。

李辅燿所记颜福庆的诊疗具备一些特点：诊疗方式不拘坐诊，可以病人拜访医生，也可延请医生上门。如11月8日："拟访颜医就诊，而寒雨殢人，怯不敢出，因延之来。谓前药有效，不宜过服，宜每礼拜易进各丸片，下礼拜即用毛地黄丸。此丸只独味，与洞省所单服毛地黄相合。”去医院就诊，有时并非看诊，而仅仅为补充药物。如11月15日：“半夜寒极，知霜华重矣。颜医毛地黄丸今日可服完，因赴院就诊，仍须加重服，以脉未平也。”

因为颜福庆，李辅燿最终得以与美国医生胡美接触。

> （11月20日）访颜福庆复诊，适遇西医胡美君，系专门内科。颜君系专门外科。胡美乃自请改诊，望闻问切甚详，谓系心房外肉略变质，似橡皮之伸缩，稍有失效，致摄血不能得力。毛地黄宜暂停，并验视心水，蛋白质稍有渗漏，改用两种药水，一类加非精，一类薄荷，宜戒肉食。每日三时轮服四次，过一礼拜再看。此症初起，尚易为力。胡美能作楚语，故谈论尤便。诊视及一时之久，知所患非寻常标症也。

这段关于胡美的记载，为中国现代医疗史保存了重要材料。胡美能以湘方言问诊，这是从前材料所不及的。胡美还要求病人忌口，戒肉食，明显受到中医影响。胡美能在湖南地区取得重要医学成就，与其注重西医本土化息息相关。而李辅燿也从此明白西医分内科与外科，由此开启胡美主治的阶段。

1913年11月23日李辅燿心脏病发作致昏厥，情况紧急，其孙李青崖力邀颜福庆与胡美一同前来诊断，为中国现代医学史上较早的会诊记录。是日日记记载：“忽五指发软，持箸不稳，似有风痰之象。幸心境尚明，赶服再造丸一粒，扶掖上床。两足无力，语言稍见迟涩。”次日：“手指稍好，服丸药二粒，药水二次，余尚平平，惟不能下床行步。丙孙往晤颜福庆，约明日同胡美君来诊，并嘱丸药、药水均停服。”11月25

日："病情尚好。晚刻，颜、胡二医同来诊视，所说亦同，留丸六粒。九点钟服一粒，又服润肠片一粒。"颜福庆与胡美接连诊视，与李辅燿家族在长沙享有较高地位有关。

数天之后，12 月 1 日："服丸药一粒。颜福庆来诊，脉稍平，拟约美国某医生来诊，因其内科富有经验，以期早日奏效，可谓不自是矣。留丸四粒、阿蔑酒二支。"12 月 4 日："昨夕奇冷，晨乃大晴。晚刻，颜福庆偕美国毛君来，初诊以脉太大，甚露惊讶，继乃详察心房，尚无大创，谓为无妨。仍以平脉平脑为要旨，以朔番斯酒佐以某品，每日饭后服三次，第一日每次五滴，日共十五滴，次日即加一滴，以后按日加一滴，至日服三十滴，则又递减一滴，至每日十五滴再酌，以徐收补心平脉之效。"对雅礼医院医生的就诊记录，李辅燿记载甚为详细，这些资料都为已往研究中国现代医院史所未及。

尽管西医效果显著，但与颜福庆和胡美接触之后，李辅燿的在疾病治疗上仍非全然拥抱西医。在中西医的选择上，他仍有摇摆。

四、中西医之争看疗效

李辅燿之所以在中西医的选择上，仍时有摇摆，与彼时西医在治疗效果上并未全面胜过中医有关，也与李辅燿自身受传统中医乃至民间巫医观念影响甚深有关。如 1914 年 2 月 7 日："颜福庆来诊，脉仍有力，补心非宜，前药宜停，另开方试服。"2 月 8 日："颜医昨方系从改病主治，药则銥碘、颠茄、酒、糖及汽水，此方见之《西药略释》，云须久服方效，其效者则服药过三十八日也。"2 月 11 日："药水照服。濯锦坊有同邑朱翁以符水治病，往访之，则以画手须解衣，刻犹寒重，须俟稍和也。"在西医和中医之间摇摆的李辅燿甚而寻求巫医，对符水治病深信不疑，可见其接受现代卫生观念仍非彻底。

一旦颜福庆及胡美的治疗效果达不到其要求时，李辅燿便毫无耐心，迅速转向中医。如 1914 年 3 月 3 日："燥闷异常，痰极盛而吐不出。郑晓琼来视，谓气不传送，非结亦非隘也。立补气涤痰方，拟一方用天生磺一钱、肉桂油拟用一分七厘五毫。合京半夏，二钱。饭粘为丸，如菜子大，将试之。" 3 月 22 日："风劲寒重，服郑晓琼方，目疾渐平。晓琼谓可服天生磺以补火除痰，因向黄鹿丈购一钱。鹿丈不受价，容后酬之。发铭之书，请为酌一补气除痰之方。" 此后，李辅燿仍时不时用郑晓琼方，如 11 月 10 日："寒重，连日目光不爽，殊不欲视。依郑晓琼所说，以十全大补丸二两，加入天生磺一钱、肉桂二钱、法夏三钱，为补火豁痰之剂，然未审于目有妨否，当约其来商。" 中医的药方毕竟延续数千年，海量的中医书籍也影响李辅燿的医学知识结构，他对中医药方的兴趣不减。

然而，在李辅燿心爱的第八女康女患病治疗之后，李辅燿彻底拥抱西医。

> (1914 年 11 月 11 日) 康女昨夕忽吐红，此盖胃血因热燥而然，非咳血之比。咳血则恐肺部有伤也。……晓琼来，为定一方，以补水为治。
>
> (11 月 12 日) 康女昨夕未吐，今日仍有紫点挟痰而出，乃冒寒入塾，殊非所宜。服晓方并磺丸一粒。
>
> (11 月 13 日) 康女昨夕今晨复吐红，中有紫块。颜福庆来诊，审为肺部之血，以止血安神为要。服药粉，每三时一次，并留小丸，如遇吐时，即进一丸。此安神之药，神安则血自止也。……服晓方并磺丸一粒。

（11 月 14 日）康女昨夕未吐，早吐黑血一口，送颜福庆看过，仍服药粉。……服晓方并磺丸一粒。

（11 月 15 日）康女昨夕安睡，晨起复吐一口，色较淡，仍服药粉。今日可毕十二包，明当复诊。……目干，左尤甚，早起便现此征。晓方不合即停服，磺丸则仍一粒，看明日如何。

（11 月 16 日）康女晨起吐二小口，色较淡，喜无他苦。颜医来复诊，仍用药粉，并加用药水为治。

（11 月 17 日）康女今日未吐血，照服药。

（11 月 20 日）阴寒之气中复含燥雨，夜不能安眠，时复梦魇，磺丸遂不敢服，仍用红血轮为妥。康女两日未吐，明当延颜君诊视。

（11 月 21 日）颜福庆来诊，谓康女面色不好，恐肺部必有关系，约明日赴院中试验。此时血既止住，可以牛汁、铁酒、鱼肝油，每日相间而服。复为余视目，云无大患，用药水每日洗四次。

（11 月 22 日）携康女至雅礼医院验视，左肺有病，恐不免有嗽症，在右腕上点药三处，候干再验。

（11 月 23 日）颜医来，视八女腕上瘢痕即去。

在康女患肺病过程中，李辅燿自身目疾也发作，且一并受寒，他们二人一位选择西医，一位选择中医，最终治疗效果差别明显，西医获得胜利。最初李辅燿认为女儿不过热燥或肺部有伤，这种推断来自传统中医观念，但随着病情的加剧，不得不请颜福庆来诊疗，最终痊愈。而郑晓琼为李辅燿所开方则逐步失效。在李辅燿的个体经验中，中西医在疗效上的鲜明对比，以西医的胜出告终。至此，西医疗效更胜一筹的观念在李辅燿内心扎根。此后，李辅燿就诊更加看重西医，问诊中医虽偶尔为之，已不居主要地位。如 1914 年 12 月 22 日："左眼颇觉失力，必有云起，当服石斛夜光丸以防之，恐水药更宜拨云散也。"12 月 25 日："自方无咎无誉，究不可为训也。郑晓琼来，谓瞳人无病，其病在失力，由于气虚所致，用党参、归芍、蕤仁、蒺藜等味，当是合法。"中医郑晓琼的作用不再占据主要位置，甚而仅仅在于纠正自己开设的药方。

在李辅燿生命最后一年的疾痛中，中医方曾频频亮相。1916 年 1 月 30 日："昨夕虽痰嗽不安，然喉间风哨似乎少定，则表散不可缓也。约郑晓琼来诊，用北风、苏花等轻宣之品，九钟服药，得睡。十一钟半醒，复作痰嗽。十二钟半后遂朦胧睡去，醒时竟已五钟，可谓美睡矣。"2 月 1 日："晨起得解，饭后复解，殆换衣时寒气乘之。郑晓琼来，加党参、当归、苏子服之，殊不欲入胃，知其必不合。晚间果又大痰嗽，三钟后始朦胧睡去，片刻复醒，坐待天明，痰嗽少止。"2 月 2 日："气颇燥，痰嗽不作，仍改服西药。盖表邪既去，中药不但无功，且恐别滋流弊耳。"然而中医方的作用只在缓解表散，主治疾病的任务仍只能由西医承包。

此后，在李辅燿心目中，医学的排序为西医、中医、巫医。1916 年 3 月 6 日："慧生来，久病将两月，气坠腹胀，易六泉一手主方，近日束手无策，不得已，始就诊于陈怀高，乃一泻而病若失，抑何自误乃尔！"中医易六泉治疗两月而不见效果，西医陈怀高治疗则药到病除，故李辅燿认为慧生患病请中医乃是自误，是贻误病情。在他心目中，西医的地位高于中医。4 月 23 日："五侄决计改用西法，请为代约胡美诊视也。亡羊补牢，犹未晚也。能为奏功，诚大幸事。"6 月 10 日："闻五侄病情日盛，为之闷损。延巫者禳解，岂医力遂穷耶？"医药毫无回天之力，才请巫医禳解。与前此信服符水治病相比，李辅燿的医学观已发生极大改变。

李辅燿日记最后一日在1916年7月17日："晨兴颇适，惟右肾微觉肿坠，然睡平即消，当俟气促愈后，亦遂霍然矣。今日气促较好，不似平日白天之剧，殆虚阳可渐敛欤？书告胡美，仍服轻淡绿。"他所念念不忘的，仍是来自医生胡美的治疗与建议。

五、中医、西医的知识与药物

由于疾病缠身，李辅燿很早就对医学发生兴趣。1914年3月28日："发洞省书，索还《简明医学教科书》。"可见，早在上海居住期间，李辅燿就已关注医学知识。在与西医的接触过程中，李辅燿努力学习并吸纳西医知识，以便更好理解颜福庆等人所开药方，从而掌握治疗的主动权。如1916年4月25日日记："胡美谓余痰嗽愈后，宜服下燐养盐制糖。查《万国药方》所载，此方系下燐养铁糖、下燐养鈣糖、下燐养钬糖，又下燐养鏀糖，共五味。可以治痨病者。下燐养盐主治本在补脑，姑一试之。"李辅燿阅读彼时畅销的医学书《万国药方》，并与医生所开药方参验，显示传统儒家知识分子对新知识的热情。对公共预防医学，他也极力称赞。1914年1月31日："颜福庆来诊，谓脉大，恐过服朔番斯酒，致有血管涨大之患，应停一礼拜再诊，并为诸小人补种牛痘。以近日天花盛行，预为防之，已由行政厅发出印簿，交四医院分任补种之事。此新政之最要者，而华人尚未能家喻户晓也。"

尽管对西医知识保持较高热情，李辅燿的日常食疗及自我治疗仍受中医知识支配。如1913年6月21日："闷燥闷燥。以明日夏至，服大参五分。"这是传统的中医进补与食疗理念的落实。这方面在日记中多有体现，如 1913 年 7 月 15 日："晚刻觉畏寒，不思食，大有伤风之意，以葱姜入汤面食之。"7 月 16 日："临卧，服解表丸一次。"9 月 1 日："左项连背忽作痛，或新凉夜袭所致，以葱姜酒熨之。"不过，李辅燿似乎明白中医的食补与治疗有所牵涉，中药与西药可能有所冲突。如 1913 年 11 月 7 日："晨起，大解如常，药水照服。以明日立冬，兼服大参五分。参在西药中不过为提神之品，无大出入也。"大参与西药疗效无涉，但其他中药可能有损，这里体现了李辅燿用药的审慎。

对一般的症状，李辅燿有自己的判断，其理论依据也来自传统中医理念。如 1913 年 7 月 18 日："痰嗽结涩，颇现热象，寒暑不时则疾，信然。"11 月 21 日："心房之病，宜逸不宜劳，然无所用心，亦少趣味。"11 月 26 日，在颜福庆、胡美告知其乃心脏病之后，李辅燿解释的理论仍是："早九钟大解一次，午饭后又一次。服丸药三次，每次一粒。先考生忌，不能行礼，下床仍无力，余尚无苦。寒重已不能离火，细审左脉，并未现弱，仍是右手有虚胀之象，故按之不能切实耳。"他仍倾向于用中医的寒火、脉象等加以解释。尽管已接受西方医学知识的普及，但李辅燿的解释却仍属中医范畴。在李辅燿等人的医学观念中，恐怕仍是"中医为体，西医为用"。

中医、西医在彼时的复杂关系，也与当时实际治疗中，中西医显示出融合的一面有关。前此，中医郑晓琼已主动学习西医知识，而颜福庆及胡美等人后来施治，也都参以中医治法。如 1916 年 6 月 6 日："胡美来，以胃部为主治，药水用苏打粉、姜露。"苏打粉是西药，姜露则是中药。中西医药的融合，有利于中国病人对治疗方案的理解与接纳。

中医与西医知识的竞争和缠绕关系影响着李辅燿的疾病治疗，而中药、西药在李辅燿就医过程中的运用及获得方式，也为观测民国初年中西医势力消长提供了一个切入点。《李辅燿长沙日记》所载西药有：毛地黄酒、朔番斯酒、阿蔑利酒、轻淡绿、哥啰嚏、苏打粉、燐养盐、纯油、士的年、颠茄膏、拏葛定等。辅助补品则为：牛乳、红血轮、奶油等。而中药则是：化皮半夏曲、阿魏膏、姜露、茶曲、苏叶、苏梗、熟地等。其中中药还包括不少偏方、土方。如 1915 年 4 月 4 日："魏晴岚来复诊，谓宜滋阴壮水为治，方用黄山术、云苓、枸杞、蛤蚧、化皮、法夏、附片、炮姜、熟地、肉桂、细辛、甘草，明日当试之。" 1916 年 2 月 29 日："刘媪说一止嗽土方，用皂荚火烧，打白糖，候冷定，冲服。" 中药与西药对比可以看出，西药大部分是工业化的产物，而中药仍为传统经验主义熬制所笼罩。因此，李辅燿所需西药大部分能在药房购得，日记所记的华英药房即可提供苦杏仁露、鸡眼膏、保命丹、加斯加拉、苏打粉、硼酸粉等药物，而中医的药方则多密制，不公开，故多须索方。

民国初期，湖南医疗较为落后，制药业也不发达，故李辅燿采取"代购"满足日常需求，其所购药物多来自江浙沪地区。如 1913 年 8 月 12 日："接刘铭之书并油眼药一合。" 8 月 13 日："寄春海书，以奉天后沟营公合成号熊油虎骨膏仿帖，属其托日昇昌寄书代买十帖。" 与此同时，他还请求朋友代为寻觅药方。如 1913 年 6 月 30 日："发林洞省书，索治目油药方。" 10 月 6 日："接翁笠渔书，已觅得补阳还五汤方。" 11 月 19 日："发铭之书，索庆胜丹方。" 李辅燿通过友朋"代购"药物的一个显著特点是，所代购药物几乎全是中药。这表明，中药的标准化生产及分销体系在民国初年已无法满足市场需求。而西药的标准化生产及药房的分销体系则较为完善，配合着西医疗法，为西医在长沙等内陆地区的系统性扩张提供了重要保障。至 1938 年，长沙西药房增加至 80 余家，是西医市场快速增长的缩影。

酒楼庇护人及现代湘菜早期史

1913 年 7 月 17 日上午，长沙城炮声隆隆，习以为常的市民并不十分惊慌。城里的绅士们打听之后发现，原来是日本驻长沙领事馆为该国某亲王逝世，鸣放 18 门礼炮。然而，当天下午，走马楼又传来炸弹声，引起市民一阵恐慌，详细情况却无人知晓。直到第二天，满城人才听闻被炸伤的是湖南内务司科员李光第。此人刚从走马楼曲园酒家出来，就遭到炸弹袭击，同行的两名车夫、附近洋货店的两位老幼妇人也受了伤。《李辅燿长沙日记》7 月 18 日记载：“城市阛阓之地危险若此，不几于路断行人耶？”

1916 年 2 月 22 日，李辅燿的弟弟李佛翼在徐长兴喝酒，酒醺之际，一对警兵冲进酒楼，在邻座捕获一人，扬长而去。李佛翼“酒亦为之惊醒”。

民国初年的长沙，风声鹤唳，饮食业却在动荡岁月中长足发展。通过解读《李辅燿长沙日记》，长沙的庖厨、酒楼的庇护人、日常食物得以闪现，为填补此期湘菜研究文献提供了可贵的资料。

一、曲园、天然台、玉楼东

李辅燿自称老饕，时常外出参与宴会，在他笔下，就记载了湖南知名酒楼曲园、天然台、玉楼东等店在 1913 年至 1916 年的表现。相关情况可略分如下五点：

1. 尽管遭遇炸弹袭击，但曲园酒楼仍是长沙首屈一指的酒楼。商界、政界和士绅阶层在此举办商务、公务宴请，谈论政治、经济见闻。李辅燿 1914 年 4 月 16 日日记：“恒兴粮栈假曲园宴客，盖为招揽生意地步，勉力一行。曲园为黄介孚宅后圃，即陈左卿丈桐荫园旧址，前年始辟为酒馆，改造洋式楼阁，花竹掩映，院宇开朗，遂为省中酒楼之冠矣。稊泉言焕宾被拘当无危险，不过汤督将扫其面孔耳。”1914 年 10 月 14 日日记：“赴曲园，与佛翼公请龚省吾、黄觐虞、黄鹿荃、瞿子濬、张元达、黄耕莘。省吾、觐虞归来始相见，均健朗胜余，可愧也。省七十六，觐七十八也。”

2. 天然台酒楼至少在 1893 年即已建成，1910 年新的天然台参照沪式建筑装修，但未得其神采。重装开业，生意热闹，环境嘈杂。李辅燿 1913 年 9 月 25 日日记：“午饭后佛翼邀赴天然台酒楼小酌，楼成于三年前，取法于沪式而精神殊未逮也。肴酒尚洁，自远胜廿年前，惟嘈杂不可久坐。”

3. 玉楼东在李辅燿日记中出现两次，是高端酒楼，政客宴会之所，而重要家宴也会在此举行。1913 年 10 月 12 日日记：“龙毅父约饮玉楼东，座客太繁，且皆津要，非山泽之癯所愿周旋，辞之。”1915 年 12 月 11 日日记：“与春海、佛翼、文皆、钧儿午饭于玉楼东，纶儿会钞。”

4. 天乐居菜肴不佳。1916 年 3 月 29 日日记：“陈瑞生，茂生钱庄之主人也，是日大宴客于天乐居三层楼，余强赴之，乃为余特设一席于楼下。与系莼、葆初、黄幼林、佛翼、文皆同坐，略用肴菜，知其不精，酒半先归。即刻破腹，口腹之害可为憬然。晚刻略进油炒饭始适，非油无以润胃也。”

5. 一枝春酒楼作为轩帮酒楼，菜肴可能口味重，不适于老人家。1916 年 4 月 12 日日记：“七叔召午饭，坐客则任小堂、刘叔卿、周蔚斋、李德斋、陈申孚、黄鹿丈、孙海槎，小堂气味犹昔。一枝春之肴不敢多食，归来仍吃白合粉点心，较为放心耳。”

根据《李辅燿长沙日记》有限的记载可知，1913 年至 1916 年，长沙著名酒楼为曲园、天然台、玉楼东、天乐居以及徐长兴酒楼。堂帮菜受到重视，而轩帮如一枝香等餐馆并不受待见。高端酒楼主要客户为政商界人物，且在 1912 年辛亥革命前后均从装修到环境进行过重要革新，改造为新式酒楼。

二、徐长兴酒楼及其庇护人

近代饮食研究每为资料所限，关于酒楼老板及其发迹历程的实证材料，往往难以觅得。而中华老字号、长沙知名酒楼——徐长兴酒楼老板徐沛斋与李辅燿的交往，清晰地保存在李辅燿日记中，为研究酒楼老板与其庇护人的关系提供了绝好案例。

李辅燿与徐沛斋素无交往，直到 1913 年，李辅燿长孙李青崖，这位与毛泽东关系甚好，后来翻译《莫泊桑全集》的著名法语文学界的青年，在徐长兴酒楼宴请他爷爷时，李辅燿才开始与徐沛斋交往。1913 年 10 月 25 日日记：“丙孙请余至徐长兴午饭，并请七叔、七弟、文皆、五侄。徐长兴之掌柜号沛斋，江南上元人，其子在湘候补就养，来已十余年，设肆于青石街，奉天方教，故肴中只用鸡鸭油，甚为清洁。沛斋好古博雅，所藏颇精，略为涉目，觉有古色古香、沁人心脾，斗室明窗，清谈颇乐，他日当过从也。”以往不少湘菜资料认为徐长兴酒楼来湖南，是因为早年在南京与人有纠纷才来迁移到湖南。从《李辅燿长沙日记》所记来看，彼载多是道听途说。徐长兴酒楼在长沙创办，是因为徐沛斋的儿子来湖南等着做官，一等十多年，也没有实际职位安排，只好开起酒楼来。徐家信奉伊斯兰教，菜肴只用鸡油、鸭油。且徐沛斋有相当文化修养，爱好古董收藏，因此李辅燿内心愿意和他交往。

徐长兴酒楼的饮食和徐沛斋的收藏打动了李辅燿，他在徐家见到了不少珍贵的收藏品，其中包括何绍基早年的书法作品。故而 1913 年 11 月 6 日，李辅燿就写信给他的好友何维朴(字诗孙，何绍基长孙)，日记中写道："发诗老一书，告以在徐沛斋处见东洲老人少作小屏四帧。上款'瓒庄八叔'为何人？下款'小槎'之号曾否久用？余未见过，当是少时尝用无疑也。"

此时，李辅燿只是以一般食客的姿态和徐长兴酒楼发生关系，但他们之间的关系已经在熟人圈传播开来。如 1914 年 5 月 9 日："午刻赴张汉卿徐长兴酒楼之约，长兴烧鸭为长沙之冠，客惟余与佛翼、钧儿、五侄而已。"从张汉卿请其到徐长兴就餐可看出，李辅燿和徐沛斋的关系，已经为求李辅燿办事的张汉卿等人捕捉到。又如 1914 年 12 月 10 日："李学宽宗模。约饮徐长兴。"这些皆可看作徐、李关系日益公开化的证据。

而这时，李辅燿也逐步明白徐长兴酒楼在长沙餐饮界的地位，即烧鸭一道菜是长沙之最。此后，李辅燿也时常照顾徐长兴酒楼的生意，如 1914 年 9 月 25 日："午后，春浦自湘乡来，将与钧儿偕赴浙。晚刻邀其赴徐长兴小饮，食烧鸭，并约姚师、张春老偕往，用钱五千六百文，肴酒颇精，以其在回教，故所用无猪油，殊见清腴。"

随着交往日频，李辅燿和徐沛斋两人关系进一步加深。1914 年 12 月 3 日："春海约饮于徐长兴酒楼，新构两层楼，甚为闳丽。主人徐沛斋居楼后一室，既敞且精，耐人久坐。出示所得《德范词源》原本，去岁其友从南京所获，夑余珍物，殆有神护。沛斋装池，于袁、尹、庄、庆诸像后自绘一像，以写瓣香之意。像为湘潭朱树其所画，纯用西法，具体二寸，笔润廿元，何声价之重也？何文安公《麓山寺碑》楷册真迹，东洲先生行书则赝鼎，然颇似龚谱香所书，岂偶然作此狡狯伎俩欤？印章则又非伪，何哉？"这时候徐沛斋就拿出自己的镇宅之宝，如何凌汉、何绍基等人的书法作品，有郭嵩焘等人题跋的《德范词源》等作品。

这时，他们内部的互动也更多，并且徐沛斋已经开始请求李辅燿做一些事情了。如 1914 年 12 月 31 日："阴寒甚重，今日为阳历除夕，惜无月，不能如湘谚所云'三十晚上大月华光'耳。发诗老书，为徐沛斋乞书聊尔斋额。"

为进一步表明两人关系，兹将 1915 年日记中记载两人关系的段落摘抄而出：

> (1 月 31 日）赴春海、文皆公醵，请陪介侯之约，在徐长兴，携《德范词源》拓本赠徐沛斋，登其第三层楼，可望岳麓。
>
> (2 月 13 日）徐沛斋赠所临赵松雪《道德经》拓本，名公巨卿题跋不少，并馈烧鸭，遣人带炉来片，适在祀祖之时。团圞享馂，增入此品，为得甲之佳兆，可为一快。其《道德经》写本附以小像，乞予题赞，何以应之？
>
> (3 月 1 日）访徐沛斋，以属题像赞未能应命，加观印还之，并以"累尊千金"印赠之。此印有陈寿卿跋语，王西泉

刻，余昔得之武林者。

(6月14日) 约黄鹿丈、春海、敬吾、晴荪、仲熊、佛翼饮于徐长兴酒楼，忽罗桂溪来寻敬吾，便留小坐。

除夕团圆时，徐沛斋派人送烧鸭到李家，并让厨师现场片鸭，这种亲密关系已超越普通朋友。正如彼得·伯克在《历史学和社会理论》一书中所言："每个社会都存在一定程度的庇护关系……庇护关系可以定义为一种基于纵向关联的政治体系，换言之，其中的人际关系是不平等的……这两方往往使用友谊的说辞，包括'朋友的朋友'……不过，更现实的态度是把他们之间的关系看作某种形式的交换。"在李辅燿和徐沛斋之间，这种庇护和被庇护的关系有一个较长的发展过程。起初两人通过美食——烧鸭建立初步联系，在李辅燿多次照顾徐长兴的生意之后，两人逐步走近。徐沛斋继续奉献美食及自家古董收藏，与李辅燿取得更为密切的关系。而李辅燿家族则为徐长兴酒楼提供各种庇护，最直接的利益是为徐长兴酒楼带来各种客源，此外还包括文化上的题词、书匾等，以及为徐沛斋的儿子带来某个机关职务的可能。李辅燿家族与谭延闿家族、陶澍家族、何绍基家族、龙璋家族等均有联姻，这种无形的政治资本，也正是徐沛斋所希望寻求的。随着利益交换和个人文化性格交流的深入，徐沛斋和李辅燿的关系越发密切。这两人的关系模式，在今天长沙乃至全国餐饮业中依然存在。这也为我们研究酒楼文化史提供了有趣的路径。

三、湘菜名厨的名字与名气

厨师在中国文化传统中往往处于边缘地位，第一篇关于厨师的传记至清朝乾隆年间才诞生，这便是鼎鼎大名的美食家袁枚为他的家厨王小余所作的《厨者王小余传》。但在对民国时期湘菜厨师的历史书写中，厨师的故事却往往依靠口述，通过口耳相传，师徒授受，一代代传承下来。厨师的秘传故事，充满传奇色彩，令人喜闻乐见，却也存在不少讹误和失真。《李辅燿长沙日记》为索隐民国时期默默劳作的湘菜厨师先辈们记留了可贵的材料。

民国时期的长沙，私人厨师十分流行，且成为达官贵人比拼的资本。他们承担着重要任务，且具备独自包办酒席的权力。如李辅燿 1913 年 12 月 31 日日记载："李浩臣来，如约办理，尚为妥速。偕李来者四人，以二十千交庖备二席，余不能入坐，且不能出见客，坐镇可笑。"办两席酒仅需花费二十千。对比 1911 年长沙抢米风潮时期一升米价格五六十文，可知交给私人厨师办酒席并不昂贵。这也可见彼时长沙厨师的轩帮十分活跃，竞争较为激烈。

由于私人厨师的流行，长沙城内的士绅之间也会有意比较庖厨手艺。如 1914 年 10 月 19 日："赴瞿子濬午饭之约，采臣庖政甚精。"军机大臣瞿鸿禨的弟弟瞿子濬，曾在贵州做过八年知县，他的厨师水准很高，引起李辅燿的注意。

李辅燿不仅暗暗比较其他人家的厨师，对自己家中的几位家厨也会进行技术评估。如 1915 年 2 月 22 日："不敢出门，二女、六女回，适王姨过我，竟日清谈。食春卷，不及周庖之制。"周厨是李辅燿女眷的厨师，技术出众。李辅燿的日常饮食十分仰赖这位厨师。1916 年 6 月 11 日："日来思食重油而苦无佳庖，只令老饕自笑。周协和不死，尚可为余小补，惜其不寿耳。"周厨的名字正是周协和，可惜在 1915 至 1916 年间去世。这可能是最早有名有姓的湘菜厨师。只是日记留下的信息太少，我们无法确知这位厨师来自湖南何地，不知他是否出自长沙县有名的周氏厨师世家。如果是的话，以年辈论，这位周协和大厨当是奇珍阁著名厨师周秉乾的前辈。

李辅燿留心厨师，并非仅为自家饔飧作准备，更为了方便安排丰盛的宴席。1915 年 6 月 25 日："与雁舟公醵，约绍湘、少轩、石贞小集，假少轩庖人治肴，谈燕甚乐。"他们的朋友聚会，往往借家厨中水平最高的一位负责烹饪。

当时最为出名的私人厨师很可能是萧荣华。在他尚未开设酒楼之前，曾经活跃在达官贵人周围，为他们承办各类宴席。谭延闿 1913 年日记中也经常出现萧荣华的身影，并经常称赞他的厨艺。萧厨师似乎是坚定的湘菜保守主义者，并不盲目跟着时代去趋新，而是坚守一贯的传统菜肴。李辅燿 1916 年 4 月 29 日日记载："赴刘稺泉亲家午酌之约，同坐镜吾、寿慈、镜仁、佛翼、汉秋。萧庖之肴，尚是旧时花样，所谓颠扑不破者，视今时髦，倜乎远矣！"从中可见萧厨师的坚守。5 月 21 日："赴蔡惠泉、汤叔坤公醵之约，叔坤为星浦之三少君，以余为其父执，极臻爱敬，新自会同办矿，遇乱而归，与惠泉至戚，故与公宴。在鄂时，馆岑云阶幕中，与佛翼友善。同座佛翼、郢生、夏西园、戚君某，他客姓名不复记忆。萧庖治馔丰洁，未免贪食过饱，归后颇乏。"这是一次规模盛大的商务宴请，依然得请萧厨师主厨，可见他仍是私人厨师的头牌。萧厨师并不用时髦味道去创新，而是坚守传统，这丝毫不影响他的名厨身价。看来，以不变应万变，似乎是第一流厨师必备的职业守则。

此外，私人厨师在主家的家庭生活中也拥有一定的地位。李辅燿 1915 年 6 月 18 日日记云："闻正屋厨丁以欠火食钱过多，今日竟不开火，萧索至此，可为一叹。其中有真不能不欠者，有可不欠而亦故意欠者，盖不能深考耳。”李辅燿叔叔家的厨师因主人欠伙食费过多，竟集体罢工，让主人断炊。由此看来，厨师并非没有力量，也并非毫无社会地位。

四、长沙人的日常食单

通过《李辅燿长沙日记》，笔者初步统计李辅燿日常所吃食物有：水角、参枣蒸鸡、红炖肉、红炖鸡、肉包、肉饺、春卷等菜肴。由此可管窥 1913 年至 1916 年长沙人的日常吃喝食单。这些食物名字不奇特，味道也并不让人拍案叫绝，然而正因其平凡，更能见出这就是普通人的日常食单。

在重要的生日宴席上，民国时期长沙的食物也远远不如今天这样丰富。统计李辅燿生日宴上的食物，不过是：脑脊卷、汤包、烧饼、馒首、薄饼、卤面、菌面、炒面、芝麻酱面、炸酱面。这些食物有个鲜明的特征，即它们都是面食。这也从侧面证明，20 世纪早期长沙在饮食上有着浓重的面食色彩，一定程度上是一座北方型城市。长沙米粉相对面食占据优势是最近几十年才逐步形成的新食俗。

人们的日常饮食并非一成不变，随着 1904 年长沙开埠，长沙人的吃喝也增添了不少新元素。1916 年 6 月 9 日日记：“牛乳米汤仍照服。午饭以牛乳煮面，加糖粉、芝麻酱食之，颇甘美，殆食单所无者。洋芋作点心亦佳。”牛奶作为强身健体的西式食物，进入长沙人的食谱。对这种新鲜食物，他们当作新鲜食材对待，试图开发这一食材的可能用途，这就有了牛奶煮面，煮完之后加糖粉、芝麻酱吃。这是对长沙传统炸酱面的改造，而李辅燿居然认为味道不错，真令人吃惊！或许，人们对于新鲜食材总是这样，物以稀为贵，随意烹制也能博得喝彩，正如近年鱼子酱、黑松露在高级餐厅泛滥一样。

普通人对日常食物的关注，往往想了解菜肴的制作方法。李辅燿也不例外，1914 年 9 月 3 日日记载：“五侄归，能为炸酱，盖犹得姑母之递传遗法也。以一器饷予，食而甘之，其敬老之诚殊可嘉矣。”炸酱面是晚清至民国时长沙最为流行的面食，家中女性能否制作炸酱面，往往成为判断其是否贤惠的一大标准，故李辅燿日记对此颇为留意。

至于远方的食物，因为能给日常枯燥吃喝带来新鲜的体验，故往往也能唤起人们的特别关注。1915 年 2 月 20 日日记载：“咏莪所寄肉蟹递到，此物昔在海宁未曾见过，似是以蹄筋截为两螯，而留其连接之肥肉一片，恍如一蟹，但不知如何制食之法耳。”朋友寄给李辅燿的食物是海宁特产蟹肉蹄筋，以蹄筋为主，掺以蟹粉，成品形状似螃蟹两螯，故李辅燿颇为惊奇，才将这件食事写入日记。由此可见，长沙人喜欢新鲜食物，关注吃喝及其制作方法，在民国初年似乎也有榜样。

园林变迁与李氏家族的衰落

对湖南地区尤其是长沙的文史爱好者而言，湘阴李氏在长沙留下的活动遗迹——芋园，一直是他们关注的焦点。《李辅燿长沙日记》所载 1913 年以后芋园逐步衰败以及李氏家族如何分割这笔家产的历程，向少为人注意。目之所及，有李崧峻《芋园、芋园主人和芋园文化》（《文史拾遗》2011 年第 2 期）予以介绍，然所利用日记资料较少。今因整理《李辅燿长沙日记》之便，一并将芋园相关材料略作揭示。

道光以后，逐步成为长沙著名园林的芋园，备受文人墨客青睐，留下诸多风雅趣闻及诗篇。但在光绪后期，随着李桓逝世，湘阴李氏的声望逐步衰弱，而芋园也逐步衰败。至1913年，李辅燿回长沙后，目中所见的芋园已经破败不堪。1913年6月26日日记云："水月林外至古家巷一带沟道壅滞，致芋园池水淤积，大非所宜，招工修理，择今日起手。园林芜秽不治，殆十余年于兹矣。管公者乃如是乎？不可说矣。为之一叹。"房屋颇为破败的芋园，已经亟待重修。随着李辅燿回到长沙，整修的事宜也提上日程。6月26日这天，李辅燿儿子交给他《拟将芋园全宅改造房屋说明书》，这份动工意见最终得到家中长辈认可，整个芋园的修缮工作随即开始。

可是，这种小修小补并不能挽救芋园的颓势，这与李氏家族内部的混乱及家族日渐衰落密不可分。李氏家族尽管广有田地，此时却已日渐入不敷出，至少在1914年，芋园及其周边建筑已经陆续出租。

日记记载李氏芋园的出租活动颇多，典型如：

> （1914年1月3日）至园中散步，便入怀庐旧居。时实业司已将迁入都督府为合署办公，搬运家具络绎于道，日内可以扫舍，已赁与衡萃女学校矣。去此十八年，徘徊庭院，不胜今昔之感。况行将易主，尤令黯然。
>
> （1月8日）实业司于怀庐有所增修之屋舍，其去也，皆弃而不取，核其瓦木之值数在五百余千。虽官事不免侵蚀，而自我得之，亦大合用矣。
>
> （1月19日）怀庐赁为衡萃女学，今日开学，康子入校学图画科。
>
> （1915年1月25日）恒萃女学已迁移，宏文社接赁怀庐为编译所，此李子端所董也。

由上可知，民国初年，湖南省政府实业司办公场所竟然在李氏芋园中的怀庐，怀庐即李辅燿的产业，其在江浙为官时日记即名为《怀怀庐日记》。实业司在1914年年初搬迁至省政府办公之后，李辅燿又将其租赁给衡粹女学，衡粹女学的校长是王季范（1885—1972）。一年以后，衡粹女学搬迁，怀庐又出租给长沙人李子端负责的宏文社。此后，湖南第一师范教师杨昌济（1871—1920）等人赁居于此，而毛泽东（1893—1976）等人与宏文社有密切往来，从此也与长沙芋园结下不解之缘。

由租房出发，芋园又与长沙乃至中国的现代历史发生密切关联，然在李氏家族内部，租房却未必不是无奈之举。旧家族的瓦解，是民国初年重要的社会现象，湘阴李氏兴盛百年，至李辅燿1913年回到长沙时，统一的大家族也日渐难以为继。1913年年底，李氏家族内部人心浮动跃然可见，不久之后，各房分割财产的矛盾彻底公开化了。日记对此有相当详细的记载：

> （1913年10月18日）七叔公帐不交，又有分公之议，离奇光怪，无理取闹。仔细思之，亦不妨允行。分公以后，各任祭扫，惟修理享堂、坟墓费无所出，则当由义、仁、礼三记另立临时分派之法。好在享堂新修不久，祖墓一时均不致有工程，可无急需之款。至芋园既议定出售，亦不必大修也。约七弟明日来商兹事，惟有委曲求全而已，可为浩叹。
>
> （10月19日）佛翼来商，亦只有委曲求全。约明日至七叔处面议办法，并闻有要义、仁两记每年要帮租二百之说。儿孙满堂，乃有此意，为之儿孙者，不亦难乎！然而此意固自儿出可知，真可发笑矣。
>
> （10月20日）佛翼来，同至七叔处。文陔、八儿均齐

集，商量分公事，议定以魏家坤田归余备价接受，以为私业。惟文恭公墓道禁步以内，五房均只有挂扫，不得进葬，山场林木不得砍伐，如有修理，五房公派出费；禁步以外，听凭接业人管理进葬，四房均不得进葬。享堂以内，五房公同经理，修理则公派出费，当凭春海酌定。以四纳定价计额，租三百二十二石，需银八千另五十两九五，兑扣足纹七千六百四十七两五钱，除付佃规足纹式百二十八两外，实存价纹七千四百十九两五钱，五股派，每股一千四百八十三两九钱正，由余将四股票分别开出，凭众交付，此一事也。张家峒田业则留待变价为修建支祠之用。支祠地址即以水月林家庵改造，此一事也。芋香堂公屋议定以二十万金出售，得价后提银五千两为修建支祠用费，此一事也。卢庶祖母洪山头私分田业议以一万六千金求售，此一事也。文恭公以上祭祀挂扫均各房自办，如墓道有修理工程，归各房摊派办理，此一事也。约至戚数家及本家亲房于二十五日午饭证押。大致已定，归后乏极。此事既无可挽回，只好将就敷衍，以后公事殊不可思议矣！可为浩叹！

（10月21日）佛翼来，商定各合同稿，在此晚饭。春海、仲熊同谈。

（10月22日）七叔来，文阶、佛翼来，五房写合同，在此晚饭，并约春海来谈各庄田事。此事既了，此心稍定，事到尽头，亦只有委心任运也。

（10月23日）佛翼来，以魏家坑付契收银合同一纸既存余处，则四房收银之外，于享堂、墓道二事别无凭据，可以同负经理责任。子孙而贤也，自能随事协费；如不贤，则事事推诿，将如之何。商定改为立公存享堂、坟墓及公推长房价接墓田合同字，字中所叙则仍原稿照书五纸，各执一纸，后之子孙一目了然。遇有修理召集较易，更为妥协。至四房所收价银，即于义记应收之合同内，批明某房某记收到田价银若干，画押作据，以免零星收条之或有遗失也。七叔、文陔来，仍照书五纸，即将昨付契收银之一纸毁去不用。

（10月24日）至正屋，客到者张元达、郭宜之、唐成之、黄伯平、何冬彦、陈载伯、周郢生、龙毅甫，期而不至者金咏莪、周橘洲、姚寿慈也。诸君集后，请将四项合同签押，宜之并书钤，当将应交魏家坑田价四股，每股除批实银一千四百八十三两九钱，开具手票四纸，分交四记收领，即于余所得之合同年月前批明某房某记收银若干字样。七叔即将新老契据并张家峒田契、公上箱内各项紧要不紧要字迹全行交出，惟公存图谱、帐簿等件以有客在座，俟明日清交。此事总以和平了结，不致贻人笑柄，差足自慰，然余心滋戚矣。午饭三席，尽欢而散。归来乏极，早寝。

魏家坑额租叁佰式拾式石，照四纳作价八千零五十两。九五兑扣足纹七千六百四十七两伍钱，除付佃规足纹式佰式十八两外，实存价纹七千四百一十九两五钱。五股派，每分实纹一千四百八十三两九钱正。

（10月25日）至七叔处检理公存图册、字迹、历年帐簿，有仍归公存者，则寿田公诗册二本、文恭公零星字迹及盔甲箱。文恭公所书殿试试卷白折分作五起，各房敬藏一分。绣佛图二十开，亦作五起分派，此不过美术品耳。历年帐簿，则二叔经手者归佛翼领回，本生老人经手者则归纶儿领回，七叔经手者自领回，十叔经手者则归文皆领回，余经手者自领回，就此散公，斩断葛根，未始非幸。此次委曲求全、吞声忍气，亲友亦无不知之，付之一叹而已。

由此，正式宣告李氏家族内部五房析产，统一的大家族不复存在，而芋园这一公共居所的出售也被提上议事日程。规模盛大的长沙芋园，至此分崩离析。不管是时代要求“走出家庭”，还是李氏家族人丁不济，总之，李氏家族的瓦解已成事实。有感于此，李辅燿希望为这座古老的宅邸制作一点文化上的纪念。这便是日记记载的又一桩大事：

> （1915 年 9 月 19 日）拟制芋园笺十二种：一、芋香山馆，二、对床听雨之轩，三、梧笙联吟馆，五、艺兰精舍，七、自在香，四、海粟楼，八、涩芰圆荷之舫，九、企麓，十一、螺亭，六、镜澜小榭，十、小蓬莱，十二、因月。后芋园笺十种：一、小芋香馆，二、观心室，三、宝韦斋，四、献轩，五、漱石枕流之阁，八、知水月亭，七、憩鹤，六、行行且止，十、育青轩，九、芸宧。三年以来，议将芋园出售，虽无成说，然将来易主，势所必至，存此亭馆之名，以为子孙之记念耳，可胜怃然！倩王维季为作各种篆书，即付手民镌版。

李辅燿已经预感到芋园不保，为给子孙留点纪念，他邀请老友王福庵制作篆书，请人刊刻芋园笺，并广赠亲友，如 1916 年 3 月 2 日邮寄给何维朴“芋园新笺四匣”等。李辅燿的预感相当准确，芋园此后管理松散，十分破败。1916 年 1 月 10 日日记云：“怀庐园门不知何时将锁扭断，入内检视，芋香山馆失去窗玻璃十八扇，遗有小洋油手撚灯一具，恐即廿九梯越水月林墙之贼。若清晨负物，由正屋出去，直可大踏步而行，不虑有人盘诘也。局势散漫若此，尚何言哉！”而此时芋园早已易主，李辅燿只能在梦中与之亲近。1916 年 4 月 3 日日记云：“梦芋园修治甚精洁，近水月林池边添假山不少，游廊在山内，颇似吴门之留园一景。挨海峰槽房之墙，皆易为内向之房屋，甚为明爽。此梦胡为而来？或易主后有如此之境界耶？”芋园至此已成繁华一梦，李辅燿无可奈何，而对芋园新生的展望，只能期诸将来。

1927年，芋园终因破败而被湖南省政府收购。如今，芋园遗址早已消失，成为长沙的一个历史名词，李辅燿一语成谶，而他制作的精美的芋园笺，则幸运地部分保存下来，成为凭吊芋园的重要载体。

在记录长沙名流、中西医交流、芋园等之外，《李辅燿长沙日记》还囊括了民国初年长沙社会文化诸方面内容，如李辅燿所藏越南文人书札、思贤书局书板存毁情况等，均颇具史料价值。此外，李辅燿还常常将湖南风物与浙江出产相比，如1913年7月18日日记：“写磐石书，清秘阁所制之笺亦奏本纸，去浙中所制远甚。”凡此，可见李辅燿爱故乡长沙，爱湘中所产，但并非狭隘的地域主义者。今将这一部分日记统名为《李辅燿长沙日记》，俾读者知李辅燿其人，并增进其对这一时期的长沙及中国社会的认识。

日记正文后载《〈海宁念汛大口门二限三限石塘图说〉跋》，以其关涉李辅燿一生重要事功，所附人名尤有裨考察李氏交游，为附录一。《李辅燿履历》存其亲属及师承信息，为附录二。《清故显考幼梅府君行状》为李辅燿之子李相钧等人所撰，今仅见上海图书馆有存，为附录三。附录四之《通奉大夫二品顶带浙江候补道李君墓志铭》，乃李辅燿好友吴庆坻所撰，有助于衡评李辅燿的历史贡献。上述四项，今均附后，俾读者对李辅燿之生平及交游有更丰富的认识。

整理凡例

一、本次整理，以浙江大学出版社影印本《李辅燿日记》为底本。虽保留原稿之分册与题名，然打破日记原稿册次，按年月先后为序重编。附录《〈海宁念汛大口门二限三限石塘图说〉跋》《李辅燿履历》《清故显考幼梅府君行状》《通奉大夫二品顶带浙江候补道李君墓志铭》四份文献。

二、原稿大多繁体、竖排，兹改简体、横排，并加新式标点。

三、原稿正文中有小字夹注，兹以仿宋体小字号标示，以为分别。

四、原稿天头偶有眉批，兹按日期逐一插入当日日记之后，并以仿宋体小字号标示。

五、原稿中模糊或不能识别者，以“■”符号标示；旧有空格待补者，以“□”标出。

六、原稿用清朝及民国纪年的日月，均照录，并附以转换后之公历日期，以括号别之。

七、原稿中计数方法样式各异，除将苏州码改为汉字计数外，其余一仍其旧。

八、原稿中部分字、词为旧式用法，并有手误或脱字处，均不敢擅改，存其原貌而已。

九、日记中涉及人物，或记名，或称字，或用号，甚或名字、别号混用，字号且多同音通借，前后未一律，兹均照原文整理，不加改动。

目　录

燕行纪事

光绪元年乙亥(1875) …………………………………… 3

饰待草堂日记

第一册

民国二年(1913)四月廿五日起,除日止仍用旧历 ………… 11

第二册

民国三年(1914)旧历元旦起,五月廿九日止 …………… 67

第三册

民国三年(1914)旧历闰五月朔起,十月廿日止………… 101

第四册

民国三年(1914)旧十月廿一起,四年(1915)四月十四日止
…………………………………………………………… 136

第五册

民国四年(1915)四月十五日起,九月初四日止……… 171

第六册

民国四年(1915)九月初五日起,洪宪元年(1916)旧二月

十六日止 …… 203

第七册

洪宪元年(1916)旧二月十七日起,民国五年(1916)六月初五日止 …… 238

第八册

民国五年(1916)六月初六日起 …… 272

附录

《海宁念汛大口门二限三限石塘图说》跋 …… 277

李辅燿履历 …… 280

清故显考幼梅府君行状 …… 284

通奉大夫二品顶带浙江候补道李君墓志铭 …… 292

后记 …… 297

燕行纪事

光绪元年乙亥（1875）

二　月

十一日（3月18日），雨。

予读昌黎文至"今有人生二十八年矣"，不觉慨然兴四方之志，因请于母应京兆试，得允。

十二日（3月19日），晴。

童月樵来谈，欲附行。旋过寿蘅丈商之。二婶母忌日，午供如礼。复子琴书，交森昌寄。得子琴书却寄，即用稿中题潘越桥《孤山探梅图》韵。

海上云烟寄此身，梅花香送一枝春。人当落拓心逾壮，诗到狂挥景更真。图写豪情时忆旧，安排别思又从新。报君我便乘风去，万里遥投明月珍。

得五叔《寄怀》五古一首，不及次韵矣。

十三日（3月20日），晴。

过月樵，复信。访海瑜，不遇。归过六福堂坐，偕石孙访啸露翁，不遇。

十四日（3月21日），晴。

定李满、陈三同行。海瑜来，亦有北征之志，壮哉！六叔命过莲峰午饭，同席为张莼孙、孙朗青丈，纯荪入席，已上灯矣。

十五日（3月22日），晴。

辰刻，诣定湘王庙、水府庙进香。未刻，过月樵，适劳霞衫在座，亦北行者，即登共舟。寿蘅丈留午饭。入城，拜孙朗青丈，乞画帐额，不晤。

将之春明，时五叔在湘乡，《寄怀》五古一章，不及次韵，赋此奉答，以代叩辞。

萋萋芳草绿如烟，南望龙城百里天。别绪远牵杨柳岸，轻装催上木兰船。吟笺锦字难成和，挑尽金缸未忍眠。闻道欲归归未得，应怜阿买一翛然。

十六日（3月23日），晴。

理书。月樵来，邀至劳霞衫处，同出小西门看船，归过寿蘅丈，定童、劳共一舟也。晚过待石园，旋步月至里仁巷，伯周丈留夜饭。

十七日（3月24日），晴，热甚。

理书。海瑜、泳芝先后至。元达来，代拣纹银百两，即以自福票归还。过六舅午饭，便道视八姨母疾，精气尚足，或无妨也。

《留别海粟楼兼呈左卿、治臣、竹虚诸丈》

万竹阴阴海粟楼，凭栏搔首望神州。时清有客能豪气，亲健容儿事远游。极目关山随塞雁，放怀天地笑沙鸥。尽教桃柳争芳艳，不为青春动别愁。

锦轴牙签万卷书，侈言流览竟何如。文章要得江山助，词赋多工侍从余。可许孤生成大器，耻将七尺老抄胥。东风若与鲲鹏便，愿向云程借一嘘。

数年诗酒且陶陶，长向元亭问字劳。翰墨有缘容倚附，烟波净洗足游敖。旁人错认青云志，故里难忘绿发曹。愿听声声珠玉响，随风吹落九天高。

游踪曾驻古燕台，人海茫茫去复来。识定不迷三里雾，情豪宜醉十年杯。也知儿女长相忆，如此云山肯便回。一笑出门春浩荡，大江东去浪花催。

青石井黄宅交到寄介甫信一封、布包一个。

十八日（3月25日），晴，热极。

理书。六舅，茹卿、竹生两丈，六叔，莲峰，觉道，舲宇公饯于定湘王庙。夜梦作文题系“道之以德，齐之以礼，有耻”。

十九日（3月26日），晴，北风，所谓观音暴也。夜雨。

左卿、治臣、竹虚、子谅、叔靖五公公饯于豫安堂。左、竹两丈有诗赠行。

二十日（3月27日），阴雨。

理书，检行李。姑父处晚饭。

二十一日（3月28日），阴。

出，辞西谢行。敬斋约早饭。劼侯允为书致江汉关委员史春浦。飞似海马船上司事林芗洲夜祝寿，小珊有和作，并赠予四律，惺吾赠一律。

二十二日（3月29日），晴。

二叔寿辰，却客。出，辞南北路行。元达处晚酌，定更始入席，亥正归，颇乏。

二十三日（3月30日），渐雨，旋霁。

海瑜来议北行事，恐未能定局。张春宇太母开吊，往行礼。出大西门看船，甚可坐。拜邓星五，取三百金会券。诗荪一百，介甫五十二，子芬一百，味农四十八。元图处午饭。酒半，海瑜字来，云已假得三十金，可以成行矣。旋过海瑜处，右云伯母出见，谆谆相托，予以三代世交，又以海瑜于先生妣有义子之谊，敢不尽心照拂耶。思之泫然。杨海丈以古刻数种、自书联幅赠行，可感也。

二十四日（3月31日），晴。

天气绝妙，迟迟吾行，去日大可惜也。访伯和，谢其牙章之惠，偕贺运皆三十大梦。至和白处谈，和白为照一相，甚有神。三叔赠海瑜廿金，即送去。五姑在待石园治馔为作饯。六叔赐以一扇。孙朗青丈送所画帐幨来。宋东人丈谢世，抵湘四年，德泽在民，可悼也。以雷州葛纱袍料赠惺吾留别。惺吾和予留别四章。得五叔书，云日内可归来看牡丹，甚盼也。

二十五日（4月1日），晴。

邹希文约午饭，在莲峰处。以线绉袍料一件、金扇一柄赠和白，所以报其照相之惠也。

二十六日（4月2日），晴。

行李上船。午刻，诣祖龛前行礼，各尊长作别。登舟稍稍料理，仍复入城。至四姑祖母及姑母处少坐，视八姨母疾，可虑之至。访和白，相已精妥，并赠予影照《兰亭》一部、《砖塔铭》十部、古砖拓本五张，朋友之情乃至厚矣。少兰及七、十两叔为予饯行。

廿七日（4月3日），晴，热极，必有风变矣。

过待石园，旋过六福、自福少坐。

廿八日（4月4日），阴，仍燥甚，午后雨。

卯起，至舟中，拟解缆而雨旋至。午后，北风大作，遂不果行，仍入城。过待石园小饮，不觉五鼓。得诗孙书。

廿九日（4月5日），小雨，北风。

卯起，至舟中，霞衫已到，因即舟中早餐。过寿风丈舟谈，旋入城。过六福，询其泉丈病已转关，此何家玉柱金梁也。又至辟町室谈，得所和五叔《寄怀》五古一章。归而五叔自湘乡回，即芋园治酒作饯。回首欢场，不觉黯然也。

三　月

初一日（4月6日），阴，小雨，仍不得行。

仲博丈偕棠孙来谈，旋同至棠孙处早餐。访博吾叔，属谋局事，谈何容易。又过伯周丈处及怡舅处一坐，视五姑疾。归遇觉道、舲宇于途。夜过待石园，与诸叔公醵小饮。

初二日（4月7日），阴，小雨。

四婶生忌，往行礼。在家作叶子戏竟日。夜小饮。

初三日（4月8日），阴。

文姨老太生日，往贺。午饭偶饮烧酒，致夜间发便血，即以侧柏叶焙枯治之。

初四日（4月9日），晴，南风。

早饭后，登舟。申正开行，即泊对岸。

初五日（4月10日），晴，小南风。午后北风。

卯初开行，八十五里泊靖江，辰巳之间南风大利，午后北风折戗，顺流至靖江，遂泊。舟人早间治馔为吾辈接风，虽不适口，亦且快意。泊后偕同人登岸小步，至盐局访莲田，不晤。晤阎象文，同访觐庭，不晤。归舟后，象文、觐庭先后来谈。寄信一纸，托觐庭。

《舟发长沙口号兼柬同舟诸公》

挂席湘江曲，乘风作壮游。好春宜入画，仙侣恰同舟。谈笑足为乐，别离谁复愁。白云何处是，倚棹一回头。

初六日（4月11日），晴，南风。

寅正解缆，行八十五里，过湘阴，不及登岸。又六十里，泊营田，风虽不劲，而行尚无滞。徐净轩丈馈火腿一、点心二匣，由寿凤丈交来。昨夕未往奉候，殊歉歉也。泊后有簰自上流来，几触舟。回忆前岁瑶台铺之厄，不觉心悸。

《晚泊营田见月》

暮色四围敛，停船傍小桥。波涵青草活，月上碧天寥。渔火隔溪见，榜歌前渡招。凄凉荒戍外，孤负玉人箫。

饰待草堂日记

第一册

民国二年（1913）四月廿五日起，除日止仍用旧历

四 月

癸丑五月三十日。庚戌，阴。廿五（5月30日）。

晓起大解，因不寒，遂未加衣。饭后复泄，则又失检点矣。正屋诸妹、诸侄女来，多不忆识。

三十一日。辛亥，阴。廿六（5月31日）。

郢笙、冬彦先后来，至老七处拜祖堂，诸侄辈多未见者。遇黄鹿荃丈，年六十九，清健善谈如昔。

六月初一日。壬子，晴。廿七（6月1日）。

今日始不着棉，渐知畏热，臂痛当有转机。周彦长甥来谈幼璋之谬妄，乃父几不能制之，乃母则始终溺爱，将如之何。目干，现热象，终是血薄之故，初归亦未能静养耳。

初二日。癸丑，晴。廿八（6月2日）。

两日来脉未停至，殆由检理什物，气血流动，又返里后心绪安定之故欤？章季和、陈镜仁先后来谈，多言仍不能支。刘

卓伯来，未能见也。过水月林晤春海，遇寿丞、静卿。

发诗老快信。

初三日。甲寅，阴雨。廿九（6月3日）。

访元达，谈良久。所居为余所购之产，十余年始得见之，亦剥落甚矣。归而敬吾、寿慈来谈。寿慈之不可一世犹是廿年前，亦难得也。饭后腹泄，酣眠。朱枚勋来谈，晡刻甚乏。晚服红血轮，脉虽渐平，停至亦减，恐尚须服元方一瓶方可进此也。

初四日。乙卯，晴。三十（6月4日）。

步至光甫处，遗挂在壁，不觉为之一恸。大女处稍坐，神情尚如在浙时，惟闻醉农虐待其母，令人发指。然此事关系甚大，未敢轻发，姑待之。倘能知悔，亦大幸矣。胡少南夫人约见，少南之贤内助也。诸女皆归，夜谈甚倦。

五　月

初五日。丙辰，晴。五月初一日（6月5日）。

过正屋。陈璞丈来，八十四老人，精神丰采不减十八年前，可称寿者，以孱弱对之，深滋愧矣。老七来，张介臣自乡来候，因约至水月林谈。郭受年甥适至，气味沉静可喜。夜饭后归，尚不觉乏。服林方三次，从红十字会配药粉，廉于沪。

初六日。丁巳，晴。初二日（6月6日）。

药水照服。两日来手心忽又作痛，时有脱肛之意，殆气虚使然。脉之停至仍复数见，只好听之。唐采臣来久谈。闻其钩稽甚精，十余年来，家业益起，在今日尤为得力矣。过春海谈，诊脉谓有心火，宜用参麦散加竹叶。归来九日，所见所闻无能令人鼓兴之事，为之闷闷。

初七日。**戊午，晴，夜雨**。**初三日（6月7日）**。

延红十字会医生陈怀皋来诊，亦谓心房有病，毛地黄为必须用之品，更佐以祛痰之药，尤宜讲卫生之学，戒怒戒酒为最要。所论与洞省同，其人亦甚和蔼。

初八日。**己未，雨甚**。**初四（6月8日）**。

拟出门，以雨甚不果。唐成之来谈，廿年不见，心广体胖，历年办学及管理善堂诸事，名誉亦甚美，可为称心也。

初九日。**庚申，晴**。**初五（6月9日）**。

神主在清水潭，尚未请入城寓。先请总神牌入龛行礼，午刻叩节，男女分班行礼。至正屋贺节。闻元达之孙以惊风夭折，可惜。

初十日。**辛酉，晴**。**初六（6月10日）**。

谢俞芳午步未晤。六女、十五妹、二女三处均少坐。谢陈璞丈步，所赁居室狭隘异常，晚年售屋为儿孙清债，亦大伤厥孝心矣。李葆初处谈并见十二表妹，诸妹诸女回来，欢聚一日，然亦觉烦乏也。

十一日。**壬戌，晴**。**初七（6月11日）**。

葆初来谈。服陈方已五日，病尚如常，似脉停多在午后，犹须细察。汪琴午馈肴点，约元达、春海来夜谈。杨云归后数日即患火感，今晨竟以不起，为之叹悼。相从十八年，尚无大过失，在奴仆中亦算难得。

十二日。**癸亥，晴**。**初八（6月12日）**。

晨起，至红十字会访陈怀皋复诊，不知如何归内科李君主治。就原方加减，尚不甚远，姑照服之。谢程初步，坐中遇王斐章，年七十八矣。精神尚佳，然不及程初。便道谢敬吾不遇。发达泉书，告以唐氏竹林于屋事无可辩说。老三房三妹来，丰采尚好，亦四十九矣。相与欷歔久之，遂不欲饭。夜大雷雨。

发达泉书。

十三日。甲子，阴。初九（6月13日）。

服李方尚无不合。至红十字会访陈怀皋，则已赴雅利医院，比至雅利，则又回十字会矣。归过六女，稍坐。眼极干涩，几不欲开视，气血之虚可知。试服大参五分，麦冬一钱。晡间服红血轮一次，药水仍照服，未识能无弊否。

十四日。乙丑，阴，申酉之交，晴。初十（6月14日）。

晨起，精神似较好，目干、口渴亦轻。红血轮可日一进，当有效力。石心田来，年七十九，耳聪目明，步履亦健，谈往事犹能道事之原委，亦难得也。郭子夔以书来，并赠所著《辨孔小识》。余病，未能抗手，为书谢之。令钧儿诣各友处代谢步。十九妹来，尚不见老。丙孙将赴湘乡省视梓臣亲家，寄数行并鱼肚一具以达意。便秘两日，今日服嘉士嘉剌一丸，得解二次，稍适。天气闷燥而又有阴凉之气，颇难过也。

发梓臣书。

十五日。丙寅，晴。十一（6月15日）。

丙孙赴湘乡。陈太夫人忌日，午供如礼，仅能一拜，不能侍彻，亦黯然自伤耳。右目忽红肿流泪，略用风药涤之。

十六日。丁卯，晴。十二（6月16日）。

目红未退，倩郑晓琼来诊，谓余脉气和缓，停亦无碍，立方主涤痰泻肺热。久不服中药，姑试之。晓琼年五十五矣，近亦参究西法，而论议及于东医，似只分中外而未别西东也者，须久谈始得知所学耳。

十七日。戊辰，晴。十三（6月17日）。

服郑方有效。

十八日。己巳，晴，申刻大风雨。十四（6月18日）。

服郑方，目红渐净。申刻，天大雷电以风，暴雨旋至，檐溜奔腾如泻如注，势极可怖。晡刻晴霁，夜月大佳。

十九日。庚午，晴。十五（6月19日）。

目疾渐愈。晓琼来改方，略用沙参、玉竹并酒芩以理肺热。闻省中有节俭会，仍不能实行。函致成之索章程未得。此会如能极力维持，大有裨益，恐众志不齐耳。

二十日。辛未，晴，夜雨。十六（6月20日）。

服晓琼方，尚为有效。梅蒸正甚，目力未易复，不能看书写字，殊觉无聊。六女归来，清谈亦乐，闻郢笙前夕痛挞四甥，或冀其改悔也。人生不幸，值此不率教之儿，真怄气矣。

廿一日。壬申，阴。十七（6月21日）。

闷燥闷燥。以明日夏至，服大参五分。昨夕雨洗兰叶，蔚然深秀，对之怡然有喜色。

廿二日。癸酉，阴。十八（6月22日）。

巳刻夏至，气犹阴寒，目光蒙蒙，不良于视，惟缓步静坐于廊下呼吸空气。四、六两女归，闲谈消日。晓琼来，改方理肺。平孙出痲，昨夕已全现，发得甚透，最为平安。成之处送节俭会会券、简章来，规定甚善，闻奉行不力，多属空谈。圣人曰“先行其言，而后从之”，又曰“为政不在多言，顾力行何如耳”。今人首重演说，视为具文，宜乎言行不相顾矣。

廿三日。甲戌，晴。十九（6月23日）。

连日目昏如雾，为从来所无。恐从此难期光复矣。咏莪来谈，云上海可有十四万米回湘，得闻于财政司中之科员，计必不谬。伯钧之孙阶平来见，秀俊稳练，诚佳子弟，已聘贺一外孙女，可称嘉耦。祁生来谈，晡刻过元达谈，接澹如信，十二所发。接余起程信，不及到申赶送，宜其不乐。傅友良过谈。

收澹如信。

廿四日。乙亥，晴。廿日（6月24日）。

昨夕用药油，晨起眵甚多，殆提出风湿之效。午间用药水，静卧一时，觉稍适，或尚可恃以为补救也。成之来谈，颇勇于振兴实业，亦诚不易得。五侄偕喜侄婿刘韵年来谒，次田之世兄也，甚漂亮。发澹如信。

发澹如信。

廿五日。丙子，晴。廿一日（6月25日）。

服红血轮已三日，无弊，可按日进矣。午间仍以药水治目，静卧片刻。谭亲家母馈肴点，请七叔两老，约七弟来，同啖。适喜侄来候余，共谈颇乐。徐一琴来，已留须，神情酷肖六舅，在省从事悬壶，颇以治喉著称。

廿六日。丁丑，晴。廿二（6月26日）。

目光有进，仍用药水。水月林外至古家巷一带沟道壅滞，致芋园池水淤积，大非所宜，招工修理，择今日起手。园林芜秽不治，殆十余年于兹矣。管公者乃如是乎？不可说矣。为之一叹。访强根培谈，亦五十一矣。八儿自乡来，呈阅所拟《拟将芋园全宅改造房屋说明书》，尚为明白，令其送请佛翼酌之。

廿七日。戊寅。廿三（6月27日），晴。

服红血轮，既可受，乃兼进补精丸，日三次。接翁少星书。接元慁书，告贷甚急，当筹所以应之，诚无法事。省中孔教会来一书，云现已举定壬秋先生为总会长，约明日开谈话会。复书以疾辞，亦由未识何人主持耳。午后用药水，静卧一小时。

收少星书。收元鬯书。

廿八日。己卯，晴，酉刻小雨。廿四（6月28日）。

连日左肾微痛，有时不作，殆气道有阻也。发薇阁书，发棠荪书。午后用药水，静卧一小时，目光渐定。成之送节俭会门牌、会券来，持此谢客，亦息事宁人之道。惟长沙十万户，入会者至余才一万四十六号，安望有挽回靡俗之日耶？可为慨叹。刘姨在省做生日，晚面四席。八儿妇挈长安自乡来。

发薇阁书。发棠荪书。

廿九日。庚辰，晴雨不定。廿五（6月29日）。

闷燥之极，诸姊妹皆归，清谈虽可乐，然亦不耐多言，只得闭门稍息。七妹来，以《改宅说明书》送请阅酌。

三十日。辛巳，阴晴不定。廿六（6月30日）。

发少琴书，发林洞省书，索治目油药方。

发少琴书。发林洞省书。

七月初一日。壬午，晴。廿七（7月1日）。

接子徵书，平阳开办一月，忽经省局撤换，谓办理多不合法，遂交卸回温。此与咏莪之办耒河口局同一情形，有力者即有理，夫亦大可笑矣。以二十元交子怀先寄元鬯，复书后寄。钧儿生日食脑脊卷作午点。晡刻，十妹、廿八妹、庆妹联袂而来，谈至晚饭后去。迩年女伴多步行，利弊不能相掩，存乎其人而已。

收子徵书。寄元畅廿元。

初二日。癸未，晴。廿八（7月2日）。

郢生来谈。谕儿辈岁庆停先夕暖寿之礼，以后凡整庆则举行，亦省繁缛，晚间有来者亦无款待。

初三日。甲申，晴。廿九（7月3日）。

今年生日居然到家，亦非始愿所及。得过且过，付之不论不议可也。内外客来，以蛏虷席为礼，城中大家以此品饷客，殆六十年来所未有。余于咸丰初年犹及与斯盛会，后此未之有闻。今实行之，亦断无效之者，亦求无负于入节俭会之名而已，他何知焉。室中嚣杂，避之水月林，春海治鸡黍相供。七叔、七弟、十三弟、五侄同啖为乐。夜甚热，今年第一夕。是晨，趁凉出浏阳门，访周纬斋于天心阁下铁路东之复庵。纬斋官于桂林，缘事罢职归，结屋颇精，惜太狭小。谈次，忽遇罗石林来，亦多年不见，年六十九，甚健。

六　月

初四日。乙酉，晴。六月初一日（7月4日）。

晓起甚凉。适钧儿出谢客，八儿夫妇携长安回乡。磨墨极闲静，写止盦书待发。

初五日。丙戌，晴。初二日（7月5日）。

昨夕甚热，晓起稍凉。午后复热，阳气发舒之象。理印章，亦极静逸。左异丈来谈。发诗老书并附止盦一缄。

发诗老书。发止盦书。

初六日。丁亥，晴。初三（7月6日）。

初七日。戊子，晴。初四（7月7日）。

晨起，过元达谈。访沈觐南不遇。过仲熊少坐。清理印章，下午六钟时，忽闻火起，而枪弹之声隆隆不绝，大可诧异。探知为军装局失慎。入夕后，谭宅女眷皆来，局在风神庙，去所居甚近，不得不避出。上下四十余人，仓皇而来，留宿一夜，拥挤不可言状。三更后始息，幸市面毫无惊扰，起事之由尚不得详，大约不出“二次革命”之说。恐廿六日西园秘密会，即是此类事。闻大龙已避出赴沪矣。

初八日。己丑，晴。初五（7 月 8 日），小暑节。

闻烬余中枪弹犹有作声者，只以水龙尽打之法，若得大雨一阵，斯无后患。发翁少星书。发陈晴篁书。发南友书。是日热极，夜不能安枕，为今年极热之第二夕。

发少星书。发晴篁书。发南友书。

初九日。庚寅，阴晴不定，有风。初六（7 月 9 日）。

微明起，出庭宇。甚凉，旋有风竟日，稍清烦溽。毛康禄来谈。闲居无所事，奈何。钧儿从旧簏中检得光绪初年各友人信共三册，又越南戊辰后二届主使诗札及恂叔之子应辛书，均未付裱者，读之令人神往。今后无此盛事矣，可胜怃然。夜有雨。

初十日。辛卯，阴，午后晴。初七（7 月 10 日）。

侵晓得雨一阵，稍为兰叶滋润，亦可慰望。午后访左子异丈，座中晤彭笠樵丈。访何冬彦、贺昆生，皆得晤。张兰石外出，其室人出见。访童子谅，亦外出。晤子诰之子碧楼，年十九，学于雅礼学堂，甚稳细。归过佛翼，亦他出也。彭抱山、邓小容、郭宜之皆来于午后，未得晤。接少星书，镇关所议各局薪水已经中央议驳，仍照旧例，以抽税十成提一五作赏，则小口不可居矣。

收少星信。

十一日。壬辰，晴。初八（7 月 11 日）。

气候颇凉，适接子脩书并高君所刻“宋双石斋金石”一印，由万砥庄带回，砥庄已改名绳权，后知为其侄名。字衡伯。昨日火灾案内斩决三人，一科员，一司事，一正目，三人皆于未火以前曾入库者。

收子脩书。

十二日。癸巳，晴。初九（7月12日）。

有周宗极者，字子俊，前日偕抱山来访，不知何谁，以其在图书馆，相去甚近，晨起趁凉访之，始知为定轩之长君，刻在馆校补思贤书局燹余书板，闻残缺失次者甚多，皆供军队炊爨之用也。定轩年已七十九，甚健。老友无多，言之神往。馆中总理为邑人仇道南，字味恒。郭宜之来，久谈。

十三日。甲午，晴。初十（7月13日）。

热极，无所事。祖妣生日，午供如礼。

十四日。乙未，阴。十一（7月14日）。

接薇阁书。根培来谈养花，甚乐。据云辰州素心兰颇多，与茶、攸所产同为短叶，迟当致之。彭抱山、石心田先后来谈，闻都督府今日下令，晚八钟以后居民不得在街市行走，因失慎之后谣言甚多，将于妓寮、戏馆、旅馆各处严密稽查，三日后方弛禁也。发舒爰用、沈乐慎二书托东牌楼屋事。

收薇阁书。发舒爰用书。发沈乐慎书。

十五日。丙申，阴。十二（7月15日）。

晨起颇闷燥，旋有风甚凉。为仲熊、鼎周书扇，似目力稍好。步出街头，任意所之，如藩司前理问街，大致尚依旧。访伯平、敬吾，少谈。访次田不遇。晤十三侄女夫妇。过二女少坐。唤舆而归，甚乏矣。晚刻觉畏寒，不思食，大有伤风之意，以葱姜入汤面食之。早寝。

十六日。丁酉，阴，申正后放晴。十三（7月16日）。

晨起甚困，清涕颇多，大约风多寒少。午前服伤风解表丸二次，似稍清醒。发刘铭之信。江西已宣告独立，九江并已开仗，北军败衄。李烈钧电各省以期联合北伐，恐未能如愿耳。敬吾来谈，以此颇生恐慌，思预为避地之计，亦未免太早也。临卧，服解表丸一次。

发刘铭之信。

十七日。戊戌，晴。十四（7月17日）。

晨起闻炮声，询知为日本领事署以其国某亲王逝世，声炮十八门志哀也。服解表丸一次，清涕已渐少矣。刘次田来谈，闻诸个中人亦以江西之乱为不足平，且军界确不欲再有战事。刘照璜、贺祥林皆从鄂中退伍归。据云黎元洪于湘人不甚相信，故愿退者听其解甲归农。渠二人皆愿归，亦见其知幾也。闻北军已派第八师南来，约计今日可到，添此一万劲旅，当可得力，且必陆续增兵，为一鼓而下之策。据刘照璜言，日前湖口开战，赣军占笠山之后，颇得地利，故袁军败绩耳。文恭公生忌，午供如礼。闻走马楼炸弹发现，不得详。

以上支干皆误。

十八日。庚子，晴。十五（7月18日），初伏。

昨夕炸弹伤者为内务司科员某人，李光第。适从曲园酒罢出门，即遭斯厄。此必为私仇报复，与去岁浙江警长虞廷被枪情形相同。波及而死者，舆夫二人，洋货店老妇一人，其少妇则伤乳部也。城市阛阓之地危险若此，不几于路断行人耶？瞿希马来，谈桂军之调岳州，系谭人凤主持，殆恐其为中央节制之师，有所掣肘耶？但盼湖口早平，庶此间不致暴动耳。写磐石书，清秘阁所制之笺亦奏本纸，去浙中所制远甚。痰嗽结涩，颇现热象，寒暑不时则疾，信然。

十九日。辛丑，晴。十六（7月19日）。

北风其凉，见之伏日，宜人意之不继也。春海为立一方治痰嗽，亦未有效。理田房契据，半日始了。业不多而眉目不易清楚，叹余之不善治生矣。过元达，少谈。传来湖口电，云北军大败，夺野炮四尊，枪数百枝，子弹数十万颗，毙四百余人，以四百余人而有子弹数十万颗，不知其生前每人能携带子弹若干。可以见此电之不实。

二十日。壬寅，晴。十七（7月20日）。

郑晓琼来诊，主治脾湿，用参术苓草。四、六两女归，闲谈遣日，以短发入兰花盆。连日茉莉蓓蕾甚盛，米泔水于烈日中浇之，此法最善。去岁寄存新春花园，不知此法，告之亦不听，故花甚少。甚哉人之不纳言也。

廿一日。癸卯，晴。十八（7月21日）。

晨起访沈少泉不值，至寿慈处得晤，并愿愚、愿鲁两甥，愿愚则十六妹所出也。其孙曰果孙，年三龄，能背诵唐诗数十首，倜傥可爱。访琴午，并得见汪亲母及元甥女。琴午以日内风谣甚紧，拟徙居上海，亦费踌躇也。访一琴未晤，见徐九妹，不见二十年矣，较前瘦矣。访唐鹾生甥，未晤。日已向午，街巷逼热，遂归。照服昨方，痰色已复，嗽亦见活。

廿二日。甲辰，晴。十九（7月22日）。

访汪公鲁，以病未晤。访砥庄，则须发全白，语家颇蹇涩，见老态矣。访唐恺之得晤，成之则外出，采臣、宣之皆不遇。访瞿子纯，别已三十年，神情尚如旧，则皆吾辈中撷扑不破者也。闻湘省已告独立，组安为众所迫胁而然，人心不免惶惑。

廿三日。乙巳，晴。廿日（7月23日）。

发子脩书。接少星书，十四日发，已接关督电，江苏宣告独立，是报载为不虚矣。闽已继起，浙尚无电，东南半壁联合或可维持，惟武汉在所必争，则湖南何能安靖。谭宅眷属已分地迁避，四女将以明日随刘姨赴清水潭暂住。

发子脩书。

廿四日。丙午，晴，热极，酉刻雨。廿一（7月24日）。

理田、房新契，另包存外，以备不虞。老契则封之筐笥。酉刻雷电交作，良久始得雨一阵。八儿自乡遣工人来。四女率嗣曾来宿。

廿五日。丁未，晴。廿二（7月25日）。

侵晓，刘姨同四女、嗣曾下乡。寄八儿一纸，今日宣布独立。讨袁檄文及通电已见报纸，街市遍悬五色国旗。闻日前开会将举谭人凤为都督，军界大反对，放空枪一排，势将不利于人凤，乃仍推组安，秩序始肃然，益为组安危矣。拜郢生生日，过在伯、毅甫、菊洲、咏莪，均得晤谈。闻沪上有电，前日北军攻制造局，火弹飞入上海县城，焚烧甚烈，以此例之，则焚戮之祸不能免矣。接晴篁十五日书，言江苏独立，扬州暂亦安谧。彭少经来谈，定廿四日挈三女赴清水潭暂住，亦聊以安儿辈之心耳。晴雷无雨。

收晴篁书。

廿六日。戊申，晴。廿三（7月26日）。

本已雇定城夫，旋接八儿信，已雇定乡夫，约廿四来城，因将城夫退去。须廿五始能行也。报载英使朱尔典于江西开战后，十七号即见袁世凯，愿为调停，此层甚为可信，惟选举正式总统亦难得南北同意，暂非一时可了。不过希望目前休兵，从容计画。前日与郢生谈及此层，戏谓非洋大人出而调处不可，今洋大人将出矣。光甫之妾郑氏将以光甫经手祠中公事交出，款族人于水月林，就中惟丁费须经手银钱。余谓五侄俪韩可任此役。晡刻大雨，半夜复雨。

廿七日。**己酉，晴，晡大雨**。**廿四（7月27日）**。

妙高之孙思臣来。周菊洲来。八儿书来，乡工十四人来。检理随手物件。傍晚大雨，连日兰花得此润泽，青翠可观，已开一花，又不及赏，深为惜之。

廿八日。**庚戌，晴**。**廿五（7月28日）**。

寅初起料理，卯初刻挈八、九、十三女出城，逻者须检查出城箱箦，启视无他，即刻行。晓凉颇适，渡回锡渡，十里至鸭子铺，舆夫早餐，又十里至石子铺，又十里至白马铺，又十里至茆塘铺，过水渡河，又十里至马铺，又十里至安沙，过安沙不远，至同安桥进冲，约七八里到清水潭。山居天气虽热，而余犹能着两衫两裤，殊不知暑。到乡无所苦，则不畏炎威可知，自幸精力未全衰也。山居幽静，颇适人意。两姨及八儿夫妇长孙均好，足慰余怀。闻王少吾、周庆生均回家，未能即晤，为怏怏也。

廿九日。**辛亥，晴，晚刻雨**。**廿六（7月29日）**。

朱申之、宪之昆仲来。

三十日。**壬子，晴**。**廿七，晚刻雨，有雷（7月30日）**。

朱亲家馈肴点。寄大儿书，明日令彭同福入城。

卅一日。**癸丑，晴阴不定，有小雨**。**廿八（7月31日）**。

少梧来，几不相识。去岁始来朱家管理田庄事。诊余脉，称胜前年也。王莘田之少君伯章、仲毂昆仲来，言湖口已为北军占领，李烈钧奔江西省城，湘军千人往援赣，恐亦未易得手，而《日报》则讳言之，仍铺张江军胜状，亦可笑。接大儿书，省中所闻亦如此。寄到诗老六月十九日书，书画生涯方有起色，复因乱事大减，此亦商民受损之一端。达泉于房屋事必须唐宅登报方可无言，否则渠必登报。寿丞叔侄诚自取矣。

收大儿书。收诗老书。

八月初一日。**甲寅，阴**。**廿九（8月1日）**。

晨点后至朱宅，保之以病未出，见乔笙从所居来，不见廿余年，至不相识。宇文灵前行礼，不觉失声。甲午冬间曾偕心安、程初、雨珊来此，信宿而去。谈宴之乐，那堪回首。时鄂生亲家健在，今则心安归里，程初犹健，六人已去其半。况今世变不测，尤令人感怆耳。午刻归，先妣徐太夫人生日，午供如礼。

七　月

初二日。**乙卯，晴**。**七月初一日（8月2日）**。

访朱乔生不遇而遇诸涂。访菊生于茅舍坤，宇老柩厝于此，明年始克安葬。晤谈良久，见汪颂年、王新田自省中来书，似吾湘尚可无恐者。黎氏有秘电，各保各界，不相侵扰。果尔，则大佳。访少梧于乐全馆，归已午正，热气渐盛矣。周庆生来谈。接大儿书并表一个。

收大儿书。

初三日。**丙辰，晴**。**初二（8月3日）**。

乔生、菊生来，云省中缺盐可虑，有专销平江之锅块盐，亦淮产，如到平江购买，可无省中之限制，则乡下为便。此盐殆未尝闻知。孙姬瑞来谈。发大儿书并录诗老所言达泉房屋事一节属醉农斟酌，余亦不愿为划策矣。交郑三去。

发大儿书。

初四日。**丁巳，晴**。**初三（8月4日）**。

晚刻痰盛不适，既服嗬啰颠，复进霍香丸，加化橘皮，临卧稍好。

初五日。**戊午，晴**。**初四（8月5日）**。

大儿有书来，寄到大参、饼干等件。饼干为克来克美牌，沪价才九角，湘则一元五角也。菊生处检视前月望前后之大中华《民国日报》载江西事起后袁总统之通令，长哉言之，持论甚正，殊惬人意。十七以后亦不能入湘境，凡非国民党报皆不得寓目矣。

初六日。**己未，晴**。**初五（8月6日）**。

乡工复入城，寄大儿书并取零星物件单。

初七日。**庚申，晴**。**初六（8月7日），晡大雨，有雷**。

诸女赴朱宅。大儿来书，并寄到书纸多件，言谭宅有人自沪回，组眷赁船而居。北军领制造局，南人攻之不下，流弹伤人及于美界。南北相距甚远，乃亦不能免焉。南京已取消独立，黄兴逃赴香港，伍廷芳入京说总统罢兵，所闻若确，亦佳耗。宁鄂属于中央，他省无能为役，特恐乱党未知石卵之势耳。晡刻雷雨一阵，晚间仍不凉。

初八日。**辛酉，晴**。**初七（8月8日）**。

立秋热甚。少梧来改方。小雨穿秋矣。

初九日。**壬戌，晴**。**初八（8月9日）**。

写分书数纸，聊以遣日。秋燥逼人，猛于虎矣。昨日亦写数纸。八儿从故簏中检得画格素纸，当是五十年前旧楮，笔墨颇相发，极挥洒之乐。夜热甚。

初十日。癸亥，晴，申酉之间，得雨二阵。初九（8月10日）。

热燥，申酉之间，得暴雨二阵，稍凉。书分字六纸。见汪颂年、王新田书，言省中某某气数已衰，外示镇静，内实仓皇，苏、宁、皖、粤皆已取消独立，则湘势益孤。南京之取消独立出于军官之口，逼送黄兴登日本兵舰，令其东行，可谓快事。此番之乱，固群奉黄兴为渠帅，今若此，则气焉得而不馁。吾意其且三而竭矣。又况沪已停战，外人出而干涉，驱逐“八伟人”，不准寓居租界，岑春（烜）［煊］亦在此数，殊不值也。并闻驻岳军已与北师通款曲，桂兵已到永州界，贵兵已到芷江界，荆襄镇抚使兵已到澧州界，其外容似将攻湘者，意必有秘密命令。倘军官有如南京之识大局者起而与谭、周、龙、刘诸人为难，一如逐黄之故事，则湘中之福也。军队意本不愿，有此榜样，当必有仿行者。

十一日。甲子，晴。初十（8月11日）。

作字数纸，细审此纸，即加蜡纸，并非精楮，而以年久性纯，遂尔笔墨相发也，今不知有否。

十二日。乙丑，晴，酉刻降雨。十一（8月12日）。

荐新，应请神像悬挂，去岁未能办理，今年复值乱事，心神瞀乱，不诚不敬，转恐致渎，议今年仍设总供，俟乱定请神主神像入城，再议补行祀礼。约少梧、庆生来享馂。吴瑞之来，河西乡人，春海所荐来者，可任跑庄催租之事，年五十余，似尚是笃实一路，姑试用之。带到大儿信，云程德全有长电到湘劝取消独立，尚无的信，大约此举当出自军队为妥。《日报》仍侈谈岳州已开战大胜，据羊楼岗，然则湘军已过武汉矣。何他人一无所闻耶。接翁笠渔书，少星已娶妇，笠则半身不遂。接刘铭之书并油眼药一合，极言沪上流离之状。两军已改于吴淞口开仗。闻工部局与各国领事出而调停，尚未闻解决之信。

收大儿书。收笠渔书。收铭之书。

十三日。丙寅，晴。十二（8月13日），酉刻渐雨。

寄大儿书，衣物虽检点，可不急于来乡。揣此时势或不至久住山中也。寄春海书，以奉天后沟营公合成号熊油虎骨膏仿帖，属其托日昇昌寄书代买十帖，均交吴瑞之带去。昨夜左腕忽又作痛，大约前日去膏药之故，另换一帖，今日见好，此膏不可不备也。

发大儿书。发春海书。

十四日。丁卯，晴。十三（8月14日）。

为八儿书《鲁峻碑》一通，聊以遣日而已。

十五日。戊辰，晴。十四（8月15日）。

写翁笠渔、张元圐、熊春浦信待发。连日热极，村村打稻，田野欢声，气象殊可乐，然此半月中亦不无惧也。见王新田昨日信，云今日下午宣告取消独立，电告中央，省中防卫益严，一防内患，一防赴岳、赴赣之兵士，如此一闹，又是数百万。都督有改任向瑞琮之说，商界挽留组安，拟即电告中央也。信中未详取消之由，或谭、龙、周、唐诸人已出走乎。维取消独立而此数日中实为紧要关头，防卫之严不可稍忽矣。

十六日。己巳，晴。十五（8月16日）。

极热。闻王新田又有信，云取消事。闻电中央请处分，中央任命三镇守使，一王正雅，一陶忠洵，一赵春霆，大约分驻岳州、永州、洪江三处，新募之兵暂不退伍，此见办理之得法。若遽从节费起见，则必有旦夕之危祸也。先母暨张夫人忌日，午供如礼，不图今年乃在此拜供。大局未定，神主尚未请回城也。

十七日。**庚午，晴**。**十六**（8月17日）。

热极。昨夕临卧用眼药稍多，致左目珠微胀作痛，有泪，静坐半日始适。郑吉祥入城，带去大儿信一件，并发元鬯、春浦、笠渔三信。又寄画生信，托询考蔡画泉廿年前羊肉酒法。

发大儿信。发元鬯信。发春浦书。发笠渔信。发画生信。

十八日。**辛未，晴**。**十七**（8月18日）。

热势稍杀，午后复炽。郑吉祥回。接大儿信，并补送之《时报》，所载北军之胜状、国民党之失败，宜乎湘省禁人不看也。谭人凤、周震鳞、唐蟒诸人均于十三日走逃，惟龙研仙尚在省，恐亦不能安其居。黄兴逃去日本，岑春煊逃香港，伟人之名扫地尽矣。旋由朱宅转到大儿一信，所言大致相同，先一日所发者，并寄到筠孙夫妇书。浙江得朱介人坚持不附独立，秩序甚整，亦难得。夜甚凉。

收大儿书。收筠孙夫妇书。

十九日。**壬申，晴**。**十八**（8月19日）。

少梧来诊，脉象甚迟，气弱不振，用芪术、杜仲、枸杞、归芍、桂苓等为治。两日阅《时报》十四纸，始详悉近事。沪城之劫几与汉口相等，不知黄兴辈之心为何心也。

二十日。**癸酉，晴**。**十九**（8月20日）。

四日来早晚渐凉，秋暑将净矣。少梧方尚无弊，可照服。朱菊生送中央慰留谭组安电来阅，此时组安万无退理，如其易人，殆不可问。寄大儿书，属春海扣存公租、先范土砖二事。托朱宅便人带省。

发大儿书。

廿一日。甲戌，晴。廿日（8月21日）。

痰甚盛，服化橘皮，入午时茶以和解之。停王方。接大儿书，知佛翼得电，棠荪逝世，可为一恸。未知何日，信是十九所发，当是十七八日事。吴稼农寄《时报》载有严拏谭人凤命令。林洞省书。

收大儿书。收洞省书。

廿二日。乙亥，晴。廿一（8月22日）。

发大儿书并寄诗老书。

发大儿书。发诗老书。

廿三日。丙子，晴。廿二（8月23日）。

燥热有加，无风故也。接大儿廿一书，云七叔交公帐之事已决见交出。此亦非宜。或归咎于香蕉，容有是理。冬至前夕，不知费几许密商矣。正屋开放亦决实行，此则非一朝一夕之故也。张叔明不起，可惜。

收大儿书。

廿四日。丁丑，晴。廿三（8月24日）。

朱乔生生日，不欲人往拜，小祥未满，礼固宜然。晨起尚凉，访王新田，得知近事，较大儿所闻为详。龙研仙以顽钝无耻自居，则无可挽救矣。写寄大儿书，丙孙一纸，令查铁路股票事。

廿五日。戊寅，晴。廿四（8月25日）。

胡升回省，带去大儿信并丙孙、醉农信。王新田来谈。午后小雨数点。

发大儿信。发醉农信。

廿六日。己卯，晴。廿五（8月26日）。

侵晓甚凉，可用夹被。日出后，大有秋高气爽之概。乔生来谈，面约廿七午饭，不克辞。

廿七日。庚辰，晴。廿六（8月27日）。

燥气又作。接大儿书，闻省中又密谋独立，不知确否，谣传何日可息耶！临卧忽气壅，而又气坠脱肛，服嗝啰颠，用尖丸，上下交治，得不加剧，然不能安眠矣。

收大儿书。

廿八日。辛巳，晴。廿七（8月28日）。

晨起，所苦已愈。赴乔生之约，得晤余尧衢、刘笏云、王新田、孙姬瑞。八儿忽患痧症，刮背现黑色。秋燥之为害烈矣。傍晚归路颇凉适。

廿九日。壬午，晴。廿八（8月29日）。

彭同福来。接大儿书，言省中甚安静，素兰已放花四十余箭，惜不得赏之，诚恨事也。

三十日。癸未，晴。廿九（8月30日）。

八　月

九月初一日。甲申，晴。八月初一（9月1日）。

左项连背忽作痛，或新凉夜袭所致，以葱姜酒熨之。将欲回城，无轿工可请，闷闷。

初二日。乙酉，晴。八月初二日（9月2日）。

朱亲母以余将返城，复馈蒸盆两点。适庆生见过，遂留午餐。

初三日。丙戌，晴。初三日（9月3日）。

辰初，挈八女起身，九、十两女暂留，以舆夫不足用也。

申初，始入城，途中虽热，且喜有风，可不致闷。素心兰犹有未尽之花，可为快赏。六女回。接少星信，正南京二次独立之时。

收少星信。

初四日。丁亥，晴。初四日（9月4日）。

初五日。戊子，晴。初五（9月5日）。

寿慈来谈，偕过元达，慰其侄孙叔明之戚，乃其适陈之女，复于前夕以瘵疾不起，今岁凡三遭拂意事，同为太息。

初六日。己丑，晴。初六（9月6日）。

《时报》载参议员某通电，廿七日。黄兴在北京被捕，同时被捕者议员尚有多人，浙之褚辅成在内。总统命令治边都督、民政长一体严察岑春煊。岑之无耻极矣，而倒宪亦极矣。自问为何如人，更为何如人之子，其倒宪不亦宜乎。九、十两女自乡回。接八儿书。佛翼来，偕过春海处晚餐。复八儿书交舆夫带。

收八儿书。发八儿书。

初七日。庚寅，晴。初七（9月7日）。

朱宅有工入城，八儿有书托其带来存乡帐被等件，即复一字去。发达泉书，告以唐家以未见契据，不能遽允认过，须将契据寄湘，公同阅看后，始可照办，据此转达，以后如何不再为居间之人矣。夜八钟后忽闻炮声隆隆，似是一排空炮，后亦无再闻，必有警告，晚间亦无从探听，只可听之。平孙赴复初学校，试验能入格否。

收八儿书。发八儿书。发达泉书。

初八日。辛卯，初八（9月8日）。

昨夕叛军城内外勾结起事，幸侦探得实，今晨闭城大索，闻杀数十人，尚未知确信。瞿希马来，袖呈子玖书，上海亦四旬无雨矣。

收子玖书。

初九日。**壬辰，晴**。**初九（9月9日）**。

昨日杀九人，闻教育会前有中流弹死者二人，衣履楚楚，不知谁何，平步康衢，乃遭此厄，亦所不料也。今日尚在搜查，只开临河三城门以便取水，二时许仍闭，入夕复禁行人，稽查固不能不严耳。至贺宅见二甥女，不见廿余年矣。访刘卓伯谈何，四侄女出见，亦别十八年也。春海交来陈晴篁卖谷银弍万两，将作函知通知。燥闷不欲执笔，虽有雨意，终成虚望。平孙得取。

初十日。**癸巳，晴**。**初十（9月10日）**。

春田公生忌。早起，至正屋神堂行礼。午间则仍于私宅设供。访李德斋不遇。昨夕四更时有炮声，今日探信不得，亦可不探也。

闻都督府前杀二十人，刑乱国用重典，宜哉。以今时势，殆非多杀匪党不可望治。五儿昨日赴雅礼学堂试验国文，今日试英文、算学，能否入格不可知也。

十一日。**甲午，晴**。**十一（9月11日）**。

发晴篁书，告以代卖去谷，收银二百两，并乡间存留谷数，镇董布告并寄。八儿书来，并带回澄泥砚、洋磁杯等件。旋复一纸，交郑吉祥带去。候谢贺子石不遇，黄六笙丈处谈，章季和处得谈，并晤仲和之子汝潜，明亮稳练，可谓跨灶。遇咏莪。访李系莼，久谈，归来甚倦。七叔来，言有兵官二人欲假厅事驻扎兵队保护银行，极为惶惧，因令丙孙赴寿曾处请都督告示。老翁独行而来，子孙亦均放心，不以一人随侍，可叹可叹。熊孟和来谈。

发晴篁书。收八儿书。发八儿书。

十二日。乙未，阴晴不定。十二（9月12日）。

甚有雨意，亦见三点两点，而卒不下，究何屯膏之力也。寿曾已托秘书厅某君致函某部，请其勿驻兵于李宅，而兵士昨所约之时间并无人到，殆其中有使之故为恫喝者。唐采臣来求书扇联。家蓝田来，刻在耒阳巡防队中司书记，其弟蓝庄在城陵矶厘局司事。五儿未能考入学堂，国文毫无程度，宜为所摈，此时延师为最要事，亦最难事，颇费踌躇也。书一联，将寿徐十二妹四十岁。

十三日。丙申，阴雨。十三（9月13日）。

寅初刻睡醒，忽闻雨声，殊快人意，急起。启户出听，如聆笙镛之音，不过十分钟而止，然兰花得之，已是醍醐灌顶矣。出小吴门，至陈家垅沈家大屋访傅友良，适入城未遇。归过伍家井，佛翼亦他出。为采臣笥贻书立、横幅各一纸。

十四日。丁酉，小雨。十四（9月14日）。

斜风细雨，秋意凄然，吉士之悲不可以已。临《黑女碑》数纸，笔意颇活，渐有静趣，常有此境，亦甚乐矣。

十五日。戊戌，雨。十五（9月15日）。

至正屋并老七等处贺节竟日，颇有寒气矣。李乾之致衡儿书言及少琴五月中北上，屋事托一石姓管理，何少琴无一字通知耶？然则五月所寄书不达可知矣。

十六日。己亥，阴。十六（9月16日）。

竟日为徐家周姨老太太六十大庆，本系七月廿七日。又为徐十二妹四十生辰，本系七月廿二生。李葆初岁庆，此为本日。葆初为十二表妹之婿，周姨依其女以居，三寿作朋，于斯为盛。

晨起往贺，因得见陈六妹并四甥女适易者，时越二十年，故不禁感念深之也。访敬吾不遇。过程初谈。晡刻过元达，少坐，又过根培谈，归甚乏。

十七日。庚子，晴。十七（9月17日）。

杲杲出日，即见燥热，而卒未能致雨也。纯姬生日，杀鸡煮肉，自为庆典，亦颇乐。廿八妹归，十妹则不期而遇，得畅叙一日。子聘、醉农、椒石来。接少琴都下来书，所谋未遂，因得其夫人信，言朱镜人在羊市街屋常招人聚赌，恐生事端，促少琴早归，以便料理，贤矣哉！乾之之言不为无因矣。汪季农、李系莼偕过。发林洞省书。

收少琴书。发林洞省书。

十八日。辛丑，晴。十八（9月18日）。

葆初来。燥甚，口津欲竭，目干亦甚不适。蒋医为平孙诊视，倩立一方。据云金水不能相生，用虫参、小川连、生地、熟地等味，食之大吐，非吐药而吐，乃转觉稍适。晚刻仍用哥啰嗔，始安。

十九日。壬寅，雨。十九（9月19日）。

访熊孟和于铁路公所，此为尧衢新修之故宅，规模极闳敞。谢蓝田步，未得晤。访朱枚勋，未来城也。发翁少星书并佩苍书。八儿自乡来。晚甚凉，灯下可坐，乘兴作书寄南友，不觉心又作恶，有迷网之意，痰为之厉。服哥啰嗔始适。

发少星书，发佩苍书。

廿日。癸卯，雨。廿（9月20日）。

大雨竟夕，达旦稍止，风劲，大有寒气。得此雨，无虞涸竭矣。竟可着棉。发南友书。

发南友书。

廿一日。甲辰，晴。廿一（9月21日）。

俞芳午长子阶平娶贺一外孙女，昨日成礼，今晨往贺，见礼四金。过六女处少坐，以俞处客多，酬应致喘，静坐始定。过四女，拜璞吾亲家之灵，不觉潸然涕下也。寿曾言郭人漳已不来，所部五营驻新堤，查办湘事改派汤芗铭，其副则周姓。闻汤甚和平，殊可放心。都督则有改任蔡锷之说，特恐云南人挽留耳。访徐永斋，叔鸿丈之少君，神情酷肖乃翁，嗜昆曲，组织南雅曲社，为社员，询孟虎，则偶来城即返乡去。访柯寿吾不遇，归甚乏。夜饭后，忽邓幼弥叩关而入，直达正厅，迹类风狂，满身疮痔，索烟、索酒、索钱，与以千钱而去。余不及知也。贵公子而才人，晚年乃落魄至此，可哀也夫。

廿二日。乙巳，晴。廿二（9月22日）。

赴李葆初午饭之约，同坐佛翼、镜仁、慧生及其弟桐斋，留美国学者。肴甚精洁，多食，觉乏。

廿三日。丙午，晴。廿三（9月23日）。

四、六两女回，遂以清谈终日。八儿请以浏正街三铺面易翳余别墅，许之。此铺面即在蕉厅之后，扩充为便。

廿四日。丁未，阴。廿四（9月24日）。

早起颇燥，未着长衣，饭后腹急，得解而安，又是寒气乘之，此大意之过也。写复少琴书，接伯新书并《汉孟琁残碑》，此碑为光绪二十七年云南昭通府白泥井地方出土，见之吴纲斋《九钟精舍金石跋尾》，伯新之孙今春赴滇就婚，托其访求，今果得之，诚为快事。云南以刘宋时《爨龙颜》为第一贞石，次则《爨宝子造像》，今此碑出，驾而上之矣。惜阮、翁、黄诸先辈未之见也。夜过七婶庆寿，不设酒面，亦息事宁人之道。春海处夜饭，七弟所索也。

收伯新书。

廿五日。**戊申，雨**。**廿五（9月25日）**。

七婶生日拜寿，遇耕莘、郢生、绍经归。午饭后佛翼邀赴天然台酒楼小酌，楼成于三年前，取法于沪式而精神殊未逮也。肴酒尚洁，自远胜廿年前，惟嘈杂不可久坐。访介孚、晓琼，均不遇。释《孟琁残碑》，存者二百六十字，中有数字不识，一“蕌”字，一“晧”字，一“稿”字在疑似之间。一“鹷”字，一“賝”字，当检《九钟精舍金石跋尾》查之。发少琴书。

发少琴书。

廿六日。**己酉，晴**。**廿六（9月26日）**。

元达、李南桂、友胜。宜之先后来谈，乏极。

廿七日。**庚戌，晴**。**廿七（9月27日）**。

七叔不肯交公帐，反力索洪山头契，写一收据与之，由义、仁、礼三记。亦不受。奇热，根培、敬吾、程初先后来谈，坐久殊不耐。饭后腹急，得解稍安。十女生日，食烧饼，亦少味。检絅斋所跋《张琁碑》，“蕌”字、“晧”字无考，“稿”字则释作“桥”字，似尚可信。其上“李”字则缺，疑自是拓本模糊之故。“鹷下”作“铃下”，当从。賝字左缺，本亦不甚显也。

廿八日。**辛亥，雨**。**廿八（9月28日）**。

七叔欲于魏家坤每年拨公租二万石方允交出公项契据，此无名之师，不过一挟长之见，惟利是视，大局则置之不顾，然亦无善法绝其要求。与老七熟计，不如允之，以全吾家之脸面。惟拨租字则不能答应，允以仁、义、礼三记公出字拨，属其拟稿商定照写，缘此举绝无理由，如何措词，正未易下笔。

秋舫虽工于牟利，料其执笔如扛鼎耳。老七、春海夜饮纵谈，稍纾闷气。夜甚燥，不能安睡。

廿九日。壬子，雨。廿九（9月29日）。

庭桂盛开，其香始升，不见浓郁，是缺雨之故也。提取公租事乃属张春海拟稿，春海匪惟不能，抑亦不愿，知为难甚矣。

九　月

三十日。癸丑，雨。九月初一日，甲寅（9月30日）。

晓起受寒，致大解二次。凄风苦雨，甚无聊赖。王海涼来，为欧姓房客缓颊，未能允之。发伯新书。

发伯新书。

以上干支又误，仍用旧历纪之。

九月初二日，乙卯（10月1日），雨。

重棉，幸无他苦。接晴篁书，扬城无迁徙者，尚属安谧，南京损失甚巨，报载亦不无过甚之辞。房客孙姓主人物故，其家以所藏旧物出售，有竹丝盘三个，织工极精，计当时闽中高手所作，颇足动目，想可贱售也。

收晴篁书。

初三日，丙辰（10月2日），晴雨不定。

孙姓竹丝盘三个，以千二百文得之。桃源石质十三方。甚佳，皆作天然章，殊不适用，若仍其卵形，去肤存液，作贝光极合，惜其不出此也。以千文得之，可留备赠人之用。更送余小石子一碗，净水养之良佳。杨姬五十生日，早面午饭，两供如礼。三妹、廿二妹、二女、四女、六女、十一女皆归，惟大女不能归，窃悯之而已。午后忽口渴目涩，桂花蒸之为厉也。拟为贺静安作书，不果。

初四日，丁巳（10月3日），晴。

曾季融来谈。季融去岁归里，专意基督教务，亦奇特之举动也。龙毅父来，携示近作《仿长恨歌体咏新剧〈不如归〉》，用意凄婉，遣辞沉渺，是工于言情者。庭兰有盆破久矣，今过秋分十日，不能再避，因以铁盆易之，轻束其叶，曲蟠其根，竭半日之力，幸而妥帖，但得慎护过冬，春分后再为料理可耳。为静庵书隶屏二幅，颇有老将临兵之概，自觉有进。

初五日，戊午（10月4日），晴。

书静安屏二幅，十年之债今始了之。腹中不适，午前二次大解，寒乘之欤？抑胃部受病欤？丙孙以修道院丸药进，曾服二日，或此药有不合欤？姑从容试之。

初六日，己未（10月5日），阴晴不定。

饭后腹中不适，服庆胜丹稍好，于修道院丸药不能无疑，可中止也。有对门姚姓律师名振垒，字完伯，从上海来，带到春浦所寄饼干四箱，未及晤，比往谢，则他出，晤其弟兰生谈，悉与勉如侄为叔伯联襟。徐永斋、卜允斋偕来谈。黄耕心来谈，犹持官礼，夫亦可以不必矣。周姨自乡来，得八儿书，即复数行交郑吉祥明日去，并饼干二箱。

收八儿书。发八儿书。

初七日，庚申（10月6日），阴。

有寒气，拟出访友而怯于行。邓晓峰来谈。接翁笠渔书，已觅得补阳还五汤方，商之吴门医家，亦颇谓然，特不敢重用黄芪，更以地龙从未用过，尤为可笑。接孙二女书，询东牌楼价值，似有人相宅者，惟此事已与少琴全权，当嘱其往询少琴为妥。十妹回贺二甥女，偕六女来，晚饭去。

收翁笠渔书。收孙二女书。

初八日，辛酉（10月7日），阴。

郑仲和、郑小樵、徐润生偕过访。午后出访友，晤茂生钱庄主人陈瑞生、唐成之、唐采臣、刘汉秋，汉秋七十八，清健异常，不遇者徐孟虎、汤静卿、卜允斋、石心田。由新坡子街归。新坡子街者，即从前之粮道衙门也。自裁粮道后即以署地由官出售，改为市场。街道甚洁，房屋亦整齐，若与浙省之珠宝巷相似而宽绰过之。

初九日，壬戌（10月8日），晴。

无处登高，负兹佳节，省中侈言百货毕备，而不闻有重阳花糕，可谓陋矣。至伍家井拜二婶母生日供，不禁怆泪。拟过四女，半途以腹痛折回，得解始适。以钱四千交四女，托购上海广生隆之莲花嘿香烟，属其由邮递，可无耽误。接南友书，平安可慰。夜燥甚，不得卧。

收南友书。

初十日，癸亥（10月9日），阴。

闷热，较昨夕尤甚。为郑晓琼书屏，此甲午、乙未间所交之件，二十年始得践约。书画迁延之后，殆未有如此之久者。了此债负，颇觉快意。周橘舟来，有代友一联，云当照章送润，开宗明义，未知能不爽约否。元达来谈。

十一日，甲子（10月10日），晴。

连夜不适，似有表邪。访陈怀高于红十字会，闻已去雅礼医院。比至院询之，则又云已到会，何需之殷而遇之疏也。谢蓝田步。旅馆湫隘，臭秽薰蒸，殊不可耐。归后尤不适，气紧身噤，表已相逼而来。倩郑晓琼来诊，主开散。为周菊舟书屏，借以遣病，颇无意趣。

十二日，乙丑（10月11日），**晴**。

昨夕服郑方得安睡，晨起甚适，仍照服。昨方主开散，而以党参五钱扶正气以驱邪，故合。谢郑小樵步。觅其居不得，过根培询之，亦不悉也。访季融不遇。发铭之书索寄嗝啰颠与庆胜丹。拴侄以乾隆窑《耕织图》大碗一、小碗五奉余为寿，工致极致，惜已分散，然亦可宝矣。

发铭之书。

十三日，丙寅（10月12日），**晴**。

晨起尚适。慈儿生日，王姨、廿二妹、诸女皆回，作一日清话。理旧藏砚，见雪渔所品题，丹墨灿然，故人何处，为之黯然魂销，此乐今生不再矣。接春浦书，为筹浙屋抵押取赢之法，甚为利益，特无人在浙，不易集事，缘周折过多，托人为难耳。龙毅父约饮玉楼东，座客太繁，且皆津要，非山泽之癯所愿周旋，辞之。郑晓琼来改方，用参术、故纸、兔丝、归芍等品。

收春浦书。

十四日，丁卯（10月13日），**晴**。

昨服郑方，夜不能卧，气逆作势甚可怖，大约补火太骤。侵晓，购绿豆、甘草煎汤以解毒。有醴陵刘贲如辅察自日本医科毕业归国，设立诊病所，丙耆曾服其方，因约其来诊，考察病状甚详。其所用方书，皆东文翻德文，盖日本医学非学德文不得入校也。晚刻稍适。

十五日，戊辰（10月14日），**晴**。

春海来，言七叔有云公帐准交，惟尚有要求者，今年尚须钱四十千。缄商佛翼，似亦无妨允之。晚刻佛翼来，亦谓为然。服刘医药尚合。

十六日，己巳（10月15日），晴。

竹泉弟之子振伯娶于张氏，其姨母之女也。午刻结婚，虽不耐喧嚣，亦不能不勉强从事。申刻归来，甚乏。

十七日，庚午（10月16日），晴。

居室颇不耐寒，因将前后改木壁为土墙，严寒炽炭，气不致泄。霜降已近，不能不急谋塞向墐户，今日动手，稍涂丹雘，亦须数日功夫也。刘赍如来改方，云外邪尚未净，药味稍有更动。此本病则为心脏瓣膜病，即心房启闭失力之证。赍如读瓣为辨，岂日本音读有异耶？李鸣九来访，修髯苍苍，年六十一矣。步履轻快，愧不能及。徐润生、郑仲和馈肴点。

十八日，辛未（10月17日），阴晴不定。

药水照服。孙妇生日，食馒首。诸女皆归，晚刻左目发干，无所事事，与诸女闲谈而已。两日泥工尚只得半，三道习气之重，较前尤甚。

十九日，壬申（10月18日），晴。

访刘赍如复诊，药水有加减，兼用药粉。此君所用之药均系日文翻德文，无中国名称，故无从考校。七叔公帐不交，又有分公之议，离奇光怪，无理取闹。仔细思之，亦不妨允行。分公以后，各任祭扫，惟修理享堂、坟墓费无所出，则当由义、仁、礼三记另立临时分派之法。好在享堂新修不久，祖墓一时均不致有工程，可无急需之款。至芋园既议定出售，亦不必大修也。约七弟明日来商兹事，惟有委曲求全而已，可为浩叹。八儿自乡来。

二十日，癸酉（10月19日），晴。

砌墙已完，只待粉饰。佛翼来商，亦只有委曲求全。约明日至七叔处面议办法，并闻有要义、仁两记每年要帮租二百之说。儿孙满堂，乃有此意，为之儿孙者，不亦难乎！然而此意固自儿出可知，真可发笑矣。访郑小樵不遇。汉秋来谈。晚刻目干口渴，津液不生，痔作隐痛，大解亦不畅，殆秋燥之故。

廿一日，甲戌（10月20日），晴。

佛翼来，同至七叔处。文陔、八儿均齐集，商量分公事，议定以魏家坤田归余备价接受，以为私业。惟文恭公墓道禁步以内，五房均只有挂扫，不得进葬，山场林木不得砍伐，如有修理，五房公派出费；禁步以外，听凭接业人管理进葬，四房均不得进葬。享堂以内，五房公同经理，修理则公派出费，当凭春海酌定。以四纳定价计额，租三百二十二石，需银八千另五十两九五，兑扣足纹七千六百四十七两五钱，除付佃规足纹式百二十八两外，实存价纹七千四百十九两五钱，五股派，每股一千四百八十三两九钱正，由余将四股票分别开出，凭众交付，此一事也。张家峒田业则留待变价为修建支祠之用。支祠地址即以水月林家庵改造，此一事也。芋香堂公屋议定以二十万金出售，得价后提银五千两为修建支祠用费，此一事也。卢庶祖母洪山头私分田业议以一万六千金求售，此一事也。文恭公以上祭祀挂扫均各房自办，如墓道有修理工程，归各房摊派办理，此一事也。约至戚数家及本家亲房于二十五日午饭证押。大致已定，归后乏极。此事既无可挽回，只好将就敷衍，以后公事殊不可思议矣！可为浩叹！

廿二日，乙亥（10月21日），晴。

佛翼来，商定各合同稿，在此晚饭。春海、仲熊同谈。

廿三日，丙子（10月22日），晴。

七叔来，文阶、佛翼来，五房写合同，在此晚饭，并约春海来谈各庄田事。此事既了，此心稍定，事到尽头，亦只有委心任运也。

廿四日，丁丑（10月23日），晴。

补祝元达生日，谈两家公帐事，同为浩叹，可见家政之难画一，大都相似。佛翼来，以魏家坑付契收银合同一纸既存余处，则四房收银之外，于享堂、墓道二事别无凭据，可以同负经理责任。子孙而贤也，自能随事协费；如不贤，则事事推诿，将如之何。商定改为立公存享堂、坟墓及公推长房价接墓田合同字，字中所叙则仍原稿照书五纸，各执一纸，后之子孙一目了然。遇有修理召集较易，更为妥协。至四房所收价银，即于义记应收之合同内，批明某房某记收到田价银若干，画押作据，以免零星收条之或有遗失也。七叔、文陔来，仍照书五纸，即将昨付契收银之一纸毁去不用。晚刻过砥庄谢步，稍谈。赴刘次田处公醵，补祝璞山丈生日，始晤沈少泉，覼南竹林，归甚乏。丙孙生日，食面。

廿五日，戊寅（10月24日），晴。

日色稍淡，有欲雨之意，由此酝酿，十日内或望得甘澍。至正屋，客到者张元达、郭宜之、唐成之、黄伯平、何冬彦、陈载伯、周郢生、龙毅甫，期而不至者金咏莪、周橘洲、姚寿慈也。诸君集后，请将四项合同签押，宜之并书钤，当将应交魏家坑田价四股，每股除批实银一千四百八十三两九钱，开具手票四纸，分交四记收领，即于余所得之合同年月前批明某房某记收银若干字样。七叔即将新老契据并张家峒田契、公上箱内各项紧要不紧要字迹全行交出，惟公存图谱、帐簿等件以有客在座，俟明日清交。此事总以和平了结，不致贻人笑柄，差足自慰，然余心滋戚矣。午饭三席，尽欢而散。归来乏极，早寝。

魏家垸额租叁佰弍拾弍石，照四纳作价八千零五十两。九五兑扣足纹七千六百四十七两伍钱，除付佃规足纹弍佰弍十八两外，实存价纹七千四百一十九两五钱。五股派，每分实纹一千四百八十三两九钱正。

廿六日，己卯（10月25日），晴。

至七叔处检理公存图册、字迹、历年帐簿，有仍归公存者，则寿田公诗册二本、文恭公零星字迹及盔甲箱。文恭公所书殿试试卷白折分作五起，各房敬藏一分。绣佛图二十开，亦作五起分派，此不过美术品耳。历年帐簿，则二叔经手者归佛翼领回，本生老人经手者则归纶儿领回，七叔经手者自领回，十叔经手者则归文皆领回，余经手者自领回，就此散公，斩断葛根，未始非幸。此次委曲求全、吞声忍气，亲友亦无不知之，付之一叹而已。丙孙请余至徐长兴午饭，并请七叔、七弟、文皆、五侄。徐长兴之掌柜号沛斋，江南上元人，其子在湘候补就养，来已十余年，设肆于青石街，奉天方教，故肴中只用鸡鸭油，甚为清洁。沛斋好古博雅，所藏颇精，略为涉目，觉有古色古香、沁人心脾，斗室明窗，清谈颇乐，他日当过从也。饭后过惠生新居，稍谈而归。晡刻，北风大作，通夕震吼，然无雨意。

廿七日，庚辰（10月26日），晴，夜小雨。

风甚有寒气，至谭亲家母处预祝，得晤组安，畅谈时许。九女生日吃面。瞿芷纨书来索旧欠二百元，复书以海如假余二百五十元作抵，姑与作谐谈，视其指向何若。夜小雨。

廿八日，辛巳（10月27日），阴，酉刻微见日。

风息，有寒气。检视公上存件。黄介孚来，言有人出屋价十一万。发澹如书，属东牌楼屋事可询吴少琴，并少琴书，由渠转交。接南友廿一日书，有《见怀》七律一首。

发澹如书。发少琴书。收南友书。

廿九日，壬午（10月28日），晴。

三日前兰盆加土，浇水过多，忽尔西风戒寒，颇为可危，今日甚暖，得晒一日，差可放心，调护之难如此。访郑小樵谈。归后喘息未定，食午饭，遂致胃部受伤，腹急须解，乏极乏极。绮梅来，不能起与相见。徐小屏来，鲁舅之次孙也。鲁舅没已十余年，停厝不葬，几不知柩在何处。南屏在川，久不归理窀穸之事，可谓谬品。今一琴商诸亲友，将集资为葬于同善堂义山，以安体魄。事在必成，不知南屏闻之，安乎？否乎？

十　月

初一日，癸未（10月29日），晴。

和暖，是小春天气，于兰花为宜。居室已就，如此小工作亦费廿四日工夫，迩年泥木工之骄惰，虽江浙无此气习，只见湘人之土，殊愧之也。饭后腹急，得解遂定，已连两日皆突如其来，殊不可解。访徐润生、郑仲和于火官殿，仿玲珑馆，旧址未湮，非复莲师旧日陈设矣。谢萧叔衡步，不耐久谈。书联赠贺三妹，补去年五十生辰。芷纨书来，仍索二数，余既不争之于海如生前，则又何必坚持于其死后，况是对牛弹琴，亦不过自乐其乐，行且以二百元归之，不值与较也。

初二日，甲申（10月30日），晴。

甚燥，恐将变天，然兰花得此，湿土已干，可放心矣。过正屋拜卫庶祖母生日供。接少星书，薪水以四折发给，月只十二元，能有外水，亦可敷衍。郑小樵约食牛炙，辞之。闻组安昨日赴沪，汤芗铭代理都督，行时送者极多，军界多号泣，亦见感情之厚矣。书致芷纨，允归其二百元，询其可否交郑寅初代致，并告以从前有还债者由经手人转交，而经手人竟以干没，不可不慎，盖丁酉年星伯来赘之时，托其通挪百番，芷纨即从予处借付，嗣后星北归还此项，仍交渠手，渠竟干没不交，予知之，以为数无多，世交为重，不曾过问，今渠反面无情若此，虽不必声明索还，亦不妨微示其意，看能稍知愧否耳。

收少星书。

初三日，乙酉（10月31日），阴。

昨夕失眠，殊不适。七叔生日，不能往拜，贺家三妹生日亦不及去。风力颇劲，闭户静坐，为强根培少君写律师招牌，腕力甚弱，笔墨殊不如意，聊以塞责而已。闻龙研仙正法于都督府，为之恻恻。六十老人何不知幾如此，其死也固在意中。若早脱离湖南，飘然远引，为日既久，亦冀幸免也。不料襄尧先生理学大儒之孙，乃至陷于刑辟，人顾可数典忘祖哉！

初四日，丙戌（11月1日），阴雨。

昨夕以研仙事悄然失眠，晨起探访，知系讹传，因汤督出示“严缉乱党，获即正法”所致，众口哄传，明指为乱党矣。深为惜之。寒气奇骤，乃至用小毛衣，犹须闭户。发晴篁书，告以其庄上之曹家垻系今年冲毁，允给修费，其木垻、君垻工程甚大，系萧佃典业时失修所致，只得俟渠归后自理。晚约刘贲如来诊，谓为有表，前方以心脏病所用为朔番斯，与论毛地黄，则恐其太重。因检洞省方示之，乃改用毛地黄，以日来脉停、心停又作也。

发晴篁书。

初五日，丁亥（11月2日），阴。

阴寒之气甚重，不敢外出。程初来，不得接谈也。郑寅初持芷纨复书来，即以二百元交寅初转付，并于信尾批明代收作据。周蔚斋约初九午酌，辞之。

还瞿十九二百元。

初六日，戊子（11月3日），阴。

昨夕醒太早，晨兴甚倦。服刘药粉，久停不化，是何故耶？胸鬲稍舒而饮食不欲进，殆于胃部缺理。朱枚勋为介绍颜福庆，因致一缄，约其明日来诊。两日阅《今世说》及《湖墅小志》，有开郁之功。仲熊、勋伯先后来。接八儿书，有寄沪各书。

收八儿书。

初七日，己丑（11月4日），晴阴不定。

颜福庆来诊，与刘所言同，先以理胃部为治，俟明晨送小便验视，再定药水方。今日服啤拍那三次，每次一丸，早晚润肠片二片，盖已三日不大解，非秘而实无。然饮食虽少，而有入必有去，其无出者，则仍是胃失消化力也。本生先妣忌日，午供如礼。三妹、十妹、廿二妹，二、四、六、十一女皆回。寄八儿书属催朱宅于洪山头事早决议。

初八日，庚寅（11月5日），晴。

晴荪来，言萧怡丰欲买洪山田业，允出一万三千，复以暂时不能决，须待五房公议。因昨寄八儿书尚未送去，即加一纸告之，并属催朱处早复，恐万六之说可以铳到，拟令吴瑞芝明日赴乡。午后，文阶来，云晤晴荪，知萧已加一千，如必须万六，亦可行。七叔乃复索二万，属晴荪尽力为之，似此则朱虽出万六，亦不能行矣。适八儿专人来城，书言朱菊生今日入城，再细察该处与其祖墓，如实有关系，四房集议始能决定。似此情形，恐有缓不济急之势，复加一纸交来人明日去，且令其过初十来城，此事非因朱处一节即可立契矣。大解二次，服润肠片一次，啤拍那三次，药水三次。

收八儿书。发八儿书。

初九日，辛卯（11月6日），雨。

黎明大解一次，辰初刻一次，午初刻一次，皆系微利。申刻饭后忽又急，恐其过甚，以嗝啰嚏少许止之。啤拍那则仍服三次，药水只二次。发诗老一书，告以在徐沛斋处见东洲老人少作小屏四帧。上款“瘖庄八叔”为何人？下款“小槎”之号曾否久用？余未见过，当是少时尝用无疑也。

发诗老书。

初十日，壬辰（11月7日），阴，有雨。

晨起，大解如常，药水照服。以明日立冬，兼服大参五分。参在西药中不过为提神之品，无大出入也。四女携清蒸双鲫，六女携冬笋豆苗，二肴均清美之品。午餐颇适。适十妹、三妹、廿二妹、贺二甥女来，本生继妣忌日，午供如礼。正屋十月朝祭祖，今自卫庶母去世后，遂无定期，或初一，或初十，恒以请客为定，已不可解。昨日七老太太至周宅未归，遂不设备，今日午刻始赶办数肴，草草行礼。家政之隳坠如此，可为一叹。吴稼农来信报穉英于初二日病故，四十九岁，遽尔弃母而逝，亦可哀也。明日当令丙孙夫妇设祭成服。成之约十四午酌，辞之。始食牛髓。

十一日，癸巳（11月8日），雨甚。

拟访颜医就诊，而寒雨殢人，怯不敢出，因延之来。谓前药有效，不宜过服，宜每礼拜易进各丸片，下礼拜即用毛地黄丸。此丸只独味，与洞省所单服毛地黄相合。

十二日，甲午（11月9日），阴晴不定。

巨三侄纳彩吉日，过正屋言贺。丸药每日四次，每一丸。

十三日，乙未（11月10日），阴。

咏莪来谈，言汤督查办各事经续，提问之人颇多，前日又提三人，皆于以前财政及六月独立有关系者。闻单开之人相识者不少，不敢泄言也。元达来谈，合之有两时之久，亦觉乏倦。根培为购菊花二十盆，虽无细种，亦足点缀庭阶，觉此君冷气相投，不必其灿如云锦耳。每盆二百文，价亦不廉。接铭之信，已寄庆胜丹、哥啰嚏来，尚未到。八儿到城，呈阅朱菊生信，所言洪山头于渠祖墓无甚关系，而于寿田公墓则大不便，未知其言之虚实，明日赴乡挂扫，当约春海携针盘细察也。

十四日，丙申（11月11日），晴。

俪韩侄自宗祠归，今年改为十月朝祀祖，可免冬至雨雪之阻隔，此本出自乡老之意则可，城中人则不甘任改章之咎也。春海自沙湖桥针视归来，言洪山头为寿田公墓正朝岸，大河前横，系得气于隔岸探潮，此处于墓大有关系，似此出售，当为罢议。近日欲得者纷纷，幸以朱宅一层，迟迟未许，倘经定议，如何反齿。凡事不经三思，鲜不失败。朱宅之迟复，吾家之幸也。缄告佛翼约明日来商。

十五日，丁酉（11 月 12 日），晴，燥热，亥初后大风。

佛翼来，言有凌小槎来为洪山头作中，有主只买田地，并不买山，已还价一万五千两，将造趸栈于此。似此则与祖墓无妨碍，且能保全山上之各姓坟茔不致迁徙。田得善价，亦乐得而为之。然众矢咸集于此，恐万六尚有大便宜，是非丈量清楚，未可轻允。约春海寄信乡间，请李姓老农来从事丈量，再行定局。连日汤督调查独立逆党及前年九月起事以后之财政，已将财政司长杨德邻、教育司长唐联璧、实业司长萧仲祁拘禁，内务司署章勤济曾总办银行，亦已拘禁，余人尚多，是将大有惩治也。午后，访章季和，询知勤济被禁以后非常严密，吉凶未定。当时争权攘利不遗余力，今日乃有此清查大案，天道好还，可不凛诸。二女与之同居，万一查抄，能无波及之惧？访叶焕宾，久谈，以《鸿冥堂记帖》属其考订。燥热殊不可耐，忽日忽雨，似梅天气候。

十六日，戊戌（11 月 13 日），阴。

大风竟夕，居室幸已改墙，否则受寒不可思议矣。起着丝棉袍，乃可支持，然不敢出房也。寄元鬯书，贺其六十生辰，并寄洋二十元。适子怀来，交其并寄。三妹馈肴四簋，因留子怀、静卿晚酌。午后风息，寒气犹重，或竟可酿雪。

发元鬯书。

十七日，己亥（11 月 14 日），阴。

王新田来，言其榷运局长许孝绶收入课银数日极为清晰，此在今日诚为难能可贵之人也。今晨方曙时，枪毙杨德邻、文经纬、易宗羲三人，章勤济危在旦夕，不知能有自保之道否。如真无侵蚀，其庶几乎！焕宾来，久谈。张石臣来。春海招李姓来丈量洪山头田亩，属其明日前往。接铭之寄到哔叽嘰，而无庆胜丹。

收铭之哥罗颠。

十八日，庚子（11月15日），阴晴不定。

半夜寒极，知霜华重矣。颜医毛地黄丸今日可服完，因赴院就诊，仍须加重服，以脉未平也。访瞿子濬谈，过三妹少坐，归已午饭时矣。徐一琴来谈，为椒石书一小屏，意在《圣教序》而下笔绝不伦。

十九日，辛丑（11月16日），晴。

春海来，言丈量洪山头田地，得二千四百余方，系照科收谷石算法，而以田埂加入，又塘地得五百余方，共约二千九百方，系用裁尺科算。今则皆用英尺，当裁尺之八寸五分，则每尺应除一寸五分，以二千九百方约之，应加入四百三十余方，合计三千三百余方，以每方四十两核计，应约银十三万有奇，即少减亦巨观矣。佛翼、文皆来谈，偕过正屋，为巨三迎奁吉日。毛地黄丸日四次，每次服二丸。

二十日，壬寅（11月17日），晴。

天气甚暖。午后访王新田、汪颂年、张石臣，均得晤谈。颂年座中遇长沙知事姜济寰。归路过陈氏三妹，见其嗣子咏裳。

廿一日，癸卯（11月18日），晴。

巨三成婚吉日，瞿子濬之女也。新妇端静，可知闺训之良。遇张芝岑，亦白发苍髯矣，而其气味则不减当年，殆寿征耳。接澹如书，云曾有罗姓相宅，后亦无闻。

收澹如书。

廿二日，甲辰（11月19日），晴。

过元达谈，言海南多小猴，高二三寸，善识人意，不饮水可不长，且能司管钥也。外姑葬期诹定本月廿七日，地在麓山后余家湾，渡河十里。接少星书，知前讣闻为铜士之母。略理字画，即见倦乏。天气亦殊燥耳。发铭之书，索庆胜丹方。毛地黄丸已服完。

收少星书。发铭之书。

廿三日，乙巳（11月20日），晴。

左眼胞微痛，小眦见红，想因燥气所致。访瞿子濬道喜，巨三夫妇今日回门也。过六女少坐。访颜福庆复诊，适遇西医胡美君，系专门内科。颜君系专门外科。胡美乃自请改诊，望闻问切甚详，谓系心房外肉略变质，似橡皮之伸缩，稍有失效，致摄血不能得力。毛地黄宜暂停，并验视心水，蛋白质稍有渗漏，改用两种药水，一类加非精，一类薄荷，宜戒肉食。每日三时轮服四次，过一礼拜再看。此症初起，尚易为力。胡美能作楚语，故谈论尤便。诊视及一时之久，知所患非寻常标症也。归已未初，四女由正屋道喜，归携谱来，属为寿曾之子取名，其派为"传"字，乃名以传衡，字曰孟南，谱派中乃有一派用"谭"字者，亦奇。晡刻，十妹母女姑媳均由正屋来谈，言一甥疑症时复举发，因婉劝其请西医诊视，未知能否见听。

廿四日，丙午（11月21日），阴。

药水昨服四次，今日仍照服。发诗老快信并吴稼农唁信，请诗老代办绸幛，垫洋三十元送交，俟复到拨交冬彦手收。大便稍结，服哑啰丸一粒，午后得解。拟出访友，怯不敢行。心房之病，宜逸不宜劳，然无所用心，亦少趣味。

发诗老信。并发吴稼农信。

廿五日，丁未（11 月 22 日），阴。

昨夕醒后切脉，有七十余至始停者，余或廿余至三十余，及三五至不等。药水照服。发南友书。外姑将以廿七下窆，明日请柩下乡，往厝室一送。由粤归来七柩将次第归葬，亦云苦矣。循火车铁道而归，过周蔚斋复庐，憩谈片刻，入城尚只申初。六女回。

发南友书。

廿六日，戊申（11 月 23 日），晴。

以下病后另记，至十二月十二始补录。

颂年来谈。惠生来，言章勤济探办谷米之事已查有头绪，可无他虞，恐将处以监禁之罚。闻之稍为称慰。午饭时春海来，言将有人来相宅。正与谈论，忽五指发软，持箸不稳，似有风痰之象。幸心境尚明，赶服再造丸一粒，扶掖上床。两足无力，语言稍见迟涩。颜福庆来，诊听甚详，谓心房内之费皮连有脱落小点，由血管运送上行，至脑筋血管极小处沮滞不通，致有此象。此仍是心经之病，与中风无涉，但令此物在血管中化烊，即可无妨。因留丸药六粒，每四点钟服一粒，如头昏太阳筋跳，即改至八点钟再服。因此药能令血管放大，使费皮连在血内易于化烊，不至壅住也。申刻大解甚畅，再造丸之力。傍晚服丸一粒，至四小时未动，至八小时服第二丸，因平睡，头不觉昏，但太阳筋跳，知药有效力。饮食照常，睡亦稳。是日接下薇阁信，有《见怀》七律一章并索予书。适在病手之后，未识能有报书之日否。

收薇阁书。

二十七日，己酉（11 月 24 日），晴。

早起，手指稍好，服丸药二粒，药水二次，余尚平平，惟不能下床行步。丙孙往晤颜福庆，约明日同胡美君来诊，并嘱丸药、药水均停服。

廿八日，庚戌（**11月25日**），**晴**。

病情尚好。晚刻，颜、胡二医同来诊视，所说亦同，留丸六粒。九点钟服一粒，又服润肠片一粒。

廿九日，辛亥（**11月26日**），**阴**。

早九钟大解一次，午饭后又一次。服丸药三次，每次一粒。先考生忌，不能行礼，下床仍无力，余尚无苦。寒重已不能离火，细审左脉，并未现弱，仍是右手有虚胀之象，故按之不能切实耳。

三十日，壬子（**11月27日**），**雨**。

寒气甚重，服丸药三次，头不觉昏，惟太阳筋跳，有效。未得大便。晚服润肠片一丸。

十一月

初一日，癸丑（**11月28日**），**雨**。

早起，得大便，下床足力稍稳。服丸药一粒。晚刻，颜福庆来，仍留丸十粒，每三点钟一粒，如十丸服完无效，即以阿蔑利酒嗅之，亦可令头昏取效，惟较丸药为稍烈耳。姚太夫人去年八十生忌未办，今城乡两寓均备早、午供行礼。发南友书，倩醉农代缮，并请买痔药一瓶。

发南友书。

初二日，甲寅（**11月29日**），**雨**。

服丸五次，嗅阿蔑利一次。

初三日，乙卯（11 月 30 日），雨。

服丸四次。八儿寄到桶鱼十条，因是腌腊，不敢食也。瞿子濬处发男庚来，交春海推算。右舌微厚，以紫金锭搽之。

初四日，丙辰（12 月 1 日），雨。

服丸药一粒。颜福庆来诊，脉稍平，拟约美国某医生来诊，因其内科富有经验，以期早日奏效，可谓不自是矣。留丸四粒、阿蔑酒二支。卢庶祖母生忌设供，今年因公帐已分，故各房自供。佛翼、文皆偕过，属其于田屋两事留心，早为定局。搽紫金锭，似舌厚有效。晚服丸药一粒。

初五日，丁巳（12 月 2 日），雨。

服丸三粒并嗅阿蔑利一支。始执笔作字，欹侧不能结构，姑以俟之。

初六日，戊午（12 月 3 日），阴。

寒甚。遣问颜君，知今日不闲，明日可准来。瞿世兄八字与康女不合，乃退去。

初七日，己未（12 月 4 日），晴。

昨夕奇冷，晨乃大晴。晚刻，颜福庆偕美国毛君来，初诊以脉太大，甚露惊讶，继乃详察心房，尚无大创，谓为无妨。仍以平脉平脑为要旨，以朔番斯酒佐以某品，每日饭后服三次，第一日每次五滴，日共十五滴，次日即加一滴，以后按日加一滴，至日服三十滴，则又递减一滴，至每日十五滴再酌，以徐收补心平脉之效。

初八日，庚申（12 月 5 日），晴。

药水照服。

初九日，辛酉（12 月 6 日），晴。

两目作蒙，大便有血，殆有热象。药水照服。佛翼来，言鲁舅葬费各赠十千交璞丈。

初十日，壬戌（**12 月 7 日**），**晴**。

目蒙如故，便血已止，药水照服。子怀来，前寄元邕洋已交到。晚食香蕉，亦助微利。

十一日，癸亥（**12 月 8 日**），**雨**。

药水照服。晚刻颜君来诊，云脉有效力，仍再进。大解一次。

十二日，甲子（**12 月 9 日**），**雨**。

药水照服。脉至二百余至不停，惟粗细不匀，此在定后则然，起坐时犹无此征也。晚刻，左大眦红痛有泪，鼻有清涕，现风邪壅遏之象，幸不妨眠耳。

十三日，乙丑（**12 月 10 日**），**雨**。

晨起，目未加剧，以风门药煮鸡蛋，引出子粒甚多，然涕泪未净，风热犹待祛除也。

十四日，丙寅（**12 月 11 日**），**阴**。

目疾见好，照方再治之。

十五日，丁卯（**12 月 12 日**），**晴**。

病药均如昨日。春海来，言虎嘴田已有受主，加租四石，成额租三十八石，以四纳得九五，兑银九百五十两。除规四十两，实得九百零三两。此田滨河，年必淹水减租，又孤悬河东，售去为便。买湖棉三斤，每斤需银四两八钱，倍于浙中而货且不佳，惟以棉被重不能胜，乃忍而为此。

十六日，戊辰（**12 月 13 日**），**晴**。

有薄荷之药水续取未到，朔番斯酒仍口服。佛翼处假得《西銮始末记》，叙庚子年事，诚千古奇闻，亦千古恨事也。

十七日，己巳（12月14日），雨。

药水均照服。佛翼来，言洪山头田凌小槎已还价百金四方，以三千三百方计之，亦在八万金以上，所得亦不为少，而犹不忍舍去，恐失此良会耳。八儿自乡来。

十八日，庚午（12月15日），雨。

药水照服。寒气极重，拥衾对火而已。

十九日，辛未（12月16日），晴。

昨夜二钟醒后不寐，致因风作嗽，晨起始定。药水均照服。

二十日，壬申（12月17日），阴，有雪珠。

寒重不敢动，痰嗽间作，尚不为厉。药水照服。仲熊来，明日将赴岳州米捐局襄事。令八儿寄快信与春浦，托浙屋验契事。接南友信，已代配痔药，交邮未到。晓刻痰嗽盛作，临卧尤剧，殆薄荷饼疏风之故。

收南友信。

廿一日，癸酉（12月18日），阴。

寅正醒后大痰嗽达旦，痰盈碗而声且嘶矣。服哥罗颠少止。巳正食后复卧，未初始起。又演空中飞艇者，但闻飕飕作声，余固盲人，实未之见，而见者以其过高，亦不甚了了也。吴稼农兄弟谢信来，知吊礼已到。诗老复信则尚未至。颜福庆来诊，脉虽渐平，药水仍须照服，加用治嗽药片。本日夜七钟服二丸，药水日三次，合之原用平脉药水，凡三种矣。夜甚安。

廿二日，甲戌（12月19日），晴。

一日而九药五食，翕辟殊劳。六女回，言陶铭谦女庚已寄到，由守谦夫人带省，只以十六七岁须做亲一言游移，不复其实，此等处皆不必以之作嫁娶章程。六女戏以十七岁为衡，因陶意须十八岁也。亦姑听之。晚刻，右膀胱掣痛，临睡益甚，遂致痰嗽大作，通夕不寐。

廿三日，乙亥（12月20日），雨。

晨复稍睡，嗽少止，掣痛亦定。寒热交乘，舌尖作痛，未敢下床。

廿四日，丙子（12月21日），阴。

昨日尚安，药水照服，大便略秘。进润肠片。晚刻忽又喉间风燥，临卧多服药水一次，讵睡未稳，乃大呛，几于不能转气，急以哥罗颠止之，始得睡。四钟醒后，虽不嗽而痰则不活，此亦非宜。或归咎于香蕉，容有是理。冬至前夕，不能早就安眠，暗损实多。

廿五日，丁丑（12月22日），阴，晨雨。

痰滞于鬲，吐出不易，姑以化皮涤之。颜医处换药水来，与前味异，即照服。季和生日遣贺，二女归，始知之也。长至祀祖，不能行礼，距病手已一月矣。此一月中寒气不曾少减，为近年所少有，惜未得雪耳。

廿六日，戊寅（12月23日），阴。

痰仍不活，药水照服。沉阴沍寒，郁闷极矣。元达来谈。佛翼来，洪山百金四方前途且悔凿矣，皆贪得误之。接铭之书并庆胜丹四包。南友寄痔药到。接谱三侄信，索余寄书相勖。其愿闻善言，自是可取，惜余能否作字，不可必耳。黄鹿生丈赠《孟孝琚残碑》拓本，较余所得为佳，其考据亦较絅斋为详赡。

收铭之书。收南友药。

廿七日，己卯（12月24日），阴。

昨夕嗽虽轻减，痰仍不活，四钟醒后，左目忽痛，以药水点之，复得睡。晨起，喉间不清，声音亦哑。前日之药水无益于病可知，因即停服。及颜君来询之，则曰此普通治嗽药，恐是药房误捡，容归询之，另开方。仍用发表之剂并安眠药片。勋伯、俪韩两侄来，言子云已到城，张家洞田业愿以市钱四千串接受，约十二月初三日书立付契收银字据。

廿八日，庚辰（12月25日），晴。

药水照服。勋伯来，言子云得家信促之归，立契之事拟改初一日，亦无不可。发南友书二纸，写得非常吃力。

发南友书。

廿九日，辛巳（12月26日），晴。

昨半夜以热褪去呢裤，足力顿减，又受寒矣。雨夜不嗽稍适，吐痰似亦稍振。午睡一时许，起后足力始健。

十二月

初一日，壬午（12月27日），晴。

药水照服。清晨忽接匿名信，谓张家洞田系子云等贩卖与周姓，议定价铜元四千六百枚等语。既有谰言，今日写契只好从缓，俟调查清白再说。嗣闻系族人谦孚所为，因渠为刘三保作中未成，乃为此构，然渠为刘作中之说并无所闻，则其中另有诡道尚未发动，亦意中事也。子云处已备两席，只好认款自享，而子云诸君反主为客矣。张夫人生忌，午供。闻醉农有持刀杀妻事，奇极谬极。

初二日，癸未（12月28日），晴。

昨夕临卧，喉间不净，痰嗽小作而右肢大汗，气结上逆。哥罗颠乃不见效，以作酸之故，乃进苏打片三枚，拥裘高枕，气乃渐平。三点钟后始得稳睡，天明稍适，皆昨日劳神受寒之故。朔番斯酒已罄，今日礼拜，不及配药，暂停一日，余固无所苦也。俪韩侄来，言李浩臣为彭仁和说项，购张家洞田愿出铜元四千二百枚，予意宜先尽子云等加价，如得三千金，仍以卖与子云为妥，价虽少而族谊为重也。大儿出名，送大女五十岁红绸幛等件。

初三日，甲申（12月29日），晴。

勋侄来，言子云已加至二千九百金。令大儿往告七叔，既查无别弊，似可即此转圜，以全族谊，讵七叔必须三千，余知其中另有道理，不复置词。午后，闻子云、鸿波到七叔处，出言无理，遂至决裂。乡下人之无识无术，亦大可笑！自败其事，负余睦族之心矣。佛翼、文皆来，言李浩臣之说今可行矣。

初四日，乙酉（12月30日），晴。

颜君处换药水，内有葡酒之味，仍照十五滴之服法。本生先考忌日。佛翼来，言李浩臣所说定明日写契，先交铜元二千串，十三期一千七百串，其五百串则俟清庄后如数清兑，兹事虽爽快，然包清庄则未易了耳。

毛地黄、朔番斯、咖啡、葡酒。

初五日，丙戌（12月31日），晴。

药水照服。李浩臣来，如约办理，尚为妥速。偕李来者四人，以二十千交庖备二席，余不能入坐，且不能出见客，坐镇可笑。

初六日，丁亥（1914年1月1日），晴。

今日为阳历元旦，而民间习惯则仍若不知也者，所闻戚友家只知惠生处收拾过新年也。程初来谈，药水照服。

初七日，戊子（1月2日），晴。

药水照服。颜医来，为配薰药治胸前气壅痰滞。堂前负暄，尚可久坐，似佳境也。成之来谈。

初八日，己丑（1月3日），晴。

药水照服。至园中散步，便入怀庐旧居。时实业司已将迁入都督府为合署办公，搬运家具络绎于道，日内可以扫舍，已赁与衡萃女学校矣。去此十八年，徘徊庭院，不胜今昔之感。况行将易主，尤令黯然。黄介甫偕相宅之股东来丈量亩数，遇于企麓亭下。接澹如信，十一月廿七发，尚未知予病手也。

收澹如信。

初九日，庚寅（1月4日），晴。

药水照服。天气甚暖，小步至怀庐门巷，叩元达所居之小扉，入谈片刻而返。旋又过春海少谈，亦欲自舒其步力耳。

初十日，辛卯（1月5日），晴。

药水照服。步至正屋，小坐片刻。

十一日，壬辰（1月6日），晴。

二、六两女回，言陶宅已回女庚，约日再过草庚，明春尚须行聘。药水照服。天燥甚。

十二日，癸巳（1月7日），晴。

药水照服。至园中小步。春海处少谈。

寄屋契。托春浦赴浙验换。

十三日，甲午（1月8日），晴。

药水照服。实业司于怀庐有所增修之屋舍，其去也，皆弃而不取，核其瓦木之值数在五百余千。虽官事不免侵蚀，而自我得之，亦大合用矣。

十四日，乙未（1月9日），晴。

药水照服。归清仁、智、信三记魏家坤田价银四千四百五十一两七钱，每股一千四百八十三两九钱，惟礼记则尚未付，此项从童子谅处借得三千金，另添一千五百金，成之。借帐受产，亦何可笑，此亦无法事也。收春浦寄饼干二匣，此每匣价一元五角，有饼干四磅；其一元者则止两磅，自有便宜。

收春浦代买饼干。

十五日，丙申（1月10日），晴。

药水照服。晨有雪意，辰后日出且暖甚。洪山头以不卖山，故人意不惬，而其他地实为车站第一美地，人意复不能舍去。前日有人履勘绘图，云朝岸山之侧，下有荒山余地，与墓向无碍，商欲购之。佛翼、文皆、相钧约春海同往勘视，于所图亦不甚合，尚须约彼人同往，始得明晰。苟于墓向无碍，则亦无妨割卖耳。

十六日，丁酉（1月11日），阴。

药水照服。阴寒气重，理藏碑遣日，亦不似从前之兴趣。八儿自乡来。

十七日，戊戌（1月12日），阴。

药水照服。颜医来诊，只有照旧服药，加用两种药酒，每食前饮一匙，可以补虚。黑葡酒亦可服。理碑，此箱内无多珍品。检《飞霞洞摩崖十八种》并《滑州明福寺浮图记》《曹娥庙碑》赠焕宾。寄春浦书，拟请其将浙中两屋向银行抵押之事妥商办理，倘得成事，趁此汇水极大之时，可以有所补助，亦姑妄为之。

发春浦书。

十八日，己亥（1月13日），阴，申后晴。

将明，北风甚厉，阵雨颇似梅天，无何，风止雨散，沉阴如晦，疑有意作玉戏。未申以后则杲杲出日矣。元达来作半日谈。焕宾赠所刻《严冬友诗》《藏书十约》《游艺卮言》。接春浦电，屋契已到。颜方酒二种：一为牛汁铁精酒，一为发纳酒，皆补品。早午饭前相间服之。药水照服。

收春浦电。

十九日，庚子（1月14日），晴。

药水照服。检碑，以温州光绪廿四年同知署出土之分书二纸、赵屼《戏彩堂记》断石拓一纸赠焕份。

二十日，辛丑（1月15日），阴。

药水照服。过春海，遇唐春湖，二十余年未见，七十八岁，甚健。方为诗老作书，适冬彦袖其初十所发书来，拨洋三十元交冬彦，此即代送稚英奠敬也。冬彦诊余脉为待脉，待为气乏，则气虚极矣。肝脉弦大，亦气虚之象。鹿茸不可服，中药稍结实者皆不宜，则仍以西药为合。惠生送陶宅回庚来。咏莪来谈，得徐霖生赴告，阳历十二月十九卒于南京。从故簏中清出东洲先生挽先公联，白绫尚完好也。“芸馆富英年，难得高文兼笃行；葭亲同厄运，不堪悼杏复嗟梅。”上款“〇〇太史世讲噩耗至都，适杏侄化去之次日也，书此寄挽”。

廿一日，壬寅（1月16日），雨。

药水照服。阴湿之气甚重，镇日未出户。磨墨一池，盖两月余未从事于此矣。佛翼来。

廿二日，癸卯（1月17日），晴。

药水照服。发诗老书。郭临之来，本在衡山法院书记，近因改帮审员，从减政主义，遂不得终事。谈及邓小庸到知事任，办事甚严厉，殆亦有取于刑乱国用重典乎？午睡初足，暖日烘窗，起步园中，过春海少谈。

廿三日，甲辰（1月18日），晴。

晨起，大雾漫天，怯寒，不得至园中一览。巳正始收红日三竿，清朗可喜。发铭之信。发少星信。接南友信。药水照服。饭前至厅事，觉有寒气入室，甚不适。服苏打片，两次大解尚畅。午后，负暄于南檐，始觉回春。有打春者至堂前高唱，颇有年景矣。十八年不闻此声，差强人意。晚送灶，更见催年之速。

发铭之书。发少星书。收南友书。

廿四日，乙巳（1月19日），阴。

寒气重，不敢出。录黄鹿泉丈《孟琁》跋尾，将以寄絅斋也。药水照服。颜福庆来，谈予病不可求速效，此类病非痰嗽可比，与天时无甚关系，春来可无虑也。怀庐赁为衡萃女学，今日开学，康子入校学图画科。

廿五日，丙午（1月20日），阴，夜雨。

药水照服。理手卷册页。发澹如书。夜雨。

发澹如书。

廿六日，丁未（1月21日），雨。

药水照服。发吴子脩书，并录黄鹿老《孟琁碑》跋尾一首寄絅斋。风尖雨细，兀坐围炉。十妹、十五妹从正屋来，谈良久，去。知黄二婶在正屋，闻其穷迫至极，赠以八千钱，于是年八十六矣。表婶之存者惟此，表姑之存者则黄三姑，今年八十，此外老亲盖无有矣，能无怃然！

发子脩书。

廿七日，戊申（1 月 22 日），阴。

药水照服。三日来心跳较甚，多在午后，恐是血薄。颜君谓非其故，或不尽然，且虑于酒不宜，拟于食前停酒，仍试进红血轮。铭之治证有心房及心跳不宁之语，服之当无损也。阴寒之象实有明征，姑一试之。

廿八日，己酉（1 月 23 日），阴。

昨夕雨甚。药水照服。以砂壶小瓷数种赠郑晓琼，报其瓷器之惠。赠葆初绿砂。

廿九日，庚戌（1 月 24 日），晴。

昨夕心跳声时作，不能宁睡，因计服酒将十日而心跳转甚，恐补反为累，且恐胃无化酒之力，致伤酒积，拟用枳椇解酒，硃砂拌茯神，平火安心；甘草解药毒，并将药水暂停，从容体验也。巳刻放晴，甚暖，披大裘步过水月林，昨已经莲花庵僧将诸位神像请去，与以钱百五千，所有龛台均已拆却，甚为宽展。后殿改为主堂，只修理，无改造。前殿拆改院落，添一拜庭。大门两边添盖东西房间，亦尽敷用矣。四女归，以《窦居士碑》与嗣曾，勖其作楷字。

除日，辛亥（1 月 25 日），晴。

昨夕心跳时作，不及日间安定，或临卧食烟所致欤？今日拟用灵神、白合、甘草三味。白合保肺清心而又甘敛也。药水仍照服。佛翼、文皆先后来，予则不能至七叔处贺岁矣。祀祖团年，四世一席。平安庆岁，何莫非天恩祖德之默佑，家庭之乐，亦非易得。勖儿曹宜重视之也。

第二册

民国三年（1914）旧历元旦起，五月廿九日止

正　月

旧历甲寅元旦，壬子（1月26日），晴。

昨夕心跳如故，不适于眠，卯刻闻家人祀神出天行，亦甚热闹。老夫高卧不起，岂得已乎。辰刻起，谒祖堂叩岁。至正屋拜年，来往以舆，盖园路虽平，亦以为劳也。诸弟侄外孙辈陆续来，颇疲于应接。检阅医经，有放松衣领之语，数日心跳之剧，或天燥衣厚有以致之欤。临卧乃去丝棉小袄一试之。

初二日，癸丑（1月27日），晴。

昨半夜醒时，按脉过百至始停，心跳颇轻，则亦是体验之一法。晨兴以后，似稍清爽。至老七处拜年，少谈而归，甚热。午后至仲熊、元达处，遇秉仁妇来，始得见，年六十三，精力甚好。程初来谈，彭伯存、秋溪之子。徐小宋雨舅之孙。皆归来乍见者。郭宜之得攸县法官，将以明日行，托物色素

心兰。

初三日，甲寅（1月28日），阴雨，晚见日，复雨。

寒气颇重，阴云沉郁，疑有雪，乃雨而晴，晴而雨，竟似梅天。头闷有涕，殊不适，意晚晴时扶杖涉园，恐不免又受寒。服茶曲。翻检小唐碑，颇动抄文之兴，然遇阴湿天则手更无力，奈何。夜雨甚。

初四日，乙卯（1月29日），雨。

寒甚，枯坐而已。闻焕份又以诋毁汤都督，几欲捉将官里去，潜遁得免，何自轻如此！

初五日，丙辰（1月30日），晴，午后阴。

连日减去丝棉小袄，似脉象稍平，心跳略减。药水已停五日，明当再进以为体验。先妣郭夫人忌日，十妹、十五妹、十九妹、廿二妹回，二女回，大女以病，四女、十一女以素未回，归家不必忌讳，然守礼亦固应尔。有雪意，未知玉戏能成否耳。

初六日，丁巳（1月31日），阴。

药水照服。另服云神、百合、甘草加大参五分、麦冬少许。老三房三妹来，廿八妹、四女来。颜福庆来诊，谓脉大，恐过服朔番斯酒，致有血管涨大之患，应停一礼拜再诊，并为诸小人补种牛痘。以近日天花盛行，预为防之，已由行政厅发出印簿，交四医院分任补种之事。此新政之最要者，而华人尚未能家喻户晓也。

初七日，戊午（2月1日），晴，午后阴。

至拴侄处拜祖堂，拴侄以祖遗一器出观，锡为之，形式大小颇如柿，特不分四棱，平底稍凹，沿边刻篆书七字曰“只问此心过得去”，款曰“右临钟山碑篆，应鲁斋先生大人雅玩。

勾章澹如摹”。器面作脐形，以针探之，有孔二，略长针刺可入，抽出，针上有脂，嗅之作油气，窃疑为鼻烟油，然无外国文字，则又不类，当检干烟试之。往见徐子晋《前尘梦影录》所载烟油事，心尝艳之，此而果为烟油也，亦可增衰年眼福，且侈鼻观之奇逢矣。天晴人适，遂动访友之兴，乃敬吾、少泉、小宋、寿慈、砥庄、次泉、程初、幼怀、葆初无一晤者，殊索然意尽。

初八日，己未（2月2日），晴。

访郑小樵不遇。访根培得谈，壁间张子谅梅花小屏印多小巢所刻，故人遗墨，触目增凄。访彭伯存不晤，其妻出见，不相识也。自陈为徐大妹之女，始忆及伯存为童月樵之婿，亦可见余之健忘矣。接春浦致大儿书，云已到浙考查屋契，既已登记给证书，此次即不再验契，然此在通令未领以前，究未知何如。少琴以讼累避居沪上，屋事未尝经理，计不如抵押，或托周彦甥说合卖与太和堂作绸庄早了为妥。接晴帆、少星书。

收春浦书。收晴篁书。收少星书。

初九日，庚申（2月3日），阴晴不定，夜雨。

停药已八日，心跳见减。访鸣九不遇。过十五妹，亦他出。候陈璞丈得谈，归过葆初谈，遇徐四甥女之婿易寿彭，人颇稳练，假《老残游记》归。初十夜子二刻立春，有谓为初九之夜子者，余以为既曰初十夜子，则非初九夜明矣。

初十日，辛酉（2月4日），雨。

夜雨达旦，池水平堤，居然春涨矣。园中小步，雾雨迷漫，绕廊一周，足力尚无乏，亦自慰也。惟湿痰甚盛，有恍惚之状，服半夏曲、化皮，又服嗝啰颠。午后始适。亥刻接春，送太岁，运转鸿钧，病魔当少却矣。

十一日，壬戌（2月5日），雨。

今日痰气已平，惟阴雨，殊苦闷耳。在伯来。

十二日，癸亥（2月6日），雨。

春寒料峭，闭户静坐而已。两胁痛，贴颠茄膏。

十三日，甲子（2月7日），雨。

风力甚劲，仍不敢出。接诗老元日信，兴会极好，为之大慰。颜福庆来诊，脉仍有力，补心非宜，前药宜停，另开方试服。两胁得颠茄膏见好，惟闷坐无聊耳。

收诗老信。

十四日，乙丑（2月8日），晴。

颜医昨方系从改病主治，药则铗碘、颠茄、酒、糖及汽水，此方见之《西药略释》，云须久服方效，其效者则服药过三十八日也。趁暖，至园中小步，过春海少谈，言水月林虽系四隅向，而北方坐太岁，又向岁破，尚宜细酌。

上元日，丙寅（2月9日），雨。

晨起，左大眦忽然作痛，恐是寒伏火也。药水治之，晚刻稍好。雨打上元灯，放花筒为乐。南门外龙灯以爆竹迎之，金鼓喧阗，亦上元乐事。新学家咸诋毁之，亦未免过情。民间习惯，何伤天地之和耶！药水照服。

十六日，丁卯（2月10日），晴。

药水照服。周姨老太太生日，往贺。连日园中散步，鸟声可人，新绿渐起，徘徊亭榭，聊可自怡。唤作主人，正不妨耳。

十七日，戊辰（2月11日），晴。敬吾来谈。

药水照服。濯锦坊有同邑朱翁以符水治病，往访之，则以画手须解衣，刻犹寒重，须俟稍和也。访王莘田，少谈，公之客在坐，遂行。

十八日，己巳（2月12日），晴。

药水照服。三日来两目发干，若有昏蒙，以蛋吊炎，子粒甚密，特未识铍碘与目有关系否。且喉间作苦兼发渴，亦甚可厌。八儿自乡来。

十九日，庚午（2月13日），阴。

药水照服。目干喉渴如故。丙孙得稼农书，言陇海铁路系比、法借款，故留比学生在局甚多，陈定生寄语欲其前往，但得督办施君省之一书乃济。闻张少熙与施有交，因寄子玖书请其致书少熙，一为介绍于施。接伯新书，问余病也。接少星书。

发子玖快信。收伯新书。收少星书。

二十日，辛未（2月14日），雨。

药水照服。沉阴，小雨，不利于目，殊不适也。过七叔，谈屋事，意在十五万果能坚持不为得步进步之计，庶几尽力一谋，特恐仍是见风长，则无复有成之望耳。临卧用眼油药。

廿一日，壬申（2月15日），晴，夜雨。

成之来，论种茶收子打油可取山场之利，与前日敬吾所谈同意，余亦将徐图之。目干喉渴，询之颜医，则铍碘果有关系，现今所服分量本轻，照此情形，当减半服二礼拜再酌。今日右目现肿，恐昨夕油药太多之咎，非尽由铍碘也。镇日无所事事，闲步而已。益吾遣送《五州地理志略》一部并图一册。

廿二日，癸酉（2月16日），雨，晡见日。

药水减半服。湿重不适，略用表散得汗。寿曾送《谭文勤奏议》来，校对不精，讹字颇多。

廿三日，甲戌（2月17日），**阴**。

药水减半服。仲熊自岳州米捐局回，谈湖北米亦大熟，下江价值不大，贩户亦不见踊跃，除还捐外，每石不过趁千余钱之利。果尔，则湘米出境或不过多，是尚为好消息。伍佰云之续娶林夫人来，张家表妹之接脚姑娘，亦以表兄称余，却不识张家一人也。湿气甚重，手愈无力，宜以膏药预防之。翻阅《谭文勤奏稿》，讹脱之多，令人闷不终卷。

廿四日，乙亥（2月18日），**雨**。

有寒气，而湿气尤重，故疲困不在寒而在湿，则无如天何也。药水减半服，幸目干喉渴见好，稍适而已。春海约午饭。接笠渔信，左右手均有患苦，七十五人，自难免此，余亦惴惴矣。

接翁笠渔书。

廿五日，丙子（2月19日），**雨**。

药水减半服。两臂均略痛，以擦药治之，似有效，特未能发肉筋力耳。然知痛，宜认为吉征也。静卿来谈，小饮而去。子聘肥料局事将并入警局，来丐余为王莘田托请转圜，此事甚为难，非力所能到，婉谢之。瘠牛羸马，不任奔走矣。

廿六日，丁丑（2月20日），**雨**。

寒极有如严冬，瑟缩不敢出。元达来，久谈，及子聘事，仍敬谢之。接子修信，言曾得黄鹿老寄《孟琁碑》精拓本。夜晚有雷，方交雨水节，即闻隆隆之声，恐四十九日之阴雨不能少也。

收子修书。

廿七日，戊寅（2月21日），**雨**。

仍寒。药水减半服。陈璞山丈假稺泉处宴客，不克践约。

喜侄女昨日寅时举子，稺泉之长孙，亦不得往贺也。接铭之书，言余所患多由湿盛痰多，以西北地寒，真中者多，东南地湿，类中者多。何谓真中？寒伤营血，血愈虚，风愈盛也。何谓类中？湿生痰，痰生热，热生风耳。又有血虚气虚之辨，血虚则手足不仁，气虚则右手足不仁，气血俱虚，则左右手足不仁，此可为明证也。现在病情总由于湿盛痰多，以致如此，然年老，终不能一时复元，随时随事旷达自如，切弗动肝伤气，为第一要着。书意极见关切，致为可感。

收铭之书。

廿八日，己卯（2月22日），晴。

巳正，孙妇举男，迅速平安，极为可喜，归家第一快事，感祖德培植之厚。乳名为培曾。久雨得晴，人意慁适，园中小步，新绿渐齐，致可乐也。卫老忌日，不克一拜，诸妹自正屋来贺。药水减半服。

廿九日，庚辰（2月23日），晴。

药水减半服。徐薇仙立三来，柚衡九舅岳之庶子也，年三十八，其女字印侄，今年将结婚矣。张倚梅憩荷偕来妇来，均初见。访成之不遇，归。过定湘王庙，入访福基和上，适宴客，座有璞丈、次恬，留余入座，未敢触暮寒，少坐而归。过敬吾，少谈。

三十日，辛巳（2月24日），阴。

寒甚，连夜嗽急痰多，不能安眠，是伤风之象。昨夕尤剧，然日中又无所苦。颜君来诊，以脉象仍旧，当用朔番斯酒与鈫碘二方兼服并治伤风，解表药则晚间嗽时单服，不嗽则不必服也。静卿来谈。

二　月

初一日，壬午（2月25日），晴。

昨夕蒙被而卧，并用高领护脑，痰嗽稍轻，此不能受寒之明证矣。药水照服。李乾之携其八岁之儿回湘扫墓，过谈浙事，甚快。浙省秩序全复，朱督之力，一切远胜吾省。携交学古斋、古香室两处信，并索书屏联多件，手力未复，何以副其望耶。接元鬯书。接澹如书。寒气甚重。

收学古斋书。收古香室书。收元鬯书。收澹如书。

初二日，癸未（2月26日），雨。

乍晴又雨，天意如何，殊不适耳。药水仍以治嗽者为急，其他拟从稍缓。发伯新书，属其代促磐石书册。沉闷之极，独坐愁苦，不知何以自遣。

发伯新书。

初三日，甲申（2月27日），阴。

寒甚。郢生来谈。服治嗽药水三次，肺部仍未能静也。春浦致钧儿书言抵押屋事，恐未能行，二月将归，再面筹他策耳。

初四日，乙酉（2月28日），小雨。

无风，小步过春海谈。李德斋处派友丈量园地，或有论说，此事何日有成耶？竟日未作嗽，然痰则甚盛，仍服治嗽药水三次，兼服化皮、宋半夏粉一次。晚刻觉心空，总之阴寒之气令人不适耳。

初五日，丙戌（3 月 1 日），**晴**。

昨睡尚安，晨起，心空稍好，服朔番斯酒三次，不加滴，只每次五滴也。培曾洗三，无客，二、四、六、十一女及二甥女、一外孙女来而已。璞山丈来谈。发晴篁书，拟向萧佃加租事。过春海谈。痰多，晚用吸药一次。

发晴篁书。

初六日，丁亥（3 月 2 日），**晴**。

药水照服。佛翼来，偕过春海，留午饭，商售屋事，约明日请七叔来妥议。夜雨。

初七日，戊子（3 月 3 日），**阴**

燥闷异常，痰极盛而吐不出。郑晓琼来视，谓气不传送，非结亦非隘也。立补气涤痰方，拟一方用天生磺一钱、肉桂油拟用一分七厘五毫。合京半夏，二钱。饭粘为丸，如菜子大，将试之。接少星书。晚间佛翼在春海处作东道，请七叔来小饮，意将于此议得一准信，谈论至再，始稍解近日外间情形，乃蓄意欲售与外人，可得善价。酒后始露言，此固非七叔本心，必有不明事理之人从旁煽惑者，因历举中外条约利害得失详言之，以为此断不可行之事，当可恍然悟矣。

收少星书。

初八日，己丑（3 月 4 日），**阴晴不定**。

燥闷异常。昨服晓琼方，颇于气分有益，仍照服。谢傅竹湘步，去腊归来，今始得晤也。其住宅求售，索六万金，约七百方地，为吾家之半，则与黄介孚所还之十二万相去不远，而傅宅尚只有还价四万六千之说，核之介孚所言之数为已多矣。

初九日，庚寅（3 月 5 日），**晴**。**夜大雨有雷**。

昨夕燥甚，几可不盖被。晨起，日作黄赤色，东风甚大，燥烈异常，不能不大减衣矣。子濬来谈，言子玖将归也。仍服昨方。稍移兰近窗以受日。夜雨有雷，有烈风一阵，旋止。

初十日，辛卯（3月6日），晴。

早起，气甚和。出城访傅友良于陈家垅庄居，拟邀其课五儿、平孙，以渠叔侄入学堂无所求益，仍以私塾为宜。友良慨允，当再托张石臣一言为重。入城，过佛翼少谈，归已晡矣。

十一日，壬辰（3月7日），晴。

日作红黄色，燥甚，恐又将雨。竹湘、根培先后来。访石臣，托向友良一言，拟每月致脩十两，月费在外。石臣允为代致。邓晓峰交卸衡山知事回过谈，不日即赴京考试知事。晓峰好学笃行，必可操券。

十二日，癸巳（3月8日），雨

寒甚，不敢出。

十三日，甲午（3月9日），雨。**函致石臣，言友良事稍缓**。

仍寒不出。照服朔番斯酒，上次接晴篁信，扬州复有乱党，幸而机关破获，稍见宁谧。李乾之来辞回浙，托带学古斋、古香室二信并交还属书屏联等件，退笔无能为役矣。夜大雷雨。

收晴篁信。

十四日，乙未（3月10日），雨。

将晓，巨霆忽作，天仍未开。药水照服。佛翼来，称李德斋屋价十二万之说已回信不行，因近日银价大跌之故，恐此事将成画饼，坐失良会，皆以贪得而然，索高价者能无中悔乎！余固早料及此，殊为惜之。先妣郭太夫人生忌，午供如礼。成之、敬吾公请于同善堂，冒寒而往，幸可支持。同席李德斋、罗桂溪、周郢生、唐恺之、佛翼，亦欲小试吾筋力耳。接子玖信，行将言归，先令希马回湘料理。得良友早聚，可慰孤寂。

收子玖书。

十五日，丙申（3月11日），雨。夜有雷。

药水照服。过春海，谈屋价十二万本银主还价，今恐变为业主开盘矣。如介孚所云十二万得成，即是幸事，或竟不及此数也。春海亦以为然。移园中抓破脸茶花植于庭院，得雨甚快。八儿书询屋事，并寄来鸡子廿枚，复书告之。

十六日，丁酉（3月12日），雨。

药水照服。过春海，并约佛翼、文皆来闲话、午饭。勉如侄归，言陈家有人相宅，当属春海往告之，尽可来看，亦未知能如十二万之数否。闻七叔得此信，亦颇中悔，心无主宰，听人指使，究能悟否，尚不可知耳。归颇不适，恐又受寒。夜服葱豉汤始畅。

十七日，戊戌（3月13日），阴。

寄王葵园书，谢其画书并告近状。寒重，不敢外出。颂年、石臣来，皆谢之，未免太率略矣，然不能强也。连日阅《广阳杂记》颇快意，刘继庄于湘江风景称美极矣。

发葵园书。

十八日，己亥（3月14日），雨，有雪珠。

寒气甚重，非料峭，实凛冽，午后竟有雪珠，拥被危坐。咏莪来谈。药水照（复）[服]。

十九日，庚子（3月15日），雨，有雪珠。

寒重如故。药水照服。景庭生忌，十妹、十五妹从正屋来谈。

二十日，辛丑（3月16日），雨。

寒重如故。药水照服。左目不适。

二十一日，壬寅（3月17日），晴。

虽见晴光，而寒气不少衰，檐前小立，觉不能耐。午后，园中小步，归来腹急，复大解一次，受寒之明证也。仍蛰伏矣。目患以蛋治之，子粒极多。

廿二日，癸卯（3月18日），晴。

寒气渐减，目患将外达，宜因势导之使出。倩晓琼立方。刘浦云自上海归，来候，将与唐宅理论屋事矣。张少熙来谈，石臣之侄，其弟新聘秋舫弟之女，此君甚漂亮，现为交通银行副理，又湘粤铁路副理也。过元达少谈。寿曾赠所印子贞先生临《黑女碑》，是真得《黑女》神髓者，虽印本亦可宝。此本为黎文肃公所得，诗老亦未见过临本，当觅寄之，又所印翁叔平相国书札，则第二乘矣。

廿三日，甲辰（3月19日），晴。

移兰花置南檐下使见风日，老叶枯落不少，尚不碍青青之致，惟茉利枯叶虽不脱落，不知回青有望否耳。目患未净，仍服郑方。访程初未遇，见其二子，七十四岁所得孪生，今十一岁矣。访次泉，遇汉秋久谈。至寿慈处得晤。日晡颇有寒气，遂归。晚间兰花仍入房。

廿四日，乙巳（3月20日），晴。

仍服郑方，目患可就愈矣。移兰照昨日办法。过六女、二女两处。访季和、一琴，皆晤。一琴处强食市面少许，归来便腹泻，清净肠胃不能容物如此。闻南屏去冬在川中病故。

廿五日，丙午（3月21日），春分。

昨夕甚燥妨睡，知今日必雨也。次泉来谈，将赴保恤局集议，以官厅因筹款艰难，各善堂有二万余金无从给发，行令各堂议裁此事。为难极矣。发芝公忌日设供，自去岁解散公祀，议归各房办祭，不知各房设供与否。余亦行其心之所安而已。晚间至水月林约春海、七叔、静卿、佛翼、秋舫、竹泉、文堦诸弟享馂，谈及屋事，七叔默无一言，能无内愧乎。

廿六日，丁未（3 月 22 日），阴。

风劲寒重，服郑晓琼方，目疾渐平。晓琼谓可服天生磺以补火除痰，因向黄鹿丈购一钱。鹿丈不受价，容后酬之。发铭之书，请为酌一补气除痰之方。四侄妇为其母家说合售屋，只还五十五两一方，约计得银六万余两，从此价值不能起矣，可为一叹。窃虑将来此数亦不可必耳。

发铭之书。

廿七日，戊申（3 月 23 日），阴，夜大雷雨。

寒气又至，胜于昨朝。脚力遇此天气便形软弱，闷坐而已。寄八儿书，同为屋事一叹也。

寄八儿书。

廿八日，己酉（3 月 24 日），阴。

昨夜大雷雨，满望放晴，乃沉阴如故。申酉之间渐见开朗，明朝或得日耳。

廿九日，庚戌（3 月 25 日），阴，小雨，申刻略见日。

满拟今日放晴，晨起，仍是阴雨，且有寒气。欧阳伯元来谈，知王湘绮经袁总统聘修清史，敦请到京一晤，湘绮允行。渠此来躬送登舟也。湘绮精力之过人可知，然亦不可以已乎。胡美医生来诊，谓余脉仍嫌过大，朔番斯酒不宜再服，近以痰多而吐不活，以服铍碘为宜，并为纯姬诊视，其气痛似由胃力不消化之故，试服苏打粉一味，二三日再定方。丙孙起程赴京，以张少熙书介绍于陇海铁路施、黄二督，办乞路工差委，不知能否有效，或仍仗马相伯推毂也。

三十日，辛亥（3月26日），阴，申刻晴。

药水三次。步至春海处谈，知骆姓曾来询洪山头田事，拟出二万而不论方数，未之议也。晡刻过根培谈，院中绛桃二盆如火如锦，予谓吾家大园不及君家小院，相与一笑。八儿书来，过清明可入城也。

三　月

初一日，壬子（3月27日），小雨。

昨夕两目发干，脉跳心停，岂鋏碘不合之征欤？午后访胡美君，将询之，乃他出未晤。访伯元未遇，便过葆初谈，留食晚饭。彭伯存及李子端之少君、伯存仲荫兄弟在座。

初二日，癸丑（3月28日），雨。

以书抵胡美君，得复，谓前药恐有未合，改用止渴药水日服三次。发洞省书，索还《简明医学教科书》。发南友、薇阁各一书，交王庆带。王庆欲求二公为荐事，姑为托之。阅《清季宫闱秘史》，是为裕朗西庚。女德菱女士所记。德菱自法国随父归朝即入宫侍慈禧宫服务，故于大内情形及慈禧起居服饰颇为详赡，其立意欲于随时讽成改革政治，卒无回天之力，致可惜也。女士后为美国人怀爱德妇。

发洞省书。发南友书。发薇阁书。

初三日，甲寅（3月29日），晴。

服药水三次，喉渴有效而目干涩如故，血虚现象。申刻，以红血轮作午点一次，未识不相妨否。试数日可决也。晡过春海谈，忽佛翼至，遂留水月林晚饭。

初四日，乙卯（3月30日），晴。

辰巳之间，阴寒颇重，午刻始大放晴光，人意顿爽。药水三次，红血轮一次。水月林契已毁，老菊圃一带则六十年改造后，与接业契，久已不符民国新政，验契甚严，只得照契本录出呈验，好在白契一体过验。民国以前均不再税，民国成立以后白契则须加税耳。春浦来信云，萧心诚为东牌楼屋说合某学堂承接，不知能有成否。连日目干，颇以虚花为虑。晚用蛋治，提出子粒甚多，则仍是寒郁风热所致，差为放心。

收春浦寄钧书。

初五日，丙辰（3月31日），晴。夜有阵雨。

药水已罄，暂停一日。访咏莪未遇，答谢张少熙，得久谈。过四女少坐，食面一盂，适其时也。黄子晋夫人来，十余年来依其婿以居，亦得半子之靠，于是年六十四矣。夜有阵雨且闻轻雷，恐又将变天也。钧儿赴西乡扫墓。

初六日，丁巳（4月1日），阴。夜大雷雨。

天复闷燥，午后寒重。光甫禫祭行礼，因留午饭，过时而食，殊不洽也。根培为代买小株红茎木，去钱六百文，余花未尽，枝叶亦茂，度非扦插愚人者。戌亥之交大雷雨。红血轮一次。

初七日，戊午（4月2日），雨。

寒气异常之重，可着大裘，老夫惟袖手枯坐而已。目蒙见好，吐痰不出，甚闷。红血轮一次。程子大送到李艺渊重九偕其夫人楼外楼登高七古四十韵，艺渊年七十六，其夫人则已八十，白头夫妇同一健康，诚为大福。今冬重谐花烛，尤为胜事，若犹宦也，知艺渊老兴更豪矣。大风竟夕。

初八日，己未（4月3日），雨。

昨夕北风怒号，势可撼山，居近园林，若在舟中，几不能堪也。晨起奇寒，凛冽不可犯，天气如此，真少见矣。接益吾复书，今年恐未必定返城居耳。本生先考生日，午供如礼。十妹、十九妹、三妹回，四女、六女、二女均回，四女为嗣曾索大字墨刻，检得张海山大格言楷字与之。

收益吾书。

初九日，庚申（4月4日），雨，有雪珠。

晨有雪珠，销灭甚缓，寒气盛也。脱肛忽发，则吐痰不活，咳呛费力之所累。偃息在床，无所事事。惠生来谈，闻昆生有浙人相识，欲购浙屋，不知谁何，即托其一询。

初十日，辛酉（4月5日），雨。清明。

连日以尖丸之力，脱肛不加剧，且以寒重偃卧，故尚适耳。清明祀祖如礼。闻七叔处此礼径废，四世神主均在正屋，乃熟视若无睹耶，可为叹愤。接丙孙初二到京信，时甫下车。

收丙孙信。

十一日，壬戌（4月6日），阴，午后晴。

接丙孙信，已见过施省之，云五六日有回信。过春海少谈。访元达谈，又过仲熊，时自岳州米捐局归，查米事竣，仍赋闲居，将如之何。接南友信，专丁回湘，因验契事也。八儿自乡来，言朱雨丈初八下葬，乃先日开井九尺有水，不克葬，一切费用已虚数千金，君子不以天下俭其亲，人子之心也。然过事繁费，恐亦非厥考心耳。菊生将留半穴，待其生母他年合窆，其如嫡子不能曲从何？果其径行，不免贻人笑柄矣。

收丙孙信。收南友信。

十二日，癸亥（4月7日），晴。

颜、胡两医均赴沪，欲以近日病情质之，苦不可得，幸无大苦，姑徐徐云尔。过六女看料理明日纳采之事，留午饭，旋腹急，得建茶饼嚼之而适。申刻归，园中小步，颇有静趣。

十三日，甲子（4月8日），阴，夜微雨。

春海生辰往贺。寿慈来谈，早餐去。接铭之书，为拟一方出痰兼补气血，虽系悬揣，然相知有素，自可服也。接晴篁书，为萧佃加租修填事，须俟秋收后始可议。

收铭之书。收晴篁书。

十四日，乙丑（4月9日），阴。

寒气少减，犹可着羔皮也。发铭之书，旋接其邮寄吴抱清服红血轮之证书一束，欲余广为分布流传也。书中有云，盖人生健康者所取之血，其色须实足百分，体中本有之红血轮须五兆粒，白血轮须六千六百粒，不及固弱，太过亦病。本年正月未服以前，请义医罗默穆博士先行考验，计所取之血其色仅八十五分，又晰而分之，红血轮得四兆二十一万粒，白血轮得四千五百粒。自正月九日起服，至三月廿二日取血照验色血，得九十五分，红轮得四兆八十万粒，白轮得四千二百粒。至九月二日取验，则色血有九十八分，红轮有四兆九十九万六千四百粒，白轮有六千五百粒。医谓成绩甚佳，已能及格。该医盖用显微镜察验并按基尔克洋文。法分析核算也云云。由此观之，则红血轮之功效深切著明，非泛言补益者可比。闻之甚快。元达来。程初来。接丙孙初九来信，已奉委陇海铁路东局翻译，常驻祥符，月薪可有百六十元上下，此自较在湘草充校员为计之得。

发铭之书。收铭之寄件。收丙孙书。

十五日，丙寅（4月10日），晴。

天乍放晴，然嫌太燥，恐仍不久，俗传财神暴或将验也。

贺陈璞丈移居赵家坪新宅，遇龚子皋，年七十八，甚健，盖不见将四十年矣。过六女少坐，新人生外证，抬手颇难，吉期甚迫，殊为闷人。访刘浦云，遇瞿芑孙，石嗣之子也。访成之、恺之昆仲久谈，归而觉乏。数日来日服红血轮一次，吐痰能活，今日始服三次。

十六日，丁卯（4月11日），晴。

仲熊来。理碑帖一箱，皆新拓，有东坡正襟危坐全身像，此石在浙之余航玲珑山，则罕见之本也。服红血轮三次。

十七日，戊辰（4月12日），雨。

昨夕亥子之交，月明如昼，迨子正后忽大风怒起，急雨旋作，继以雷电，天之不可测如此。今日即有寒气，时见小雨，晚间又见月矣。六女处本定今日铺房，十九合卺，以新人外证未愈，势不能不改期矣。晡过春海谈。服红血轮三次。

十八日，己巳（4月13日），晴。

出城访周纬斋谈，登其讲易楼，可以望岳，清淑之气，迎眸而起，令人意爽。过醴陵坡蔡忠烈公墓下，凭吊久之，入黄道门访张倚梅，不遇。访石心田并见其夫人于是，心田年八十，其夫人亦七十矣，有子三人，孙八人，曾孙二人，其次君仲愚亦出见，别三十余年矣。子怀自醴陵盐局归过话。服红血轮三次。

十九日，庚午（4月14日），晴。

昨夕甫入梦，忽为痰壅而醒，良久始得吐出，极为可厌。晓琼谓为命门火衰，升送不力，曾云须服天生磺，怯不敢试，今痰势如此，或竟不能不一试也。谢李南桂及家南田步，均不遇。至向宅见继姑母并两表弟，长者十一岁，次九岁，振丈六十始得子，可谓迟矣。至廿八妹、庆妹、满妹三处，归已向夕，乏甚。李葆初赠家制火腿，博硕肥腯，颇似外国火腿。服红血轮三次。

二十日，辛未（4月15日），晴，午后微雨。

匀田公配黄孺人生日，本生先妣周夫人生日，午供如礼。佛翼来，言焕宾由京返湘过鄂，适壬老在鄂有会，焕宾与焉，忽发狂言，遂为当事拘留，电湘得覆，令其专轮押解，于前夕抵省，即押赴都督府，嗣闻拘禁军事裁判所，未知吉凶若何。既以笔墨贾祸，几蹈不测，复以口舌招尤，又陷危地，何不自量乃尔！以彼家道之厚、才华之盛、箸述之多，辟世山中，志为传人，真可睥睨一切。乃计不出此，而肆口嫚骂，非自作孽乎？深为惜之。接丙孙十三日书，以洋总管未到京，尚无赴差行期，现定薪水百二十元，六月之后可加四十元，以后可递加至四百六十元也。服红血轮三次。昨夕丑刻醒后痰多而热，吐出甚活，色亦白，今晨反是，痰凝而青，乃悟暖则有顺征，稍寒则悖矣。火衰之象，益可信也。

收丙孙书。

廿一日，壬申（4月16日），晴。

天气暄妍，有长养之功，秧针计日可出矣。恒兴粮栈假曲园宴客，盖为招揽生意地步，勉力一行。曲园为黄介孚宅后圃，即陈左卿丈桐荫园旧址，前年始辟为酒馆，改造洋式楼阁，花竹掩映，院宇开朗，遂为省中酒楼之冠矣。稺泉言焕宾被拘当无危险，不过汤督将扫其面孔耳。归过介孚未遇，乏甚。照服。

廿二日，癸酉（4月17日），雨，有轻雷。

颇有寒气，为新秧耽忧，春海则云无妨也。春浦托人带到达尔牌牛奶一箱，计洋十元。磨墨一研，略坐宋双石斋。自去冬十月廿六病后，今日始凭几久坐，亦见其怯寒畏寂矣。阅陈芸溪新刻己酉迄癸丑诗，皆纪事之作，可以考订时事。海瀛婿来，将赴永州盐局办理分局邻税，年过三十，初次出门，以家贫而迫之。

春浦寄牛奶。

廿三日，甲戌（4月18日），雨。

寒重，不敢出。先考忌日，午供如礼。诸女归，闲谈竟日。照服。

廿四日，乙亥（4月19日），晚晴。

湿重目涩，亦殊可厌。访幼怀、程初二老不遇。晤敬吾，闻壬老在京为焕宾缓颊，总统有电致汤，已允释出。而焕宾以不得直，抗不出，未知如何收束。过砥庄谈，半年未见，衰病似暂胜余也。徐小宋处久坐，食春卷，尚不劣。服药二次。

廿五日，丙子（4月20日），晴。

族人南田来，欲余为谋事，谢以无力。闻焕份经汪颂年、胡少卿及某某四君保释，渠亦自具悔结，亦背晦极矣。六女唤影戏来，二十年不闻此调，亦耳目一新。照服。

廿六日，丁丑（4月21日），晴。

成之来，赠所刻《治痢丛谈》、朱笠亭《陶说》，假西医书三种去。访根培，则已于十日前移居于东长街，旋晤于新居。遇姚密甫。访耕莘，谈浙中往事，有宫花寂寞之感。陈镜仁、张芸岑、黄觐虞、杨芝仙皆不遇。归过六女少坐。赴春海晚饭之约。照服。

廿七日，戊寅（4月22日），晴，申刻大风雨，酉刻改晴。

耕莘来。申刻忽起大西南风，卷地而来，势极猛烈，大雨雷电随之，老桑一株吹折堕水，祓亭一带游廊压坍。旋又晴霁。长江大河必有遭损伤者，此廿三之马祖暴欤？抑明日之东岳暴欤？傍晚过六女处，闹轿夜饮。照服。

廿八日，己卯（4月23日），晴。

午刻至六女处观椒石嘉礼，六女抚之十七年，以养以教，迄于成学授室，既为称慰，亦不免为之伤感。喜极而悲，往往不自禁也。始晤子实，去浙已将廿年，前年从广东子舍回，年七十一，甚健。拜王姨老太太生日，颇乏。照服。

廿九日，庚辰（4月24日），晴。

屋事自李德斋退信后无可提议，忽有郑君子润。来询，将照十二万之议。此中人语，悉已闻知，但得允言，即可交易，甚盛事也。特不知持奢望者见有转机，又以为童蒙求我，起婪索之念，能勿蹈前辙否？因告文皆属其就近探之，亦俾其从容秘议耳。前日大风雨，白沙洲一带有雹，枫树塘、陈家湾两佃均来报庄屋被雹打伤，固知必有此灾。申刻至椒石喜酒。早有寒气，可着棉。午后又热甚，晚又凉也。一日之内，气候不齐，恐仍有雨。石心田来，未晤，赠阿魏、马牙槟榔少许。照服。

四　月

初一日，辛巳（4月25日），晴。

采臣来，为书一扇，聊以为纪念云尔。平孙昨夕患咽痛，倩一琴来视，谓非白喉，宜防蛾也。以意拟一治右手无力方：用白胡椒，每岁一粒，蒸猪右前蹄，不识能有效否。七叔来，商及屋价十二万之事，决计照此价出售。候佛翼来商，待之日晡不至，恐又为红友所沮矣。接士宜、谙三两侄书，因其姊若妹今年均须出阁，而嫁资无措，向予与佛翼各贷百五十金，何以应之？照服。

接士宜书。

初二日，壬午（4月26日），晴，晡刻微雨轻雷。

佛翼、文皆、春海先后来谈屋事。午后同过水月林，因七叔欲割留地亩，扦定后忽又多留，未识前途之意何如。即使可行，无非少价而已，是亦不可以已夫。晚间脑痛，想因晚风所阨，通夕不能稳睡。照服，并服猪脚汤。

初三日，癸未（4月27日），晴。

脑痛，达旦未止，昏睡至巳初二刻始醒。早点后，步园中，得空气流转，渐适，知炭气之为害烈矣。春海与两儿偕谢郑子闰，谈悉郑子闰犹承骆姓之托而来，并非与买主直接，似此屋事尚在虚无缥缈间，成局未可言也。惟七叔所云扦留地亩一层，则借与郑君言，恐买主不愿，预为道及。约可行，即明日回信，否则无信来。七叔闻此，有"如不愿即不留亦可"之语。事如成，可少一纠缠耳。乏极思卧，昨夕失眠之故。照服。

初四日，甲申（4月28日），阴。

昨夕服润肠片，今早大解始畅。因七叔临议售屋欲留地点，而价又不敌春初之有奢望，决计将余所欲留之地统行卖去，以免多事，且实亦不合算耳。春海来，偕过正屋，七叔他出，即以此意告知七婶、十弟，俾自斟酌，余亦且图清净。腹中忽急，疾步而归，大泄一次，此药之效而又以易膏药受寒之故。照服，并猪脚汤加片子姜黄少许。

初五日，乙酉（4月29日），雨。

寒气奇重，竟着重棉，且非风帽、手套不足以御之，新秧殊可虑耳。发诗老信，寄东洲先生临《黑女碑》石印本一册，诗老曾言未见过临本，颇以为怪，知初得时必有临本数十通，皆散落人间矣。希马来，袖示玖老三月十九书，曾有书致少熙，托丙孙事未得复，其归期则在秋凉也。今日寒雨而运笔尚灵，或猪脚一方见有小效耶。

发诗老书。收子玖书。

初六日，丙戌（4月30日），阴。服猪脚第三次。

寒气仍旧。发子玖书。郭受年甥约明日饮于挹爽楼，辞之。阴寒不出，袖手而已。照服。题杨桂峰《恭喜多男图》，赠柳门吉礼。《点绛唇》："绣葆花衣，大家拱手称恭喜。如今画里，全是絪缊气。他日堂前，几对儿童戏。欢声起，牵郎拽弟，才识图中意。"到家一年矣，始为此词，此后能续鼓此兴否？

发子玖书。

初七日，丁亥（5月1日），阴雨

寒气胜于昨日，着丝棉袍始可受，而手套、风帽不可须臾离矣。书昨词于画轴，笔力颓老，大有谭半厂风致，亦自赏也。徐仲阮自南京归，过谈。照服。

初八日，戊子（5月2日），晴。

虽晴而寒仍重，可着丝棉袍。写小字数张，似笔力稍稳，然不可必也。佛翼生日，往贺则已他去。归，午后复出至惠生处，是为运夋吉日，留食面一盂。访焕宾，知释出后三日即赴沪矣。谢采臣步，访程初、幼怀两老，均不遇。过元达谈。照服。

初九日，己丑（5月3日），晴。

写小字一张。蒋幼老来谈，丰采甚腴，所谓面如少年得内养也。吃猪脚第四次。照服。

初十日，庚寅（5月4日），晴阴不定

过贺宅道喜，柳门娶妇，陈镜人之女也。访季和谈，遇咏莪、绶丞。访蔡惠泉谈。春浦来信寄屋契到，以曾有登记证书，不再验。以铭之前寄补气方交华英配药来，晚服一次，将与红血轮相间而服之。根培、程初来。

收春浦信。

十一日，辛卯（5月5日），雨。

佛翼来，偕过春海，少谈。接春浦初五信，浙屋经张容深作中，浙军统张载杨允以七千元承受，核之湖南洋价可得七千八百余金，亦不大折阅，此无可奈何之办法也，趁此易主了却一心事，未始非计。午后赴柳门外孙喜筵，先至季和处谈。服刘方二次、红血轮一次、大参五分，以明日立夏也。

收春浦信。

十二日，壬辰（5月6日），阴。

发昆浦书，允浙屋以七千元之价。闻石循三与张军统相契，亦可赖其臂助。循三为榆翁之戚，余署首道时曾延其主誊批一席，因托春浦转请张容深代致余意。祖考忌日，午供如礼。十妹回。服红轮二次、刘方一次。

发熊春浦书。

十三日，癸巳（5月7日），阴。

庭前老桂旧叶全凋，新叶甚盛，近日乃复多萎落，细视之，则黄蚁甚多，度其中必已蚀空矣。访希马，已于初八日赴沪。访程子大谈。访颂年不遇。接铭之书，将有组织联合中国大医院之举，起点在武林，支部在白下，惜吾湖广均不得与也。服刘方二次、红轮一次。

收铭之书。

十四日，甲午（5月8日），雨。

菖蒲生日，方拟修剪，以雨沮兴。春海言八儿欲为其生母修石墓，事虽可行，却嫌太早，余谓宜取《学而篇》第十一章细玩之。写南友信，待发。服红轮二次、刘方一次。

十五日，乙未（5月9日），晴。

晓起，大便秘结不适。午刻赴张汉卿徐长兴酒楼之约，长兴烧鸭为长沙之冠，客惟余与佛翼、钧儿、五侄而已。五侄以棠荪柩眷到湘，前往照料。归后两次大解，皆不利，致伤气坠，后用尖丸，至晚刻始畅行。安睡入梦。是日只服刘方一次。

十六日，丙申（5月10日），晴。

大解二次，殆有饮食之滞，服茶曲，午睡颇适。起来甚倦，是气有伤，左拇指痛，试用冯了性酒擦之。虎刺已全枯，忽有新叶见于枝丫，为之色喜。茉利则将不保矣。是日口服红血轮一次、刘方一次。

十七日，丁酉（5月11日），晴。

早点后张少丞来候，年七十八，轻健非常。方与款接谈笑伊始，余忽以吸烟一口即觉头晕，此后遂不知人事。迨醒后为人所扶挟，茫然不知其所。久之，始悉由坐而跌下在地，改用围椅抬入，手足皆不知动，幸心思尚明，渐有知觉运动。颜医来诊，谓跌扑虽小，仍与心经有关系，用外钓之药水并内服之药片。两手痛甚不可触，似乎开水之烫伤者。棠荪柩到。

十八日，戊戌（5月12日），晴。

照服，药掺药。晚间骨节内甚热，渐有钩出之象而痛仍不可触。

十九日，己亥（5月13日），晴，热甚。

颜医生来，另换一种服药，微见好。

二十日，庚子（5月14日），晴。

廿一日，辛丑（5月15日），晴。

颜医生来，以所发渐平，不必用药，但以棉花包扎两手患处，过数日再说。

廿二日，壬寅（5月16日），晴。

棠荪开吊，闻之凄然。

廿三日，癸卯（5月17日），热甚，夜大雨。

接诗老信，知其久病两月余方愈。日来敷栀子灰面，觉有效。

收诗老信。

廿四日，甲辰（5月18日），雨。

廿五日，乙巳（5月19日），雨。

钧儿启程赴沪，将往浙料理卖屋事，晚饭后上新河市船，携去病前致南友书。

发南友书。

廿六日，丙午（5月20日），雨。

两臂有时作痒，而搔之则痛，是风气渐出之象。夜卧尚稳，惟醒时血脉作涨，极不适，必得伸缩数百次始稍舒展，此五六日来之情形也。接澹如书，言东牌楼之糟，令人气闷，好在已有售主。大儿此去早了为妥，折阅固在意中，则亦不问多少矣。拟复以一电，乃为线坏沮发。颜福庆来诊，谓可不用药，常以温水荡之，气血自暖，恐服药转致多事，亦未为无见。大约暑气渐生，可望稍健，要须善为防护耳。

收澹如书。

廿七日，丁未（5月21日），雨，晡微见日。

晨兴，略见轻便，未可据为典要也。服红血轮可得滋血之助，有益无损，此不必谋及医士者。四、六两女回，六女忽发失红旧疾，殆肝气乘喜气而逆之，事之不可料者，七情固最难知，喜事而有怄气，则当之者更难矣。

廿八日，戊申（5月22日），阴，申后见日，傍晚有霞。

发澹女信，发大儿信，寄由恒云纱厂事务所转寄浙江。服红血轮两次、活络丹一丸。

发澹女信。发大儿信。

廿九日，己酉（5月23日），雨。

昨夕因恐受寒，厚盖致燥热失眠，晨起极惫，且不思食。服苏打片、庆胜丹均无效，后进嗬啰颠始稍适。晚饭胃纳始复，潮气非常之重，殆不可支。接周子徵廿二日书，近状甚窘，可想而知，告贷宜有以应之，然日暮途穷，将来更不可设想也。夏仲玉没于申江，其妾女亦相继去世，可惨。

收子徵书。

三十日，庚戌（5月24日），雨。

沉闷至极，困乏不可言。接大儿廿七汉口信。

收大儿书。

五　月

初一日，辛亥（5月25日），晴。

晓雨，旋大放晴，人意顿适。手腕以追风膏之力似有效，抑亦天暖使然耳。接丙孙书，须往归德府一带勘路。十妹回，知郢生已于昨日旋里。三日来日服红血轮两次。

收丙孙书。

初二日，壬子（5月26日），雨。

偶晴复雨，手腕又痛，追风膏不如法，决计去之。服红血轮两次，拟加用桑寄生，从三妹处取得少许，炖三钱服之，此类皆无速效也。

初三日，癸丑（5月27日），雨。

寒气复，可着棉。沉闷无可言。发大儿书，令送子徵三十元买雪花二瓶。红药、桑寄生照服。

发大儿书。

初四日，甲寅（5月28日），雨。

昨夕得春浦书，廿六所发，盖接余十二日书，言张载扬以得勋位入京觐谢，须端节后方回浙开议屋事。石循三有书与张容澜，云另有人觊得此屋，如七千外可有获，当从此处着手，听其调度可耳。阴雨沉闷如昔。桑寄生中加姜皮以止痛去风，加云苓皮以祛湿，亦以意为之。根培赠墨兰数叶，不知能养好否。来书谓诗老得总统府顾问，欲余乞诗老书为之介绍于汤都督，冀得一科员，此语不知从何而来，亦重诬我诗老矣。

收春浦书。

初五日，乙卯（5月29日），阴。

蒲艾悬门，又逢午日，贺客虽无多，而亦疲于酬对。怡凯甥来，令人感触失声。元达所居以久雨坍塌一间，险极，幸未伤人，此屋亦太内损矣。红血轮两次，桑寄生。

初六日，丙辰（5月30日），晴。

日色虽嫩，而支持到晚，未知明日如何。向姑母、十九妹、三妹，二、六两女，椒石外孙妇来清谈，尚不吃力，不似昨日之苦。廿八、三十两妹小坐即过正屋去矣。红血轮两次。桑寄生加红枣以补气。向姑母之所言也。

初七日，丁巳（5月31日），晴。

晴光甚正，西北风峭寒，犹泥人也。成之代觅得桑寄生两把，色黄而枝嫩，有柔荑之美，香气清长，为平生所未见。云其友在广东所得，则与粤西之产迥别矣。发诗老书。发丙孙书，告以杏仁熊油膏已由龙毅父交到。晚刻接大儿四月三十到沪明片，与春浦信所说同。接丙孙书。药照服。

发诗老书。发丙孙书。收大儿书。收丙孙书。

初八日，戊午（6月1日），晴。

昨夕又以厚盖受热致秘，幸午刻即通利。程初、觐予来，皆不及接晤。十妹来，赠糖橘、盘香，郢生新自沪归所携也。接南友书，有《见怀》十六韵，可知兴会之佳。接绍星信。接大儿初二明片，云有快信，未到也。药照服。

收南友信。收少星书。收大儿信。

初九日，己未（6月2日），晴。

气候甚正，所苦即觉少减，寒湿之瘀固非大阳之气不能战胜也。接大儿初二快信，已访晤少琴，允即致书石清渠将租折等件交出，以便接洽，尚未告知屋有售主。初三当可赴浙矣。

葵园自平江回省过谈，甚快，精神丰采尚如旧，惟步履亦稍衰弱，仍思居乡为乐，新举一子，足慰老怀。服成之所馈桑寄生，其味较苦，恐性亦较凉，宜细体之。红血轮照服。

收大儿信。

初十日，庚申（6月3日），晴。

发大儿快信，添买之物尚多，又陈镜仁托买者。周姨自乡来，寄八儿书交舆夫，谈久甚乏。晚饭得熟眠，比料理安寝，则不能睡矣。过三句钟始成梦也。药照服。

发大儿信。

十一日，辛酉（6月4日），晴。

昨夕得美睡，三时始醒，已大明矣。大儿初四日书，由武林发，已晤石循三，甚为关切，推娱翁之爱固宜尔。有金姓欲得是屋，可出八千元，果尔大佳，然必有成说、交定银乃可放心耳。陈太夫人忌日，不能行礼，恨恨。药照服。

收大儿书。

十二日，壬戌（6月5日），晴。

渐热，甚适意。郢笙来谈，知诗老病虽愈，未大复，据所言则其病全在胃部。磨墨一砚，静趣可人，月余来韵事得未曾有。

十三日，癸亥（6月6日），阴晴不定。

接大儿武林午日信，已与石循三酌商诸事，俟金姓看屋议价定后，再与石清渠交涉退庄之事，刻下清渠赴湖州尚未回也。临小字《黑女碑》一通毕，神气颇完足，与五儿藏之。陈祁甥三十岁，贺以四千，约饮不能赴。昨今洗桑枝水两次，左手似有效。药照服。

收大儿书。

十四日，甲子（6月7日），晴。

临《黑女碑》小字一通，此病前所书未竟，今卒成之，亦尚不恶，与慈儿。因检前年在上海所临一通寄纶儿，更将多书以贻诸儿女孙曾，亦遣日妙法也。手病如此，腕力决不可复，擘窠大书即能作，亦不可多，况未必有恢复之望，只此描头画角，如愿已足矣。洗桑枝，服药如昨日。

收大儿寄平孙书。发大儿书，令寄■■画格对联四五付。

十五日，乙丑（6月8日），早晴午阴，夜大雷雨。

早颇闷热，午后忽奋雷一声，只雨数点，晚刻则疾风迅雷甚雨喧沸，逾时始息。可惜三五良宵不见团团月耳。发南友书，字尚整饬，知我友必称慰也。柳门来，托其往印刷局商印洋纸格式，近日生纸作书无此腕力，惟洋纸尚能笔墨相发，降格相从，可以永日。何九甥、十甥来。子怀来。洗药、吃药如昨日。

发南友书。

十六日，丙寅（6月9日），雨。

接大儿信，与前日寄平书大致相同，究未知何日始有成议也。闷燥不适，时复有寒气，殊难调护。成之来，以午睡未晤。敬吾处假《满清稗史》，中有《戊壬录》载康有为所上变政书，痛哭流涕而言之，乃听之者藐藐，且大获罪焉。卒至今日亡国，不知昔之所谓老成谋国者见之汗下否耶。戊戌迄辛亥十四年，如其幡然改计，亦未尝不可以自保耳。子怀假景苏园苏帖来，精采在晚香堂之上。洗药、吃药如昨日。

收大儿书。

十七日，丁卯（6月10日），雨。

寒气甚重，可着三夹衣并加背子，无疾之人亦可二夹。乡间虽说要雨，然淫霖则大可虑。接大儿初十明片，仍是空话，不过接我初三信。接丙孙书。洗药、吃药照昨日。

收大儿与平书。收丙孙书。

十八日，戊辰（6月11日），雨。

园中小步，雾雨弥漫，殊不适意。接大儿十一、十二书，事无头绪，春浦已到浙，当先与石叶林清理交涉，若辈之居心显而易见。今日亦但求事了，不值与较也。发晴篁书，属将致书萧佃以便春海与议加租，并一面酌请为管理田事之人以便交代，余与春海不能长为经理。发少星书。止盦、海观、子偹诸君皆经大总统任为参政，皆已辞职，闻犹派人来南劝驾，恐诸君无此新学问耳。洗药、吃药照昨日。

收大儿书。发晴篁书。发少星书。

十九日，己巳（6月12日），晴阴不定。

发大儿信，令将青花大龙盘携回。接八儿书并李石贞信来，看石贞待之甚亲厚，特称谓嫌其太谦，世故周旋，贤者乃亦不免。检吴倚云香画美人赠文皆，刘海赠成之。

发大儿书。

二十日，庚午（6月13日），晴，午后阴，半夜大雨。

晴光大好。易仲纯、姚秉笙偕来谈，二君皆从事于大同学校，近日各学堂私立。以公家停止补助金，大有不支之势，恐此项学校营业均不克保。大同决计解散，二君皆将回乡。此来未始无意于馆事也。五儿、三孙亦将退学，二君中择其一以师之，甚有裨益，含意未伸，徐徐图之。吃药、洗药如昨。半夜大雨如注，令不安眠。寄八儿书。吃药、洗药如昨日。

发八儿书。

廿一日，辛未（6月14日），雨。

晓日大光，殊出意外，俄而大雨，一日四次，倾盆倒注，势极可怖。接大儿明信，方与石清渠算账也。成之从醉农处得王石谷、王惕甫两砚拓本，属余题之，不知为余藏砚，亦并未辨视二像相同也。余以题石谷像砚诗录一纸，跋其缘起。阴雨手软，不成字体，闷甚愤甚也。药照昨日。

收钧儿与琴清信片。

廿二日，壬申（6月15日），雨。

接大儿十五信，与石清渠结算清白，共付与修理洋百八十三元，其浮报之数约在百元，小人行为，亦只付之一笑。从此断绝关系，亦自大佳。已将一切托小英矣！张再扬自京将回，能早接业，诸事大了矣。大水为患，程初书来，将谋赈粥，此为切要之事。惜病废之人不耐奔走，惟有捐助一心耳。药照昨日。

收大儿与琴清信。

廿三日，癸酉（6月16日），晴。

传道会新礼拜堂落成开会，由颜福庆诸君公启约集听讲，辞之。程初来，知官中已于河街发粥，我辈可以退矣。无拳无勇，亦无从着手也。接大儿十六、十七两片，于箭道巷屋房客亦交代清楚，渐有头绪，金姓亦已回省，交易尚未接头。药照昨。

收大儿两片。

廿四日，甲戌（6月17日），阴，雨小而数，夜稍大。

水势未衰，阴霾犹郁，杞人之忧，如何可已。报载子玖经袁劝驾，允就参政之职，本有如诸君不愿到京，但允就职，有事即家论列亦可之说，殆有取于此义而敷衍之乎？药照服。

廿五日，乙亥（6月18日），阴

发大儿书，言童子谅三数须归还，屋价恐仍须兑回方安。

近日洋价九十九两，亦与前年相埒。发子脩书。

发大儿书。发子脩书。

廿六日，丙子（6月19日），雨，旋晴，夜仍雨。

水势有长无消，偶消则倒围垸耳，恐成灾矣。问天无语，其奈之河。药照服。

收大儿信。

廿七日，丁丑（6月20日），雨甚，偶见日。葆初来。

大儿生日食薄饼，廿八妹回，言庆妹家宛在水中，高楼大厦，煊赫门庭，一遇淫霖便成泽国，眷属即须避居戚家，卜宅之不可不慎如此。八儿自乡来，两次舟行将三十里，水宽可知。

廿八日，戊寅（6月21日），日雨无定。

接大儿信，言郑姓相宅事。璞丈来谈，所携茶条杖尚旧，惜太重，于防护有未便也。

收大儿信。

廿九日，己卯（6月22日），日雨无定。

余生无几，听儿辈为之，内四席外二席，食卤面一盂，甘之，遂尽其器，幸无妨害，卤多面少故也。七叔倾跌于石桥之下，左手足均磕伤而不为苦，何其矍铄哉。接大儿片，言金姓已回省，约日看屋，不知成否，无怪其急闷耳。三日药均照服。

收大儿信。

第三册

民国三年（1914）旧历闰五月朔起，十月廿日止

闰五月

初一日，庚辰（6月23日），日雨无定。

沉闷无所事事，前月从西乡移来红桎木一丛，已枯落殆尽矣，顷乃新芽起于枝间，红若繁星，谛视令人色喜，差足破闷耳。药照服。日来大便时复结涩，湿热之征，虽用微利药，仍不能大畅，亦除其太甚而已。

初二日，辛巳（6月24日），大雨。

发大儿书，以前月初十信未到，恐付洪乔，因有镜仁托带之物，故再告之。旋接其廿四来信，则此缄已达。发铭之书，买红血轮等药一单，并露寄大儿一纸，令其屋事成，则可在申交洋也。大儿来书中言郑姓为人作中，归产主八千元，余则归其中饱，产主不必过问，以银主在申不肯露面，悉归郑姓便宜行事。大儿允之，甚合吾意。早了自佳，不求盈也。酉刻大雨

如注，风亦烈。

发大儿书。收大儿书。发铭之书、大儿一纸。

初三日，壬午（6月25日），日雨无定。

《说部丛书》已取到，共百卌本。说部则一万种，零买需二十元。庚戌年欲购而未果，今再版预约券只十元，价则廉矣，纸则大不及也。夏日消遣之资料，得此已足。元达来谈。接大儿廿五信片，知张再杨购屋已作罢论，人言之不可信如此。郑姓敢于断定归产主八千，其余悉听归中饱，一似有全权者，或以中有大利，肯为尽心力乎。药照服。

收大儿信。

初四日，癸未（6月26日），晴。

晓雨旋霁，偶步至水月林，春海已为余出购西洋参，见有客徘徊庭院间，询之则童子谅也。九年未见，竟不相识，与谈浙屋事，如成当即归所借之三数，否则须从稍缓，刻无可筹措。子谅已允之。春海旋来交洋参，云荷厅旧岁经佛翼出资铺板，似可购之以为书塾之用，计亦两便。发大儿书，告已订聘姚秉笙课读事。六女回，知乙海春无补痨丸，则罗威之药并不深悉也。令八儿书关聘，亲送姚秉笙处，大约开馆在月底矣。秉笙尚须返乡一行耳。红血轮已罄，补丸只一瓶，姑服之。

发大儿书。

初五日，甲申（6月27日），晴。

两日晴光甚正，有风以动之，故无燥烈之气，水势亦日见消退矣。根培来谈。过七叔处少坐，便至西屋一看，德斋已移出，佛翼方派人修饰，复归于亳在望后矣。药照服。

初六日，乙酉（6月28日），晴。

孙妇挈颐曾赴沪归宁，附华盛轮船，此船径开湘沪，可省汉口换船之劳也。带去诗老一信、薇阁一信。接大儿廿七信，郑姓所说银主以妯娌意见不合作罢，可见家庭之无统一，事事难于浃洽也。药照服。

发诗老信。发薇阁信。

初七日，丙戌（6月29日），晴。

咏莪、成之先后来谈。接大儿初二日由上海发信，浙屋无成，决计归，约初九可抵家矣。陈庆农大人酉刻逝世。药照服。

初八日，丁亥（6月30日），晴。

磨墨一砚，有静趣。发孙妇书并丙孙来信。连日热度日加，气象高爽，南薰解愠，颇足适也。药照服。

发孙妇书。

初九日，戊子（7月1日），晴。

两夜皆极热，不得安眠，然较胜于寒卧之昏昏也。大儿自沪归，此行幸得春浦相助，于曾屋大有裨益，交代清楚，将来脱手较省繁缛。铭之于所购药坚不受值，将何以为报。接子脩书，参政之聘已谢却，止盦则电辞者再，函辞者一，报纸谣诼，胡可信耶？接丙孙书并北京报载陇海路局员谢绝苞苴一则。丙孙能严义利之辨，深为可嘉。薇阁寄赠笺筒各四匣。药照服。

收子脩书。收丙孙书。

初十日，己丑（7月2日），晴阴不定，颇凉爽。

八儿回乡，趁早凉行。午后乃亦不热。春浦来久谈，即回湘乡去。元达、敬吾先后来谈，言多颇乏。颜福庆来诊，脉象平和，可不另服药也。血轮补精均加服。

十一日，庚寅（7月3日），晴。

姚叔慈移居钓鲈公馆，即待石园也。早凉，往一访之。此屋于丙午、丁未间售出，得价七千三百金，当时光甫书来，欲余承接，殊恨力有不及，虽惜其易姓，亦无如何。今日始得置身一览，悉已改造，惟园中风景犹可仿佛，倚槛流连，不胜慨叹。降生之地不能为吾有，惜哉！访敬吾不遇。十一女处少憩而归，时已卓午，热气已不可触矣。药照服。

十二日，辛卯（7月4日），晴。

六女回，竟日挥扇闲谈而已。药照服。

十三日，壬辰（7月5日），晴。

发丙孙书，令寄柿霜。汪亲家母申刻逝世，送寿被褥去，钱四千八百文。闻近年各洋庄制有绣花者赠死及尸，乃亦繁缛至此。药照服。

发丙孙书。

十四日，癸巳（7月6日），晴。

发铭之书，谢其馈药之惠。镜青亲家前室杜夫人无子，仅一女，即钧儿妇也。继室杨夫人生子琴坞，今杨夫人没，琴坞为所生之子，于世俗多不愿称继妣，固亦人情，径称显妣，则又虑杜氏责其无前母，兹事甚多。讲学家则径称显妣矣，然往往为前母家诟病，甚且有涉讼者，惟江浙间有于讣状称显妣，其下即系以先考某公继室某封某夫人者，俾阅者易了然，酌理准情，似为两合。琴坞嘱钧儿来询，即以此说答之，其诸昆弟咸以为然。药照服。

发铭之书。

十五日，甲午（7月7日），晴。

吴小英有信云孙■来询箭道巷屋价，此事仍须与季容接洽，盖予所持尚是曾恒和堂营业契也。酉刻忽起阵风，旋止。晚益热。

吴小英片。

十六日，乙未（7月8日），晴。

两日来大便稍秘，自因暑热而然，今日乃以食参枣蒸鸡之故，致加厉焉。四次索解不得，夜犹三起，仍秘不出。丑正后始稍得睡，润肠药力始达。

十七日，丙申（7月9日），晴。

将晓大解始畅行而肛痛不胜矣，以夏士莲尖丸治之。昨日如有此品，不致大窘，不备之过也。午后再泄二次，渣滓乃净，犹惴惴焉。根培所赠之墨兰忽来叶箭寸许，矗立根际，令人意适。

十八日，丁酉（7月10日），晴。

润肠片日凡三进，酷热若此，防之不可稍弛也。晚渐闻雨声即止，所谓有时三点两点雨，不其然欤。其热如故，晴已半月，又盼甘霖矣。

十九日，戊戌（7月11日），晴，申刻大雷雨。

发下薇阁书，谢笺筒之惠。申刻天大雷电，以风雨集，沟浍皆盈。凉气渐至，可夹衣矣。傍晚复见日。四女病腹泄未愈，师巫僧道为之禳祈，痴愚可笑。钧妇往视，以所服方来视，仍以易鹿泉为妥，然其势非轻，颇为忧之，闻寿曾直未一视，何无人心至此。

发下薇阁书。

二十日，己亥（7月12日），晴。

浮云蔽日，殊嫌燥闷，幸偶尔有风散之耳。接孙妇十三到申片，又接十五信，虽中途热病而到后已愈，可为称慰。接晴篁信，嵩之得子，加租之事，约稍凉自回一商。

收孙妇信。收晴篁信。

廿一日，庚子（7月13日），晴，入伏。

连日修饰荷厅甫毕，将为塾师课读之地，特恐阳光太盛耳。四女服易方，闻尚见效。

廿二日，辛丑（7月14日），晴。

廿三日，壬寅（7月15日），大雨。

谭宅王媪来，言四女日来服易鹿泉方见好，曾邀西医李君来视，又思改服西药。余以西药非其所宜，无人为之朝夕察看，余又不能往为参酌，计仍以易鹿泉诊视为得法也。接铭之信并附回前致大儿书，谓余两手大病，确为脑筋累病，颜君治法颇为神捷云云。接丙孙寄其父书，无要事。

收铭之书。

廿四日，癸卯（7月16日），雨，通夕大雨。

大雨势甚连绵，可为怵惕。姚师到馆，午饭约仲纯、元达、敬吾、寿慈来陪，仲纯以急欲下乡未至。晚雨达旦。

廿五日，甲辰（7月17日），阴。

雨自二日以往，水复入城，而沉阴气象，令人栗栗。郢生来谈。六女视四女病，谓无大起色，为之奈何。韵山侄得子，父皆为人祖矣。

廿六日，乙巳（7月18日），晴雨无定。

连日痰极少而稠，送出极费力，致有暇喉之状，因用吸药试治。接薇阁信，属书所藏方正学草书立幅题签，即书之，复信即发。发翁笠渔书。晚霞甚可观，或望快晴。洪山头垅坤两处皆来报，补插之禾昨日又为水冲坏，再播恐失时矣。临卧痰气甚盛，殆受热所致。服哷啰颠。

收薇阁书。发薇阁书。发翁笠渔书。

廿七日，丙午（7月19日），晴。

昨夕安睡，清晓小便极长，热已下矣。程初来谈。海瀛自永州回调浏阳榷运局书记，馈皮蛋挂面。有许姓者来询屋事，春海嘱其于银主一面竭力去做，尽图其利益，但得十二万之数，其他悉归中饱可也。此事已数见不鲜，不复置念矣。

廿八日，丁未（7 月 20 日），晴。

接少星书，六七月之间有抱子之望。甚热。

收少星书。

廿九日，戊申（7 月 21 日），晴。

曝衣，单夹有受霉者，尚无大碍损，然藏此无用之物，殊讨厌耳。颜福庆来，以药片为活痰之用而不能举译音以相诏，此中学不明之故，以药味揣之，当仍是喉科保命丹。

三十日，己酉（7 月 22 日），晴。

曝衣，貂狐美服悉成无用之物，知改玉改步之可悲矣。痰稍活，药片有效而连日以温胆汤代茶，与有功焉。发孙妇书，买肚包、莲花噻烟。

六　月

初一日，庚戌（7 月 23 日），晴。入二伏。

过正屋贺文皆廿五日抱孙之喜。韵山侄所患已愈，万幸万幸。

初二日，辛亥（7 月 24 日），晴。

初三日，壬子（7 月 25 日），晴。

初四日，癸丑（7 月 26 日），晴。

连日酷热，惟有默坐挥汗。寄八儿书并包单。

初五日，甲寅（7月27日），晴。

接澹如书，云其三舅吴静山欲购箭道巷屋，详询价值。接少星书，以闻湘水复涨，长沙、浏阳最巨，甚不放心，殆以浏阳门而惊心欤？此未曾回家乡之故也。接丙孙信，兰封县地有匪乱，故归德之行又缓。戌亥之交，星月掩映，电光轻闪不已，其色微红，殆不常见，俄而黑云自西来，黝如堆墨，大风起于东南，其势甚猛烈，一小时之久，云散风息，星光复满天矣。虽不得雨而风以散之。枕簟稍凉适耳。

收澹如书。收少星书。收丙孙书。

初六日，乙卯（7月28日），晴。

一风之后，其热如故，且加闷焉。文階之孙洗三之吉，十妹、十五妹、廿二妹因而过谈。亥刻忽作东风一阵，小于昨夕，亦稍解烦溽。

初七日，丙辰（7月29日），晴。

检阅景苏园苏帖，觉坡仙神采又将入手腕下也。撰箭道巷屋事说帖，意在此屋出售，仍当用曾恒和堂名义，而以李姓作中人代草书契并担任产上一切事务，必以此告知银主，否则李姓出卖曾屋，谁信其中无轇輵者，此纸寄澹如，托其向吴静山耽保。午后过春海谈，水月林后轩颇幽静，有凉意。

初八日，丁巳（7月30日），晴。

发澹如快信，言箭道巷屋必得三千元，银主中费我不管，并昨所撰说帖寄去。俟其回信再定行止。接丙孙所寄柿霜一匣。葆初属书“敦说社”大额，辞之。

发澹如信。收丙寄柿霜。

初九日，戊午（7月31日），晴。

闻四女下虫十四条，此其病根将净欤？

初十日，己未（8月1日），晴。

清晓阴云密布，气候甚凉。午后仍晴，尚不甚热。发少星信，附佩苍书索镇江醋。佛翼来邀赴春海处晚饭，渠二人则听戏去，余不能从也。祖妣生日，午供如礼。十妹、二女回，六女以疾未能来。

发少星信。发佩苍信。

十一日，庚申（8月2日），晴。

时有雨意，而旋起旋灭，且喜微有风耳。慈儿喉痛，招颜医来视，并为余治痰，药方则哝哔喀到鲁糖浆、阿么慝也。

十二日，辛酉（8月3日），晴。

四女所患，夜间见轻，似有效。颜君谓病状无妨，惟体气太弱，而又不食荤腥，无饮食之补益，正气不振，殊不足御外侮，为可虑耳。接南友信，有近诗，不能和也。慈儿喉间有白，神思极困，用颜君药未见大效，俟明日药力到后再酌。

收南友书。

十三日，壬戌（8月4日），晴。

慈儿喉痛见轻，招唐兰亭来诊。寿慈来谈。素兰一盆最盛，有十五花，其二则不过数枝，其三则花箭小出即萎，此去冬失肥力也。

十四日，癸亥（8月5日），晴阴不定。

接少星书，初二日酉刻得子，可喜可喜。检旧藏宋张本中《皇宋圣传颂诗》拓本录出之，碑在广东阳山县三里磨岩，书《萃编》未载，犹当考之《广东金石志》也。文恭公生日，午供如礼。

收少星书。

十五日，甲子（8月6日），阴晴不定，申刻微雨有声。

气候颇凉，殆秋近矣。接薇阁书。接丙孙书。发止盦书，托买羊绒卫生衫裤。

收薇阁书。收丙孙书。发止龛书。

十六日，乙丑（8月7日），晴。

视四女疾，病久而瘠，亦固其所，然神完气聚，不为害也，第虚弱之极，非有血肉之品，无能补益。素食已惯，御荤亦骤难受耳。归过六女少憩。

十七日，丙寅（8月8日），晴，立秋。

西风送爽，乃有秋意。傍晚见微雨，遂无月。

十八日，丁卯（8月9日），大雨。

黎明大雨倾泻，势极猛烈，如前月廿四五情形，自辰至午凡数，庭院漫溢，几为至三之水患，幸午后即止，晡时已见晴霞，或无他虑。佛翼移回故居，往言贺，馈以二肴二点。是日俪韩侄纳妾，佛翼甚盼得孙也。

十九日，戊辰（8月10日），晴。

暴雨即晴，大快人意。访程初、砥庄均得谈。丙孙书言奥塞将有战事，凡比人之在路局者均回国备征兵之选，恐路工不能无影响。

二十日，己巳（8月11日），晴。

廿一日，庚午（8月12日），晴。

闻四女已能食肉与鸡，每食饭可一盂，似胃纳渐强，可见素餐之贻误久矣。

廿二日，辛未（8月13日），晴。

接孙妇信并肚包一件，近日上海以欧洲战事谣言极重，兹事未知如何究竟。今晨枪毙乱党十三人，为开佛寺所捕获者，其宣布罪状则该恶将于阳历八月初一起事，用炸弹、洋油将满城焚烧杀戮净尽以为快，其险恶乃此极也，抑知天不能容耶？

收孙妇书。

廿三日，壬申（8月14日），晴。

朱竞人书言屋事八数断无望成，竞人则仍以七五往商，总之贪得所误，否则此时已可定局交易矣。七八日来痰嗽甚作，自十一起服颜方，未有效也。

廿四日，癸酉（8月15日），阴晴不定，夜雨。

惠生来，盖五月廿九以后未见过也。踪迹之疏如此，亦大可笑耳。颜福庆来诊，谓为肺管旧炎，从听中知之，用鸦片水、杏仁露、阿么慝并吸气药。

廿五日，甲戌（8月16日），雨，夜雨甚。

药照服，雨势将连绵不断，殊可惧也。已报虫荒，岂堪再有生芽之事乎。

廿六日，乙亥（8月17日），阴晴不定，夜雨。

访根培、葆初不遇，成之处谈，遇陈佩蘅，记相别在卅年上下矣。归过元达谈，是日为子怀生日，遇仲甫、卓伯，甚乏，其不任劳如此。

廿七日，丙子（8月18日），晴。

晴光颇正，或冀有禆穑事，三日服药，痰嗽见轻，然奏功恐未能骤。发少星书，并寄洋十元为曾外孙贺礼，又其妹奁助六元。

发少星书。

廿八日，丁丑（8月19日），晴。

春海自乡勘虫荒归，略定分数者五十余石田，必有推让，然续报者尚未计及，此后若得十日晴，庶无生芽之患耳。敬吾来谈一时许，颇畅。

廿九日，戊寅（8月20日），晴，酉刻大雨一阵。

痰嗽见好，再服原方一瓶，当有效也。怡凯来约明日食炸酱面，虽所甚愿，不知届时无沮否，缘今日已三遗矢矣，恐明复如是耳。先母生日，午供如礼。

七　月

初一日，己卯（8月21日），晴，酉刻大雨。

昨雨今晴，虽雨无碍，乃酉刻又大雨一阵，则昨日虽晴，亦可惧矣。自卯至巳，两次大解，仍不畅适，以数日来粪皆稠粘若胶涎，不能复寻常粪色质也。强赴怡凯之约，始悉是日佛翼作伐，为九甥聘杏耘之女过小庚。敬吾、临之、受年均在坐，家肴致佳，惜不健啖，辄呼负负。归后甚乏，忽西风大雨，寒气陡作，遂为所中，入夕即添衣厚盖，服糖浆水，得汗始稍适。

初二日，庚辰（8月22日），晴，戌刻小雨。

热退而汗后极疲苶也。食后用消化片，胃力或有效。今晨未大解，亦实无物耳。酉戌之交，雷电又作，小雨旋霁。乡人持示虫伤之禾，颗粒净尽，亦云毒矣。

初三日，辛巳（8月23日），晴，戌刻小雨。

昨夕忽失眠，不解其故，丑正后始得入梦，卯初复醒，再睡则午及矣。下午人意忽有清气，为成之书横幅，录题石谷像砚旧作于拓本。孙妇书来，云七月初二三起身回其母家，则移回常州矣。

初四日，壬午（8月24日），晴。

书联一首，亦尚成字，虽沾沾自喜，仍不能无惧也。发澹如明片，以为前月初八信去，至今无复，且虑其或有不适也。

发澹如信片。

初五日，癸未（8 月 25 日），晴。

大儿赴清水潭迎神主神像回城。去岁八儿先自浙护归，即在乡合供，后因骚扰不靖，不敢轻动，故约俟中元始行迎请也。晨起大解，极少而色白如粉条，微有粘涎。约颜医来示之，诊为肝体失力，胆汁亏竭，以水银之剂能补津液，令肝生胆液，始能调和气血，留水银丸六粒，明日分六小时服之，俟泻后再验所粪有虫与否。肝体关系颇重也。加磨墨一研而疲苶不能作书，徒呼负负。

初六日，甲申（8 月 26 日），晴。

每小时服水银丸一粒，服至四粒，腹作痛而溏泄，六粒服完，肝液遂起，惟不欲近油腻，终日未饭，然亦五小餐矣。接澹如信，吴静山亦为人置产，还价二千五百元，可以允之，而于代笔担认事未及，当亦可相信也。

收澹如信。

初七日，乙酉（8 月 27 日），晴。

阅《全体新论》，知所患右肩作痛，屎色白且秘结不适，饮食不思，非胃之病，实肝之病。前数日右肩作痛，以为受凉所致，治以玉树油数次无效。自昨服水银丸，晚睡时遂止，所苦则为肝病显然，然不合之白屎诸证，则亦未为可据。审病之难如此，此或非中医所及察耳。孙妇自沪挈颐曾回，七日而达，平安称慰。毕姨生日本不设供，以十妹故，特设以俟其归拜也。大儿迎请神主神像回城，即设供于神堂祖龛之西偏，较常年初十之期略早而已。晚供茶点，强起一拜，两足殊不得力，衰惫乃至此耶。

初八日，丙戌（8月28日），晴。

旬前乡老于城隍庙祈晴，幸获神庥，将于明日谢神。晡刻颇有黑云作雨势，旋即散去。明日会集，当无碍也。

初九日，丁亥（8月29日），晴。

访竹湘，谈其临街之屋可作九铺面，园则改为小公馆六所，亦可分合，其部署甚善，徒令人羡之。客有桃源华姓瞽人，年七十余，修道之士，旧与傅青老同讲修养者。竹湘云此君近已得道，可接鬼神，此次之来，系青老令使与竹湘相聚，且云青老没后为河南省城隍神，二叔则为南天门土地，惟郭筠仙丈则尚未查悉为何神。其然，岂其然乎？此三老人者，华固与习也。

初十日，戊子（8月30日），晴。

自辰至未，凡三遗矢，色黄而味腥质粘，是宜撤去蛋黄以治之。甚乏，正屋请神主，不克前往行礼。

十一日，己丑（8月31日），晴。

早餐撤蛋黄。佛翼来，偕至相拴处拜神主，春海处少谈。午刻至正屋祀祖享馂，内外八席，犹有不能入坐者，人不为少，然精神不见多也。政府开筹募公债大会，函招未往。

十二日，庚寅（9月1日），晴。

佛翼处荐新，往行礼即归。

十三日，辛卯（9月2日），阴晴不定。

发澹如信，允箭道巷屋以二千五百元脱手，时势甚明，非受措不足以了，付之一叹而已。荐新祀祖，三妹、十妹、廿二妹、王姨、七嫂、二女、六女来，半日长谈，殊觉乏也。仲熊处荐新，往行礼即归。接丙孙书，局中裁人减薪，尚未发表。政府再照会认募公债数目，余仍未往。佛翼去，认定六百元，可以百元应付之也。

发澹如书。收丙孙书。

十四日，壬辰。(9月3日)，阴，小雨。

五侄归，能为炸酱，盖犹得姑母之递传遗法也。以一器饷予，食而甘之，其敬老之诚殊可嘉矣。小雨、尖风，有重阳景况，秋所以云悲也。

发南友书。

十五日，癸巳（9月4日），晴，夜雨。

先母之没二十七年矣，兰怡谢世亦十五年，痛念逝者，尤自悲也。午供如礼。

十六日，甲午（9月5日），晴。

早供后送神主入龛，自辛亥播迁，至是始得奉安也。李葆初来谈。

十七日，乙未（9月6日），晴。

两日残暑颇苦人，殆将衰退矣。八儿书来，云周姨回乡即患腹泄，顷已成红白痢，属买补血润肠片。即购之，复书交乾升栈去。朱镜人书来，浙屋七千五百元可成，惟中人索谢及银主之鄙吝，恐五百之数尚须打散，此亦明知吃亏之事，而势不得不受之。快哉，傅竹湘之言曰“此七五之数意外得之”，诚不诬也。

收八儿书。发八儿书。

十八日，丙申（9月7日），晴雨不定。

忽烈日，忽大雨，桂花蒸也。人意困乏，服参五分，亦未见提神之效也。

十九日，丁酉（9月8日），晴。

天气复正，有秋高气爽之概。发丙孙书。接八儿书，周老所患已减；朱雨老夫人之墓已启，棺底有朽腐之处，石膏水气甚盛，然则石膏可结为石棺及三合土可结为石之说，殆不可过信也。

发丙孙书。

二十日，戊戌（9月9日），晴。

拜七娣四十生辰，遇郢生、载伯，谈颇久畅，食面一盂，足抵午餐。

廿一日，己亥（9月10日），晴。

辰午大解二次，夜寒使之然也。佛翼处午饭五席，赌酒甚豪，皆少年客，作壁上观亦乐，归来颇乏。

廿二日，庚子（9月11日），晴。

谢璞丈步，谈及张亶臣之孙，又黄君之子，皆佳子弟，允为探之，为择婿地也。徐十二表妹生日，往贺，见其新与葆初同照相片，题为“银婚纪念品”，盖西国俗以结婚二十五年为银婚，再二十五年为金婚，再二十五年为钢钻婚，则异闻也。

廿三日，辛丑（9月12日），晴。

左目甚干涩，秋燥为厉，亦血气虚亏所致。彭三和来，定制鸡颖廿枝，将寄赠南友、薇阁二君。为祁生书横看一幅。

廿四日，壬寅（9月13日），晴。

廿五日，癸卯（9月14日），晴。

颜福庆来，谓血能荣肤，不为薄弱。西医本无气虚之说，以为人身只肺有气，他部则无，此非华人所能解矣。宜服铱碘并补心之一药。谢程初步，未遇。过二女，少坐。季和处久谈。

廿六日，甲辰（9月15日），晴。

二妹忌日行礼，遇张怡仲丈，年六十三，闻家况甚窘，儿女之累太重，盖十一子也。满妹适周，九年始孕，昨生一儿，喜可知矣。闻徐十二妹有娠，则廿五年之旷闻，四十一岁，喜且惧也。璞山丈来，言陈芝初有第三子尚未缔姻，陈氏为吾母党之亲，未知辈行相当否。接少星谢信，而佩苍至今无复，人心可见。

收少星书。

廿七日，乙巳（9月16日），晴。

秋暑日虐，烦苦有加，然盼甘霖以苏之，每每至午后，两目几不能开视，而又无热象，是体虚天燥之所致也。

廿八日，丙午（9月17日），晴。

慈儿、平孙入青年会习夜课英文，以五时往，七时归，每学期费六元。用北沙参三钱、枸杞二钱、石斛二钱、菊花一钱，治目。朱镜人来信促钧儿赴浙，以陈处买屋有成约也。

廿九日，丁未（9月18日），晴。

秋阳酷烈，伏日所无，殊不可耐。目干几不欲开，服石斛等药，亦只冀稍润枯槁而已。

三十日，戊申（9月19日），阴，夜雨。

白日西匿，金风戒寒，恐酷热易为严寒，天时人事殊可惧也。接晴篁书，约中秋后可回湘一行。醉农自温州回，所谋无成，陈经甫已逝世，谢仲笙、叶菊缘、周仲明及同乡诸君子皆无恙。李庆三寄桂元、荔支各一篓。

收晴篁书。

八　月

初一日，己酉（9月20日），阴。

寒甚，可着重棉，固势所必至也。过元达，少谈，遇郑小樵，同居里闬，亦久不相见。午后访李鸣九、钟子元、柯寿吾、汪诵年、王莘田，皆不遇。视四女所患已愈，面容复旧，瘦骨未能肉，迟养当复耳。接丙孙信，暂有总管电留，俟总管由京回汴再定。

收丙孙书。

初二日，庚戌（9月21日），阴。

寒气如昨，不敢外出。刘巡按有崇俭之谕示，诚能化导，湘民非常之福。致缄黄七丈。晤刘时可，声叙节俭会原由，责成正副会长实力进行。虽知无补，似不可不言，亦希冀有一旦贯通之妙。

初三日，辛亥（9月22日），阴。

寒如故，宜之自攸县归，将有黔中之行。

初四日，壬子（9月23日），阴。

寄子脩信并托考宋碑《圣传颂》。惠生来。

发子脩书，交钧儿带。

初五日，癸丑（9月24日），阴。

秋分又至矣。昨夕熟眠，至卯初始觉，盖越七小时，此于四离四绝最为合法，诚不数得也。

初六日，甲寅（9月25日），晴。

日出从容，寒气渐减，然晚禾盼雨甚切，关系亦甚巨也。

四女病起归来，甚慰。诸女皆回，相聚为乐终日。午后，春浦自湘乡来，将与钧儿偕赴浙。晚刻邀其赴徐长兴小饮，食烧鸭，并约姚师、张春老偕往，用钱五千六百文，肴酒颇精，以其在回教，故所用无猪油，殊见清腴。归来尚不甚乏。春浦留宿。

初七日，乙卯（9月26日），晴。

佛翼来，集书公债票，予与八儿各出百番。午后，春浦偕钧儿登舟，刻已水涸，须由小轮驳运至靖港始上大轮也。寿慈来谈。

初八日，丙辰（9月27日），阴。

璞丈生日，遣五儿往祝。郢生来谈。从楼上破簏检得祁文端与贞老先生诗卷，尚有未全检出者，此当年从何宅借来者，不识何以未还之，亦抱歉之至矣。

初九日，丁巳（9月28日），晴。

补祝璞丈并省其痢疾已愈，谈甚久。访黄七丈、敬吾、寿慈皆不遇。过老七，则黄七丈在坐，因共午餐。

初十日，戊午（9月29日），晴。

寿田公生日，过正屋拜神主，本屋午供如礼，只六女归。闻周幼璋甥徐妾携资遁去，非由溺爱之故欤？殊可叹已。

十一日，己未（9月30日），晴。

过十九妹、十妹处谈，十妹他出未遇，见祓甥病状如昔，语言亦颇明白，此才真令人惜也。满妹处贺其得子之喜，遇庆妹，得闻幼璋逃妾详情，盖是日十妹全班赴戏园，渠托疾不往，得以从容部署而去，亦见看戏之大误事矣。廿八妹之姨婆五十寿，恐明晨食客多，因往预祝，食面一盂，适其时也。接翁笠渔信，手书倔强，亦自有致。接大儿初九到汉信片，计今日可抵沪。八儿有人来城，复一信去。

收笠渔信。收大儿信。发八儿信。

十二日，庚申（10月1日），晴。

蒋鹤巢来。

发李静三信。发大儿信。

十三日，辛酉（10月2日），晴。

湘乡曾少怀宪斌。来，代春浦还洋二十元。少怀于己酉年在浙，改随曾敬诒赴滇，辛亥九月滇中反正，世益三滇藩未卸，闻变避于坐省家人处，为讲武堂学生搜得，乱枪轰毙，言之惨然。幸其家眷未受伤耳。王维季来谈。谢蒋鹤巢、郭宣之、周蔚斋，均未遇。徐小宋处小坐，小宋在学中未归也。夜过元达谈。

十四日，壬戌（10月3日），晴，夜小雨。

十五日，癸亥（10月4日），雨。

至七叔、七弟两处拜祖贺节。夜雨，乃无月，寂寥寡欢。

十六日，甲子（10月5日），雨。

小雨，无济于用，徒增郁闷而已。诸妹诸女皆未归，大约须待明日也。元达来谈。颂年来谈。

十七日，乙丑（10月6日），阴。

辛姬生日，诸妹诸女皆来，十妹于其子逃妾若甚惜之，且以为不令常侍观剧致酿此事，对其子尤悔歉者，何溺爱至此耶？补拜葆初生日，以“飞鸿延年”一印赠之。候璞丈未遇。

十八日，丙寅（10月7日），雨。

访璞丈，请向张坦臣处属将男庚发出，以便推算。坦臣年与余相若，然识面而无交情，则为晚辈亲家，亦无不可耳。访焕宾谈，携《圣传颂》往观，从《粤东金石略》中检查，已载入，亦无考据。主人出示樊榭手抄《稼轩词》《唐人写经册》，高成侯砖砚，皆精品也。

十九日，丁卯（10月8日），晴。

接大儿十三信，拟十四赴浙，竟人、春浦偕行。赴葆初午饭之约，肴酒均精美。佛翼、仲诒、季农、受年同席。过根培谈，赁宅隘晦，无可取也，徒以惑于今年风水不利之说，自旷华居，抑何无谓。

收大儿信。

二十日，戊辰（10月9日），晴。

接大儿十三夜明片，谓止盦须拨款，然此间已与茂生说定，未便失信，即发电令从缓议并发一快信去。璞丈送张郎八字来，与康女同庚，十月初十午时，交春海推算。

收大儿书。发大儿电。发大儿信。

廿一日，己巳（10月10日），晴。

写子玖信，告以拨兑不行，今日国庆，明日礼拜，须后日始发。振佰侄廿岁，给以一金。

廿二日，庚午（10月11日），阴。

同善堂以与中元会有讼，邀同人一议，余例不问公，但以日来精力稍充，故与斯会，借与同人晤叙。乃到者寥寥，殊失所望，会食而已。归过惠生新居，在席公祠内，与湘舞台戏楼比邻，亦不孤欤。

廿三日，辛未（10月12日），雨。

发子玖信。佛翼来，携得《粤东金石略》，考证粤碑数种：一张本中《圣传颂》；一魏公遗墨；一“廉泉之源”四大字；一“千岩表”三大字；一《杏坛赋》，惟《海角亭记》竟未收入，仅于《廉州金石》中一见。海角亭有东坡书“万里瞻天”

四字，岁久不存而已，岂苏斋未见此刻欤？

发子玖信。

廿四日，壬申（10月13日），雨。

访蔚斋山居，适河西扫墓去。访程初谈，赴稺泉处为公醵补祝璞丈之局。晚归颇乏，因失眠。七叔、七婶因躲生日赴西乡，孙曾绕膝，即不设，亦可热闹，远行殊为不必，况系虚意，欲人攀留，则更不必。乃遵奉堂上之命，竟听其行，尤觉无谓矣。

廿五日，癸酉（10月14日），雨。

寿星既已渡河，称祝竟作罢论。接大儿十八明片，屋事已于十七立契，付价洋二成。一面再看箭道巷屋，能即此脱手最好。赴曲园，与佛翼公请龚省吾、黄觐虞、黄鹿荃、瞿子濬、张元达、黄耕莘。省吾、觐虞归来始相见，均健朗胜余，可愧也。省七十六，觐七十八也。接佩苍书并镇江醋一瓮。

收大儿明片。收佩苍书。

廿六日，甲戌（10月15日），雨。

晚唱影戏，以十女明日十岁，山歌村笛，在城市中别有意趣，亦足为娱。

发大儿书。

廿七日，乙亥（10月16日），阴。

访璞丈。回康女草庚。携龚省吾步，久谈。诸妹有归者，亦有不知十女生日而未归者，此久客初归，多不能记忆也。

廿八日，丙子（10月17日），晴。

昨夕不得眠，殆言多之过。接大儿十八、廿一两信。石清渠以少琴之托居余室照管，今春已讹索修理百余元，至是复苛求薪水，无耻已极。少琴之取友如此，待人如此，廿年知交，付之一叹，且看其如何调停耳。

收大儿书。

廿九日，丁丑（10月18日），晴，夜雨。

燥热，恐又将雨。静卿来，闻保节三堂有减人之说，颇生疑虑，属为德斋言之，谊无可辞。陈松林来谈，欲有谋焉而无可插足，徒唤奈何。访德斋未晤。访朱枚勋久谈，归过蔡画泉少坐。晚刻繁星照天，半夜乃大雨。

九　月

初一日，戊寅（10月19日），阴。

收到大儿托便寄来饼干一匣，修好眼镜一付，旋接其廿一明片，知箭道巷屋吴静山有可接之信，能一气呵成，大是幸事。石清渠闻将由陈处转佃，其计不行，或可早了。赴瞿子濬午饭之约，采臣庖政甚精。同席惠泉、潘季鲁、佛翼、耕莘。散后过石心田谈，云阿魏出塔城戈壁中，极多，值贱，然到南省则贵重不可言矣。接南友书。

收大儿片。收南友书。

初二日，己卯（10月20日），晴。

接大儿廿四、廿五信，吴静山回嘉兴，尚未来省，故曾屋尚无信息。丙孙书言又有二次裁人之说，欧战未已，比国路款自难筹济耳。

收大儿书。

初三日，庚辰（10月21日），晴。

周蔚斋、徐一琴先后来谈。

初四日，辛巳（10月22日），晴。

柯寿吾于廿四作古，赴来，由其女夫左钦彝代告，殊不可解，岂其侄辈以下无人耶？过元达谈，渠今年管公，而韩家湖田近又被水，致晚稻亦无一粒之获，叹财命之难也。发铭之书，告以汪琴午到沪就诊，并请介绍入红十字会，交邮去。琴午来，将以初八行，届时当另致一纸。

发铭之书。

初五日，壬午（10月23日），阴，小雨。

接大儿廿七日信，朱镜人所争木器百五十元，乃为自己索谢之资，诪张为幻，小人常态，不足责也。信甫弟妇自山居，头童齿豁，俨然老妪矣。

收大儿书。

初六日，癸未（10月24日），雨。

琴午来，言河水速退，恐滞轮行，今日即开驶东去。因将托寄南友、薇阁之鸡毫二十枝交其带往，恐信赶不及耳。午后稍适，连作二缄，由邮递南友，并薇阁信一总封。陈菊生之母来，因寄菊生一纸，属买赵翰香居半夏曲四两。寿吾开吊，赙以二元，其谢帖书“斩衰孀妇柯文氏泣血稽颡”，则其无期功之亲可知矣。阅之凄然。

发南友书。发薇阁书。

初七日，甲申（10月25日），雨。

接大儿廿九日信，吴静山已还价而又有翻悔，明系措价之意，其姊弟间亦不以为然，且看邹亲家如何调处之法。必信必果，言行相顾，有几人哉？彼吴静山亦何足责。拜二叔祖生日供，遇叔理之子锡臣，气味与乃父同，所谓传遗性也。

收大儿书。

初八日，乙酉。（10月26日），雨。

访季和谈，携阮惆叔诗卷。访焕彬不遇，过恤无告堂，晤家思诚、李学宽，坐久，忽有寒气，遂归。腹中即不适，服哥罗颠得解始愈，稍不慎辄受侮，能无戒心乎。八儿书来，所植蜀葵已拔起，而乡人误去其根，惜哉。

初九日，丙戌（10月27日），阴，午后晴，夜雨。

往拜二婶生日供。过寿慈谈。午后日出，燥热不可耐。接大儿初二信，列有邹赓良、徐端甫、徐慕初、徐汉卿之名，想用前事欲来敲诈，特未详言耳。此时幸咏莪在浙，当可妥为调停。

收大儿书。

初十日，丁亥（10月28日），雨。

将明时雷雨作，居然四五月气候。辰刻昼晦，晚雷颇奋，雨亦大，时令不正如此。连接初二、初三三次大儿来信，始悉此事由邹赓良发起，徐氏和之，幸咏莪在场，端甫尚是正人，或可稍持公论，然其意在讹诈，斯受之而已矣。只看居间之人议定数目，了却一事，亦未始非福。今晨于未接信前，因恐大儿拘泥坚执，发一电令其请咏莪主张调停，切弗恤费，又快信一件，兹阅来信，所虑尚无不合，差可放心耳。接澹如信，请从房价中借二百元，钱之艳人耳目如此，然敲诈既不能拒，则儿女借贷，亦复何辞？可发一笑。接薇阁书，寄来颐郎照片，属致佛翼，颐年十五，其照片旁注小字当是所书，健秀有致，此庭训之功，以慈儿字例之，愧景升豚犬矣。今日惟得此书，差可为快意，庶无负此佳节后之一日。

收大儿三信。发大儿电，又快信，此在未接三信之先一时许。收澹如信。

十一日，戊子（10月29日），阴。

接大儿寄平孙书，初三。余、朱日内可移出，石清渠竟敲至百元始允，付之一叹而已。咏莪约初四快车赴沪，大致如何商定数目，日内当有信来。还大女六百金交醉农手，意谓此银不能打散，能如此说自佳，我亦不再过问矣。发大儿信，告以澹如二百可允借与。郭子秩来谈，将为其母太夫人征六十寿诗也。

收大儿信。发大儿书。

十二日，己丑（10月30日），晴。

盛幼文来访。幼文仁和人，始官于吴，旋弃而入商，为礼和洋行买班已十年，湖南通商后始来此，则亦五年矣。其子雨林与慈儿、平孙同在青年会习英文，颇相得。幼文以其国文无师，坚托颂年为之介绍，欲就近来学，以其子沉静可喜，秉笙亦爱之，遂允所请，故来晤也。幼文虽为外人之客，而一切尚崇旧学，人亦爽快。程初来谈。杜庶母忌日，午供如礼，过正屋拜神主则无设供之事，且闻春田公以上皆不设供矣。热闷不适，晚饭后偃卧片时，醒已二漏。接大儿初五信，咏莪已往沪，与徐端甫商议白眼之讹数。

浙江袁震和号绸庄代寄绸件到，无损失。收大儿书。

十三日，庚寅（10月31日），晴，夜雷雨。

晨起，气候稍清，午后复作燥热，晡刻大雷雨，天心殊不可知。谢盛幼文步，见其三少君雨林，气习颇纯净。访颜福庆，仍主用阿么赝、吃哔略等松痰之药。过六女少坐。晚甚燥烈，不能安眠。

十四日，辛卯（11月1日），雨甚，雷，忽晴忽雨。

盛幼文来拜姚师，共谈片刻，约十七日来上学。燥烈异常，忽晴忽雨，非常难受，至晚稍适。

十五日，壬辰（11月2日），晴。

气候稍平，拜三叔祖母生日供。寄八儿书，封入春海信内。接大儿初七信，咏莪初五去沪，尚未回浙，大约因雨大之故，湘浙晴雨固大致相同也。夜月甚佳，或遂放晴乎？接少星书。接丙孙初九到京片。

发八儿书。收大儿信。收少星书。收丙孙片。

十六日，癸巳（11月3日），雨甚。

半夜有雷，知月隐矣。巳刻大雨如注，愁惨之气，令人懊闷。接大儿初九书，咏已回浙，端甫允以二五之数回温，与其猫相商。初九附温轮去矣。此事由张介臣向林汉横索债而起，致其猫闻知，而兴讹诈之谋。事有前定，复何怨尤。发澹如书。

收大儿书。发澹如书。

十七日，甲午（11月4日），晴。

昨夕亥刻风起，竟夕怒号狂吼，达旦始息，而朝暾熊熊矣。盛幼文送子来入塾，余以失眠未及起晤。从焕彬处假得《本事诗》考，得钱牧斋、陆孟珠赠答四绝句，录之。因余有孟珠瓜形砚，得其缘起，慰余韵事。

十八日，乙未（11月5日），晴。

接大儿初十、十一两信。初十电报已到，醉农经手张介臣一项已交咏莪寄去，特所云三数，恐有讹误，以其本系五数也。凡此冤章无可说，只合付之一笑。根培来，汤俊卿来，与余同庚，较余为健，谈及曲社旧友零落无多，真似天宝当年遗事，相与欷歔不已。孙妇生日，食菌面。赴盛幼文款师之宴，同席汪颂年、王莘田、姚寿慈、李德斋、罗寿松、治霖。周继篁、可均。周砥青。砥。砥青，言荫松之甥也。

收大儿书。

十九日，丙申（11月6日），晴。

访瞿希马，归还羊绒衫裤洋八元，作银九两三钱。过十妹，少坐。谢郭子秩步，未遇。郑仲和来论同善堂事，醉语模糊，令人发笑。

二十日，丁酉（11月7日），晴。

寄汉口锦昌庄揭绶芝书，托寄丙孙冬衣一箱至北京，并带费四洋箱钥一件。此丙缄所云者，以盛幼文将道汉赴申，托其带去。过幼文少谈，将以廿三行也。归路过元达少憩。罗寿生来。

发揭绶芝书。

廿一日，戊戌（11月8日），晴，旋阴。

兰盆加泥，而天晴不可必，不敢浇水也。发止盦书。收到小衫裤并已交价洋讫。过佛翼谈。夜甚燥热，不适于眠。接大儿十四信，箭道巷屋可望有成。接南友收到寄笔信。

发止盦书。收大儿平信。收南友书。

廿二日，己亥（11月9日），阴。

谢罗寿生步，未晤。过葆初谈。访程初未遇。过寿慈谈。薄暮寒重，可着丝棉袄，而临卧又觉燥也。接丙孙书，言啸庐在参政，颇念旧，请寄书相托。

收丙孙书。

廿三日，庚子（11月10日），阴。

寒重，连日目光不爽，殊不欲视。依郑晓琼所说，以十全大补丸二两，加入天生磺一钱、肉桂二钱、法夏三钱，为补火豁痰之剂，然未审于目有妨否，当约其来商。元达生日，往贺，遂留午饭，家肴数品颇适口。晚归怯寒，不敢出雷池一步。

廿四日，辛丑（11月11日），阴。

康女昨夕忽吐红，此盖胃血因热燥而然，非咳血之比。咳血则恐肺部有伤也。小毛衣重，仍用棉袍为宜，丝棉则嫌其早。丙孙生日，食炒面，六女归。晓琼来，为定一方，以补水为治。

廿五日，壬寅（11月12日），雨。

寒重。接大儿十八两次信，竹杠事尚无回信。康女昨夕未吐，今日仍有紫点挟痰而出，乃冒寒入塾，殊非所宜。服晓方并磺丸一粒。

收大儿书。

廿六日，癸卯（11月13日），雨。

寒重。康女昨夕今晨复吐红，中有紫块。颜福庆来诊，审为肺部之血，以止血安神为要。服药粉，每三时一次，并留小丸，如遇吐时，即进一丸。此安神之药，神安则血自止也。午后过佛翼。是日约南雅曲社诸君子一聚，所识者惟姚芷陔、徐允斋、言荫松，余皆不曾谋面。汤俊卿去湘潭，卜永斋在衡州，吴清卿在永州，均未来，老成典型，不克聚处，亦深今昔之感。傍晚以怯寒先归。服晓方并磺丸一粒。

廿七日，甲辰（11月14日），晴。

昨夕霜寒极重，晨起放晴。康女昨夕未吐，早吐黑血一口，送颜福庆看过，仍服药粉。九女生日，六女归。丙孙书来，仍派铁路译员，改驻徐州，此差月薪二百廿元，闻刻只发半，亦幸事也。服晓方并磺丸一粒。镜仁来谈，云谷价四石一斗。

收丙孙书。

廿八日，乙巳（11月15日），晴。

康女昨夕安睡，晨起复吐一口，色较淡，仍服药粉。今日可毕十二包，明当复诊。元达来谈。镜仁送羊肉酒二坛，火肘一对。发八儿信。目干，左尤甚，早起便现此征。晓方不合即停服，磺丸则仍一粒，看明日如何。醉农来辞，赴常德送健甥出阁，病母在堂，而弃妻不返，忍而为此，付之一叹。

发八儿信。

廿九日，丙午（11月16日），晴。

康女晨起吐二小口，色较淡，喜无他苦。颜医来复诊，仍用药粉，并加用药水为治。接大儿廿一、二两书，白眼竹杠回信已来，以三千二百元议妥。此等梦呓，不知从何说起，只盼从此永断葛藤而已。

收大儿书。

十　月

初一日，丁未（11月17日），阴。

通行历书皆九月大建，十月小建，而教育部所颁官历则九月小建，十月大建，凡例中并叙明依旧法推算则九大十小，依新法则九小十大，此专就阴历而言，与阳历不相涉也，而外间仿刻之历本与官中私刻之历本则仍是九大十小，以故各铺店皆以今日为九月三十耳。民间焉能人人得有部颁之历，自无足怪。惟既有旧法、新法之异，应由官厅早日宣布，俾众咸知，庶不致此讹混。康女今日未吐血，照服药。午供祀祖，十妹、十九妹及诸女皆归，均以为诧，以未见官历之故。发大儿电，询存洋数目，电湘急售。

发大儿电。

初二日，戊申（11月18日），阴。

过正屋，以正屋昨日未受供，故往拜祖堂，究竟今日设供与否，不可知也。卫老今日生日，亦即同此一拜，然既不以昨日为初一，则七叔初三日生辰自仍在后朝矣，只好糊涂再拜，可笑可笑。接大儿电，箭道巷屋已以二千元卖去，共合银二千八百两，问洋而答银，又会错意了。因即发一快信，仍询洋数，以便在湘售去，洋价日落，恐无再涨之日也。钧妇生日。

收大儿电。发大儿快信。

初三日，己酉（11月19日），阴。

印侄过礼往贺，七叔处午饭。接大儿廿三、廿六信片，皆曾屋未成之计画。与春海细商，仍须电询洋数，可以从速了妥，因即发电，云银数须由湘议，即将洋数电复，汝须待交清方归。想当明白矣。

收大儿信。发大儿电。

初四日，庚戌（11月20日），雨。

过正屋拜七叔生日，至贺宅拜三妹生日，皆仍以今为初三也。阴寒之气中复含燥雨，夜不能安眠，时复梦魇，磺丸遂不敢服，仍用红血轮为妥。康女两日未吐，明当延颜君诊视。接大儿复电，存洋叁千玖佰元。

初五日，辛亥（11月21日），晴。

昨夕甚冷，今乃放晴，午后复燥，恐不能久晴矣。颜福庆来诊，谓康女面色不好，恐肺部必有关系，约明日赴院中试验。此时血既止住，可以牛汁、铁酒、鱼肝油，每日相间而服。复为余视目，云无大患，用药水每日洗四次。七叔生日，有公醵演戏为贺，送分资二金，未能与此盛会也。

初六日，壬子（11月22日），阴。

携康女至雅礼医院验视，左肺有病，恐不免有嗽症，在右腕上点药三处，候干再验。归路过劝工场，一往游瞩，恍如京师前门外之荷包巷也。以洋三九之数由茂生钱庄认拨，照昨日洋价六五分，共合银四千五百四十三两五钱，当付还春海经手借银三千四百两，付茂生折上一千一百四十四两，交茂生拨洋信一件寄大儿，在沪月半兑洋。发大儿电云“三九茂拨定月半兑”八字。宦浙十六年，结果如是，良可叹已。八儿来。

发大儿兑洋信。发大儿电。

初七日，癸丑（11月23日），雨。

发大儿明片寄沪，旋接其到沪电，月半可不误期，归期亦可卜矣。本生先妣忌日，午供如礼。颜医来，视八女腕上瘢痕即去，余方午饭，未及晤询其故。

发大儿片。收大儿电。

初八日，甲寅（11月24日），晴。

昨夜三点钟睡醒，忽大寒颤，四支冷，气促，急服哥啰颠、白兰地，加厚盖，一时许始得回暖。当系昨夕换衫裤受寒不觉也。陈怀安来诊，谓仍是心经之病，方用朔番斯、士走厘、吃哔畧。

初九日，乙卯（11月25日），晴。

昨夕预为厚盖，一钟后复发冷，较前夕能耐耳。印侄喜日，未能往贺。闻徐十二妹今晨卯正举子，可为称快，二十五年始头产也。接大儿初二日信并用帐一篇，约数五千余元。接少星书。

收大儿信。收少星书。

初十日，丙辰（11月26日），晴。

昨夕临卧服紫苏兜、橄榄，方得无寒战之病，今日稍适。本生继妣姚夫人忌日午供，以足软未能行礼。四女为买珍珠三百粒，去银一百廿四两。自十一女嫁后，家无一珠矣。今日劳育初、宋仁子忽倡清廷复辟之说，肃政史以为国体所关，呈请查办。宋已逮捕，劳则逃往青岛。育初乃迂谬至此，非所料也。刘幼樵且有勾结日本人之举动，皆功名之念误之耳。接少星父子相片。

收少星相片。

十一日，丁巳（11月27日），晴，午后风甚。

至正屋道喜，于是已三朝矣。寿慈处道喜，愿鲁甥亦初八吉礼也，葆初处道生子喜，归来颇乏。午后风甚劲，不敢外出，磨墨一砚而不能作书，负我松滋雅望。

十二日，戊午（11月28日），晴。

镜吾来谈。晚饭试饮羊肉酒，不觉尽一壶，遂卧。

十三日，己未（11月29日），晴。

复龚省吾书。省吾休宦以后山居甚乐，精神健胜，诗事联翩，不似七十七岁人也。夜复饮羊肉酒，甚暖，殆不可常。

发龚省吾书。

十四日，庚申（11月30日），晴。

访陈镜仁，其所购宅颇精。过冬彦，适外出，得见何十嫂，近年多病，又家人口不利，故现憔悴耳。访耕莘、仲和，皆不晤。接大儿初八沪信。

收大儿信。

十五日，辛酉（12 月 1 日），晴。

燥甚。至师古斋纸店，忽遇周海涛，不复相识，山水近推湘中弟一手也。市八行笺一匣，价二百四十文，可谓昂矣。访成之谈。过二女，所患尚未大愈。晚刻甚热，殆将风也。

十六日，壬戌（12 月 2 日），阴。

昨夕北风甚劲，晨起奇冷。发少星书并请致问晴帆今年能否回湘，附佩苍书。

发少星书。发佩苍书。

十七日，癸亥（12 月 3 日），雨。

寿慈来谈。春海约饮于徐长兴酒楼，新构两层楼，甚为闳丽。主人徐沛斋居楼后一室，既敞且精，耐人久坐。出示所得《德范词源》原本，去岁其友从南京所获，燹余珍物，殆有神护。沛斋装池，于袁、尹、庄、庆诸像后自绘一像，以写瓣香之意。像为湘潭朱树其所画，纯用西法，具体二寸，笔润廿元，何声价之重也？何文安公《麓山寺碑》楷册真迹，东洲先生行书则赝鼎，然颇似龚谱香所书，岂偶然作此狡狯伎俩欤？印章则又非伪，何哉？接大儿初十书。

收大儿书。

十八日，甲子（12 月 4 日），阴。

层云密布，时露天光，或有行雪之望。寒气凛冽，惟拥裘向火寂坐而已。安设火炉，时已向晦，未能妥帖，此在沪工，咄嗟间事耳。

十九日，乙丑（12 月 5 日），阴，傍晚见日，夜有星。

寒甚。十妹偶归，以受寒故，大吐，盖饭后即乘车出，致寒风袭胃，少坐即去，又不愿以舆归，亦不服老之甚矣。一姊生日，供如礼。六女、十一女归。八儿回乡。薄晚，日出甚正，或明当放晴耶？元达来。

二十日，丙寅（12 月 6 日），阴。

云阴仍布，寒气如昨。姚师自家来，携得湘攸县胡君国瑞辛亥在云南弥勒投井殉难事，湘绮老人所为《胡公井铭》一首，湘潭何君承鑫、归善何君培清同时殉于惠州事，秦子盾所为《二何传》一首，将以寄复子脩，缘久未得子脩信，不知其尚在沪否，因先发一片询之。检杜子良前冬所立方服之，方以补养脾肾为治，与目干情形相合，试服数日看何如。

发子脩片。

第四册

民国三年（1914）旧十月廿一起，四年（1915）四月十四日止

十　月

廿一日，丁卯（12月7日），阴。

连接钧儿十三、四两信，兑洋之事如期交妥，即日西驶，计明日可到矣。昨服子良方，尚不见别征，试再进之，当以目不干涩为有效之证，他不必计耳。

收钧儿书。

廿二日，戊辰（12月8日），阴。

昨夕亥正已将安寝，大儿忽到，平安可慰，谈至子正始睡，幸不为多言所伤。醒时已卯初矣。心安则神安，可见牵事长思之损人也。寒气凝闭，已入大雪节，何不作玉戏一慰农望耶？接南友书并诗扇、牛乳。接子脩书并朱完者所画东坡巾服像照本，此本现为旭庄所藏，令人羡之。子良方已服三帖，无得益处，顷以腹痛进茶饼加苏梗。晚间觉目稍适，殆仍是痰壅气滞所致。

收南友书。收子脩书。

廿三日，己巳（12月9日），阴。

昨服苏梗尚合，乃用菊花、化皮、苏梗煎汤，送赵制半夏一钱，意以引痰通气也。接咏莪十四快信并徐端甫复信、收银条，又浙江银行收条，言银已转交前途，领受颇有惭色，岂邹久成犹有一线天良耶？盖小人之见，君子宜有此态也。过此一时，则又故态复萌矣。又张介臣收到洋三百元。致咏函言下欠二百本洋并五年息，约百五六十元，请其代索，并谓醉农曾许俟浙产动时即行扫清，然则醉农于清还此项早有成算在胸，已可想见矣。此时惟有托咏莪调停其间，得彼处稍让固佳，否则竟如所请，全数结清，以免后来轇轕。若辈伎俩亦不值与较耳。

收咏莪信。

廿四日，庚午（12月10日），阴。

目稍适。寒甚，拥衾不欲下榻。佛翼过话，李学宽宗模。约饮徐长兴。俞芳午、唐彩臣公醻皆不能赴。发咏莪快信，二要事：一请向徐端甫代致谢忱；一请其先复张介臣允，即筹款结清前数，不必问唐醉农，但如何汇划方勉舛午，宜彼此妥商良法也。

发咏莪快信。

廿五日，辛未（12月11日），阴寒如故。

廿六日，壬申（12月12日），晴。

久阴忽晴，人意顿爽。午后觉燥，仍非久晴之象，然能酿雪，自是佳兆。元达来谈。十妹回，略谈而去，此亦近年风气，女眷不裙不舆，满街行走，如男子之拜客者，贤者亦不免焉。

廿七日，癸酉（12月13日），晴。

发丙孙书并郭啸麓书，托为丙孙位置一事，以咏莪在京，啸麓问余起居，犹有不忘故人之意，故以通候，且致恳焉。过春海少谈。十日沉阴，怯寒不出，今稍散步，尚无所苦。

发丙孙书。发啸六书。

廿八日，甲戌（12月14日），晴。

访璞丈未遇。出城访蔚斋谈，坐中有龙琴堂之孙筱山，为艮三之子。入城过焕宾，久谈，遂索馒首食之。

廿九日，乙亥（12月15日），晴。

佛翼来，闻郭受年司百善堂会计有亏，牌戏之为害大矣。恐佛翼不能不代筹也。先公生日，午供如礼，四女、六女、十一女回，二女病尚未愈。

卅日，丙子（12月16日），晴。

发子脩信并《胡公井铭》《二何传》两稿，目力几不支。

发子脩信。

十一月

初一日，丁丑（12月17日），晴。

佛翼来，偕过春海少谈。寿慈来。本生继妣生日，午供如礼。齐小安来，归湘才得相见，因其长公子在江西为银行总理，故常作章门之游，刻已调津市，在湘为便矣。稚安已于前年作古，川中宦况较之乃兄为佳，亦足慰也。璞山丈来话。接刘达泉书，收到五十番。

收刘达泉书。

初二日，戊寅（12月18日），阴，寒日偶见。

小安昨言傅竹湘将以住宅抵押于银行，托其居间，论及园中与芋园墙垣，云系其私墙。小安有疑，故来询予。予以恐系误听，然不能不一考之，因冒寒往谈，果系李之私墙也。听言之难如此。坐中遇吴君荷生，人颇朴实。发金谨斋书，谢其再造丸之惠。

发金谨斋书。

初三日，己卯（12月19日），晴。

甚燥。醉农自常德归，过谈渠得子赓书，只须归二百本银，息洋可以让送。果尔，则余亦少轻负累，且俟咏莪复信，仍一函寄缄询之，如子赓有此意，必有复音告咏也。

初四日，庚辰（12月20日），阴。

发咏莪挂号信，闻其已得海塘工程局差，此信径寄海宁也。卢老生日供，接向家张姨来，王姨、廿二妹来。

发咏莪信。

初五日，辛巳（12月21日），阴。

王莘田送四年《历书》二册，一教育部所颁，一湖南官书局翻刻，均精致可用，惟部颁有套朱印耳。

初六日，壬午（12月22日），阴。

虽冷而无风，乘兴访葆初，贺银婚之喜，亦一新闻。归过佛翼，少谈，左眼颇觉失力，必有云起，当服石斛夜光丸以防之，恐水药更宜拨云散也。接子脩书，此间月晦寄书计日内亦可到矣。服大参五分。

收子脩书。

初七日，癸未（12月23日），晴。

长至甚暖，或将酿雪，然盼祥霙也。午供如礼，家人团聚享馂。服拨云散加减一剂。

初八日，甲申（12月24日），阴。

接薇阁书。元达来谈。服拨云散一帖，夜光丸亦三日矣。日来以饮冽酒故，眼微红，宜绝之。

收薇阁书。

初九日，乙酉（12月25日），晴阴不定。

自方无咎无誉，究不可为训也。郑晓琼来，谓瞳人无病，其病在失力，由于气虚所致，用党参、归芎、蕤仁、蒺藜等味，当是合法。浙江新运司李穆为许桂平之内兄弟，因托芳午请桂平为周子徵作一介绍书，经其允许，虽不能保其有效，亦聊为尽心而已。发书告之。

发子徵书。

初十日，丙戌（12月26日），晴。

鹿泉丈送来取缔私塾章程，大致总以仿学堂教法为主，所重国文、修身、习字、缀字，至体操、唱歌、算术等，或肆可缓补，此指初学而言，而十二岁以上之学童私塾如何规定，则未之及。闻前次取缔章程固已有之，惜未之见，当觅之以定旨归。于此而望子弟之能读书成名，难矣。砥庄来谈，语言不清，殊不便谈耳。欲赴二女处观陈宅运奁，以腹寒不果。刘姨自乡来。

十一日，丁亥（12月27日），晴。

二女处曹宅运奁，往一观之。三、五两外孙一婿于曹，一婿于陈，将于十三日同日迎婚，亦罕见之喜事也。访寿慈不遇。服郑方三帖，略有效，见微热之象，转觉可喜，如热退或更清明乎。

十二日，戊子（12月28日），晴。

发薇阁书，目力不给，亦得四纸，欲为两纸八行而言不能简，性使然也。晓琼来改方，谓肾热略萌，去党参，加黄柏三分以润之。四女归。

发薇阁书。

十三日，己丑（12月29日），晴。

甚热，贺宅告礼未能往观，颇怯其喧闹耳。接咏莪初六日书，已接海塘工程局事，数年来新学家以水门汀从事，致旧工破坏至极，不可收拾，因知其必有今日之悔也。访郑小樵，贺其初得孙女喜。发南友书，扬州寓黄家园。

收咏莪书。发南友书。

十四日，庚寅（12月30日），晴。

赴贺宅喜筵，两新妇皆端丽，可称双璧。月色大佳，半夜北风甚烈。

十五日，辛卯（12月31日），雨。

阴寒甚重，今日为阳历除夕，惜无月，不能如湘谚所云"三十晚上大月华光"耳。发诗老书，为徐沛斋乞书聊尔斋额。郑方已服三帖，不过尔尔。热度尚欠五分，则热亦甚微，不如仍服红血轮为便，而以蛋熨钓炎也。季和来，未晤，携赠口蘑、大虾。

发诗老书。

十六日，壬辰（1915年1月1日），阴，小雨。

细思目疾之由，当是脑气筋之故，与风热不相涉，当以红血轮、毛地黄酒相间而服，以期从容收效，外则用蛋钓炎，似较妥洽。

十七日，癸巳（1月2日），雨。

固阴冱寒而雪不降，盼煞盼煞。蛰处无聊之极。

十八日，甲午（1月3日），雨，雪珠。

六女归。

十九日，乙未（1月4日），雨。

寿慈为代乞杨绍武书郭子秩太夫人寿诗来，楷字甚精整。痰甚多，皆大白泡，此风象也。蛋上子粒亦未少减，亦风使之，然两日目力似稍健。十一女归。

二十日，丙申（1月5日），晴。

二十一日，丁酉（1月6日），雨。

周一甥女娶媳极从繁缛，乃天不凑巧，不能炫美，未免扫兴矣。八媳自丝茆坑来，缘朱老姨太昨夕去世也。接丙孙书，致啸麓书已到。

收丙孙书。

廿二日，戊戌（1月7日），晴。

接咏莪书，已将醉农所言张介臣让息之说再致函询，尚未有复，渠将倩德斋为之护眷东下，川费即照前议拨兑。

收咏莪书。

廿三日，己亥（1月8日），晴。

晓雾甚重，迟散得晴。谛视墨兰已有花箭二枝，何其早也。浇水曝之，想无大碍，究未知养此花之法耳。访季和，赠以《师让盦汉铜印存》一部，为六十寿礼，且报其口蘑之惠。适其三妹来城，因得相见，偻计四十余年不相见矣，此贺诚斋夫人也。访砥庄、次泉、程初、寿慈，皆不遇，归而寿慈适来，拟聘姚次亨主西席，秉笙允之，脩脯不计，重在乃郎有读书处耳。四女、六女、十一女均归。八媳回丝茆坤，明日朱宅成服。阳历元旦，《时报》载十二月卅一日北京专电云，袁总统手谕肃政厅，谓近日各肃政使弹劾案多有追及革命纷扰时事及前清旧案者，如此追究，曷胜其烦，且屡兴大狱，亦非国家之福，嗣后应慎重言论，毋须穷追既往云云。此谕因何而发，须俟宣布全文始悉，于以见袁公之息事宁人，不为苛细之举动也。

廿四日，庚子（1月9日），晴。

郑小樵醵资自熬驴胶，余以十千钱得胶三十八两，每两连用费共钱二百六十五文，肆中胶多不可信也。

廿五日，辛丑（1月10日），阴。

昨夕风劲，寒气遂重。季和六十寿，不克往祝。

廿六日，壬寅（1月11日），晴。

出南城至天鹅塘，访齐小安不遇。所居曰左东园，两衖共造房二十四所，皆三楼三底，工料均好，此通商后气象也。入城过徐一琴谈，并晤饶幼皆之子仁圃。访焕宾不遇。闻鹿老在佛翼处，往谈，则已行矣，因留晚饭，谈久甚乏，因而失眠，所宜慎也。

廿七日，癸卯（1月12日），晴阴不定。

敬吾来久谈。蔚斋缄示近诗，其兴致甚豪，非所能及。

廿八日，甲辰（1月13日），雪。

去冬无雪，迄于今春，故田禾被虫害者颇多，今得此祥霙，更见三白，尤为盼幸，且人意亦较清泠有味也。发刘达泉复书。晚间痰饮复作，进哥罗颠。早寝。

发达泉书。

廿九日，乙巳（1月14日），雪。

雪不大而冻，所谓雪等伴也。此大好气象，即冻豆腐亦足适人意。咏莪着人回接眷。香官来，拨取洋二百元，只需纸币，盖为赎当田耳。

收咏莪拨洋名片。

十二月

初一日，丙午（1月15日），阴。

寒气稍杀，雪伴不至，令人觖望。兰怡生日，午供如礼。诸女归，十妹归。夜寒甚。

初二日，丁未（1月16日），晴。

昨夜甚寒，知今日必晴。访季和、砥庄不遇，至恤无告堂谢李学宽招饮未赴，遇蔚斋少谈。归过元达，询子聘所患无起色，甚可虑。接晴篁书，西坝捆盐耽延二月有余，今年不能回。晚刻觉有寒疾，以姜汤涤之。

收晴篁书。

初三日，戊申（1月17日），晴。

砥庄、根培来。

初四日，己酉（1月18日），晴阴不定。

本生先考忌日，午供如礼。光阴迅疾，廿四年矣。负疚实多，于心滋痛。

初五日，庚戌（1月19日），晴。

过佛翼，欲有所谈而不遇，怏怏而返。接咏莪十一月十六信并张介臣两复信，前事以五百五十元为本息清结定局，前致醉农让息之信，或犹未令见乎？抑因有三百寄还全清之说在前乎？然了清自是一事，亦不须再计矣。接南友书。

收咏莪书。收南友书。

初六日，辛亥（1月20日），晴。

访颜福庆不遇，晤胡美，请其诊视，以小便余沥是膀胱失力之故，宜服士的年药片，眼蒙则另配药水，微有松节气，当较普通保光水为有力也。佛翼来商清史馆征书事，《文恭公全集》由佛翼出名呈送，《耆献类征》《小芋香馆诗集》《宝韦斋类稿》由八儿出名呈送，巡按使已设有征书处也。元达来谈。小樵来。

初七日，壬子（1月21日），晴。

昨服士的年三片，今晨胸前隐痛，午前服二片，午后胸痛尤甚，恐药非所宜，因停服，以颠茄膏贴胸，晚间不思食，且体中发倦，早寝。

初八日，癸丑（1月22日），阴晴不定。

昨睡尚稳，今晨胸痛见好，书告胡美复来另易士的年水，想力量较轻，发肉筋力，固以士的年为第一要药也。发咏莪挂号信，请致书张介臣，照所议以二百五十元作全清定局，允交德斋手光洋叁佰元，连廿九日香官取二百元一并在内，共合三数也。午饭后，胸口复有微痛，不若先服和肝平胃药，俟其全愈，再用士的年水为宜。

初九日，甲寅（1月23日），晴。

王壬秋丈过访，精采如旧，惟步履较去岁稍缓，此行于夙望不无少损，乡人惜之。磨治葵杖，得其大致，杖头刻画仍非良工不能成也。

初十日，乙卯（1月24日），阴。

刘姨回乡去。八儿购得新刻《美术丛书》八十册，邓秋枚所辑刊，虽多见于前代各丛书中，亦集文苑之大成也。偶读笪江上《书筏》而爱，乘兴录之。

十一日，丙辰（1月25日），晴，午后阴。

录《书筏》毕，得八行笺九张，亦遣日之一课，不知书者方誉之，徒留贻识者之笑耳。然不足计也。过元达，视子聘疾，恐不可为矣。晚间春海携鸡脯、牛蕆过余小饮，并约佛翼来谈。恒萃女学已迁移，宏文社接赁怀庐为编译所，此李子端所董也。下午系莼便道至园中相遇，少谈而去。

十二日，丁巳（1月26日），阴。

发晴篁书，促其归料理田事。服士的年水已三日，睡起小便射力有效，白天则犹有余沥，固宜久服，方可无弊耳。

发晴篁书。

十三日，戊午（1月27日），晴。

发徐澍老书。夜闻张宅哭声，知子聘不起矣，年甫三十二，有用之才，不幸短命。元达老年乃连遭儿孙之痛，其何以堪，为之不寐。

发徐澍生书。

十四日，己未（1月28日），阴。

寒甚，失眠尤困，目更干涩不适。成氏妇忌日，诸女回谈。天稍畅，赙子聘三十金，元达甚窘，复另代筹五十金，亦无法推卸也。士的年水服完，而胡、颜两君皆赴沪，不能续取，只好待之。

十五日，庚申（1月29日），阴。

许介侯来谈，静卿约陪介侯，以寒不赴。

十六日，辛酉（1月30日），阴。

璞丈送黄武慎公孙八字来，此婚恐不谐耳。佛翼款塾师午饭，与黄鹿丈谈甚畅。罂粟壳泡水洗眼，西法也，盖甚旧，今不复闻。从《西医略论》中见之，不妨一试。以胡美所制洗眼方似有鸦片气，当无妨也。

十七日，壬戌（1月31日），阴。

春海评黄子八字不无岳家有妨，可作罢论。谢介侯步，索书不能应，因检旧书联赠之。赴春海、文皆公醵，请陪介侯之约，在徐长兴，携《德范词源》拓本赠徐沛斋，登其第三层楼，可望岳麓。登降虽缓步，归来亦稍觉发软。过元达，为之凄然。

十八日，癸亥（2月1日），阴。

寒甚，张子聘成服，不欲往也。连日用罂粟壳水洗眼，似有效，或其功在收敛欤？

十九日，甲子（2月2日），阴。

虽阴不寒，尚可支持，候璞丈交还黄子庚帖，以不合谢之。访李德斋、陈仲孚、姚寿慈，皆得谈。中孚论止庵之薄待兄弟子侄，言之愤愤，盖其所亲见也。芷纨近自洪江局回省，则其所有悉为其子仲怡花消净尽，亦可叹矣。义方之训，其可弗讲乎！归颇觉寒，因而乏甚，念及昔时寿苏之会，尤为怅惘。失眠。

二十日，乙丑（2月3日），阴，寒甚。

先祖妣忌日，午供如礼。姚师解馆，明日回乡，即以馂余款之。约黄鹿丈、寿慈来谈，鹿丈酒罢而谈不倦，比行已上灯久矣。送出受寒，殊不适，何鹿丈之健耶？

廿一日，丙寅（2月4日），雪。

发诗老书，言赵、沈二画。

廿二日，丁卯（2月5日），雪，立春。

廿三日，戊辰（2月6日），阴。

作张子聘挽联并书联数首。“念子忽伤怀，恩身父在，生身母在，都是衰年，死别竟何之，赍恨莫酬终养志；知君难瞑目，三岁女孤，一岁儿孤，尚迟成立，魂归犹共语，强颜须慰未亡人。”

廿四日，己巳（2月7日），阴。

连日冰冻，为数年所未有，据云多年未吃冻豆腐，今年乃饱食也。诸儿女孙曾晚饮，过小年欢呼，亦见乐趣。书联二首。

廿五日，庚午（2月8日），阴。

寒甚，冰叶殊可玩，筋纹毕现，真天公玉戏也。《雪赋》中值物赋象、任地班形，可谓刻画之工。左眼忽起翳，由大眦而出，仍是心经之病。

廿六日，辛未（2月9日），阴。

冻稍解，以翳子草治翳，得嚏微散。郑晓琼来诊，用羌防发表药。十妹归，其四郎年关又迫，乃母又须筹画，痴心可怜。

廿七日，壬申（2月10日），阴。

翳见退，服昨方，好在无大痛苦，且有热象发外，则病未入脏，此心转安耳。余尧老自八儿处寄题先公《孤山访梅图》诗稿来。

廿八日，癸酉（2月11日），阴。

接咏莪阳历元月廿九书并张介臣信，将醉农借字付回，咏莪已付交洋二百五十元，合成五百五十元之数，此案算已了结，付之一笑。至醉农何时还我，则非臣之所能逆睹矣。

收咏莪书。

廿九日，甲戌（2月12日），阴晴不定。

清晓有晴光，俄复阴矣。谢盛幼文步得谈。姚七舅母处预祝，托寿慈探盛丙林曾否订姻。

三十日，乙亥（2月13日），晴。

昨夕以有肴，辄复饮酒，临卧左目复作热，酒之为害大矣哉！半夜又用药水一次，至晓乃不见大苦，然亦不适之甚矣。徐沛斋赠所临赵松雪《道德经》拓本，名公巨卿题跋不少，并馈烧鸭，遣人带炉来片，适在祀祖之时。团圞享馂，增入此品，为得甲之佳兆，可为一快。其《道德经》写本附以小像，乞予题赞，何以应之？下午又寒气，不克到正屋辞岁也。贺岁后团坐吃年酒，亦甚热闹。子正始寝。

正　月

四年乙卯元旦，丙子（2 月 14 日），阴，微北风。

晓起气象甚好，叩贺祖先新喜，过正屋及七弟仲熊处叩祖贺岁，归来颇乏。至亲多入贺，周旋殊累人，午后稍睡。起过拴侄处叩祖，春海处少谈，归复卧片刻始适。

初二日，丁丑（2 月 15 日），阴，晚见月。

戚友多入贺，避之无地，亦势不能沮也。二女、六女、十一女回。发晴篁书，言前书租数之讹，实已收壹百八石有奇，以三石八斗卖去矣。

发晴篁书。

初三日，戊寅（2 月 16 日），阴。

望晴复阴，不敢冒寒而去。寿慈约晚饭，辞之。元达、伯平、郢生先后来。和佛翼元日诗："闭门风雨不知年，老去心情只黯然。大地山河犹健在，元辰诗酒说从前。已惭衰病难为用，但望儿孙莫负天。留得山翁贪食德，终朝摩腹亦便便。"

收少星贺年书。

初四日，己卯（2月17日），阴。

接澍生小除日信，录寄去秋七月七十生辰叠韵诗十六首，兴会甚好，愧不能及耳。惟目已不明，则老态毕见矣。发咏莪书，复言收到醉农借券，请其缩作小车可以推放而成，亦姑妄言之而已。晚间有行歌于道者，费千钱一聆其音，盖不闻吾乡戏曲二十年，不禁感慨系之。

收澍老信。发咏莪书，挂号。

初五日，庚辰（2月18日），阴，午后晴。

佛翼来，携鹿荃丈和诗并其元日诗，老年词藻纷披，知精力之弥补，何健者之多而吾独衰退如是，诚自哀已。先妣郭太夫人忌日，午供如礼，诸妹诸女皆明日始回，惟十五妹、庆妹来，则拜年事也。佛翼处唱木人戏，稍坐而归。

初六日，辛巳（2月19日），晴。

时闻鸟声，人意大畅，步访竹湘谈，又过吴雁舟，归来两年，近在比邻，始相见也。小樵处亦得晤，归来颇乏。是日接诸妹、诸女外孙妇女出行，三席。

初七日，壬午（2月20日），晴。

拜客数家，惟璞山丈得见。四女、六女两处少坐。咏莪所寄肉蟹递到，此物昔在海宁未曾见过，似是以蹄筋截为两螯，而留其连接之肥肉一片，恍如一蟹，但不知如何制食之法耳。

初八日，癸未（2月21日），晴。

以肉蟹蒸试，其气味如香肠，是仍为腌腊一类，不欲食之。发咏莪一信，询肉蟹之制法。访徐薇轩而遇蒋菊生，奇热，盖同舍而薇轩适移居隔院也。薇他出未遇，与菊生久谈，闻少脩亦来湘，居富雅里，相去太远，晤之殊难。二女处少坐，砥庄处得谈。归甚乏，偃卧，向夕起。得诗老除日所发书，八纸千余言，读之神王，不觉为满引一觥也。临卧，觉脚微肿。

发咏莪书。收诗老书。

初九日，甲申（2月22日），晴，夜雷雨。

热闷不能容裘，脚肿又消，煎药水濯之，此气虚所致，亦春气使然。不敢出门，二女、六女回，适王姨过我，竟日清谈。食春卷，不及周庖之制。夜雷声隆隆，雨亦沛然。

初十日，乙酉（2月23日），阴，小雨，夜有雷。

八儿自乡来。接咏莪信，张介臣收到五百五十元收条。

收咏莪寄钧信。

十一日，丙戌（2月24日），晴。

日作红色，燥烈异常。拜客数家，晤根培、徐润生、李系莼、汪季农。目极不适。半夜有雷。

发止盦书。

十二日，丁亥（2月25日），阴雨。

奇寒又作，热极宜然。张春海约午饭，蒸鸡甚得味，胜珍错也。客皆李氏，适郢生、惠生先后来，作不速之客，尽欢而散。

十三日，戊子（2月26日），阴。

灵仲、慕徐两侄约午饭。颂年、莘田先后来谈。接薇阁一诗代柬。接子徵书，济川得其姨夫之力，在关中谋一警佐差，暮年父子远别饥驱，诚可念矣。

收子徵书。收薇阁书。

十四日，己丑（2月27日），阴。

寒重未出。姚师约今日来城，待之日暮不至。李系莼来，久谈。

十五日，庚寅（2月28日），晴，旋阴。

晓晴甚正，俄复阴寒，灯月双圆，又成虚望。姚师来，其少君次亨随至，今岁订寿慈处西席也。午供祀祖如礼，杜庶祖母生日并祭。晚间放花筒为乐，特念都中泥筒之胜，此生无复再能寓目矣。发少星书。

发少星书。

十六日，辛卯（3月1日），阴，午后晴。

慈平入塾。约元达、卓伯、惠生、海瀛午饭款师，芳午未到。访徐沛斋，以属题像赞未能应命，加观印还之，并以“累尊千金”印赠之。此印有陈寿卿跋语，王西泉刻，余昔得之武林者。过华英大药房，晤庄姓谈。

十七日，壬辰（3月2日），晴。

二女、六女归来问话。晴光颇适，两日牙肉忽有小肿，却不痛，心疑为瘤，遂致失眠。

十八日，癸巳（3月3日），阴。

唐兰亭为九、十两女诊治伤风，索其治牙药粉擦之。亦无甚效。

十九日，甲午（3月4日），晴。

颜福庆来，交医院上半年捐费五十金，视予牙肉肿处，开药水方，云可以针刺出血，俾免他累，适用川椒、青盐、细辛水漱之，颇有效，遂缓购药。发子脩信，并录寄湘绮所撰《黄新传》稿。颂年来，云盛幼文复言浙俗合婚忌酉戌命，谓为鸡犬相处，不吉，可作罢论也。

发子脩书。

二十日，乙未（3月5日），阴。

陈怀高来为培曾种痘。闷热，牙肿已消。六妹生日供，留午饭。陈甥咏裳喜摩弄玩器，亦后起之特秀也，与谈甚快。张甥锡臣则酒气甚重。

廿一日，丙申（3月6日），阴雨。

闻王姨昨忽左支无力，往一视之，尚是初起，携再造丸劝其服之，以预防他复，其神情清适，当可无妨。十妹归，适周三来，因令炒面饷之。寄和澍生“烟”字韵二律，即以代柬。

发澍生书。

廿二日，丁酉（3月7日），阴。

昨夜风雨交作，有雷。晓起寒重，午后复有晴意。寿慈、春海、竹泉弟先后来谈。丁酉年高德所配眼镜现已不合，惟望远者移作近视，稍觉清晰，然究须另配加光方合用。闻雅礼可配，须与福庆商之。

廿三日，戊戌（3月8日），阴。

亦有晴意，而一阴即寒，恐终须四十九日方晴也。闻王姨手足如故，恐成瘫证，高年之健，固不可恃。食水角。适二、六两女归，临时添作，亦忙而乐，此固宜上房自办乃有乐趣耳。一琴来谈。

廿四日，己亥（3月9日），晴。

兼善堂乐工传习所新正开学，郢笙、佛翼方为堂董，故邀余往观也。自去岁同人发议以婚丧典礼所奏之乐皆系旧传俗调，徐允斋倡为昆调之论，试验亦颇有进步，运斋为所长，教习三十余人，亦大费心力。无如习惯已久，改弦更张，收效则遥遥无期耳。午饭并为姚芷陔作饯，时将赴辰州知事任。

廿五日，庚子（3月10日），晴。

约李学宽、彭绍经、张春海、家仲元、思诚、静卿、七叔、七弟、十三弟午饭，除春海与余不胜杯勺，八人皆能饮，汾酒终席尽四觔，亦云豪矣。余作壁上观，觉目无所苦，是忘病之效，然安得此心皆在壁上观时耶！辛姬患伤风，倩春海诊视，宜服表剂。

廿六日，辛丑（3月11日），晴，夜大风。

燥热，飞蚁队出，即将风矣。趁晴，北行至十妹、十九妹、廿八、卅、卅一诸妹、十二侄女各处小坐，何大侄女外出，未得见也。归路已起风，有寒气。夜雨，交子初后，大风振屋，达旦不息。

廿七日，壬寅（3月12日），阴。

春海来，为辛姬复诊，表仍为散，加党参四钱，麻绒六分。风稍息，寒气仍重。

廿八日，癸卯（3月13日），有晴意。

培曾对晬，取笔墨玩弄，卜他日当有文誉，其信然乎。三妹、十九妹、十妹、二女、六女、六女回。卫庶祖母忌日，过正屋拜供，为之凄然。

廿九日，甲辰（3月14日），阴。

瞿子濬来谈，言戊戌、己亥间黄河清，中国当无所恐。余为举李逊之论河清非特不能为瑞，应且无一善者，因录一纸与之。

卅日，乙巳（3月15日），雨，有雪。

南雅曲社团拜，怯寒不克赴，虚负良会，可惜可惜！颜福庆来，云可试验眼光，当于礼拜四或六日往验，俟验定寄信到沪配镜，亦可加入老光也。午后雪大，屋瓦见白，特速化耳。

二　月

初一日，丙午（3 月 16 日），雨雪。

雨雪飘飘，屋瓦见白，寒气甚重。四女归，言桑门眼科陈贵章已故，其家尚世其业，而嗣曾之师恐其药难恃，遂未买来，抑何迂也。仍属其代买一试。晚饭后吴瑞之房中无人，床帐忽然自焚，幸老刘望见，立即扑灭，殊不可解。先灵默佑，得不成灾，可胜感惧。园林空旷，人迹杂沓，正屋毫无稽查，保无藏奸之事，似此危地，何以安居，思之不能成寐。

初二日，丁未（3 月 17 日），晴。

访季和谈，成之丁本生母忧已月余，余以寒疾未得往唁。今日始得一见。谢子濬、采臣、幼文步，均未晤，出小西门至保路堂晤仲元族祖，由金线巷新开城门而入，不知身已入城也。接止盦书，无归志。

收止盦书。

初三日，戊申（3 月 18 日），晴。

过元达谈，将有游粤之行，亦势所迫。子怀举动日益谬妄，为之一叹。饭后出城访蔚斋谈。

初四日，己酉（3 月 19 日），晴。

访葆初未遇。徐十二妹所患尚无起色。访根培谈。过刘卓伯，适他出，与何四侄女谈，其家事颇经理得法。寿慈来，适余在春海处坐，遂邀其过谈。八儿护周姨自乡来。

初五日，庚戌（3 月 20 日），晴。

出南城访齐小安，见近临《等慈寺碑》，甚遒秀，手眼无恙，乃有此逸兴，殊令人羡。至大坤桥见黄二婶，八十八岁，心思犹细，目力稍差，境况甚窘，所居为一菜圃，竹篱茆舍自甘心，亦借以安旦夕而已。天气甚热，穿着又厚，归来甚不适，服嗝啰颠，又进和肝平胃药，胸鬲始渐畅。食水泡饭小半盂。早寝。

初六日，辛亥（3 月 21 日），晴。

黄七丈来，谢之以疾病愈而气短，畏见善谈人耳。赴俞芳午晚饭之约，与子濬、桂溪、采臣同座，晤仲增之少君颂臣，不相识矣。

初七日，壬子（3 月 22 日），阴。春分节。

午后忽起北风，寒气甚重，约盛幼文、汪颂年、叔民昆仲、王莘田、郢生、寿慈、佛翼午饭，寿慈甚醉。晚刻得雨，春风日最为得宜。

初八日，癸丑（3 月 23 日），雨。

寒甚，又重裘矣。接子脩书，谓晤止盦得余书，云中多疑骇之词，前书固有此病，余亦自笑也。

收子脩书。

初九日，甲寅（3 月 24 日），晴。

筱樵来荐送牛乳者，每瓶六十文，较我处为廉，因令送来一试，昨有乡人以五宝桃二株求售，高可五尺余，予以一千文，种之大盆，即得雨，今又放晴，生意盎然矣。颐曾生日，食水饺，亦一乐事。敬吾处送《琳琅石室丛书》来，可惜目力日差，不能久视，殊闷闷也。

初十日，乙卯（3 月 25 日），晴。

牛奶来，以表试之，仅四分之一五，价廉故也。访黄鹿丈谈，遇伯平。过敬吾，亦得晤。至七弟处，适青侄十岁，留食午面。归甚乏，少卧。发薇阁复书。

发薇阁书。

十一日，丙辰（3月26日），晴。

候程初丈，未起，询其疾亦已渐愈，此老近因其曾孙诬指少子非所生，气愤致疾，几至不起，旋经同人不平，为伸公论，主持分析家产，而其曾孙始不敢肆言无忌，亦真荒谬绝伦矣。晚年得子，亦何不幸至此。访系莼不遇，与子端谈。佛翼以七嫂葬于韩家屋场，欲置祀田数亩，八儿则以洞泉坡田业与藕塘毗连，若归并为一，水路较活。彼此划兑，亦诚两便。洞泉坡租石无多，因从韩家屋场割出山土田租若干，立契交易。在水月林晚饭。为六女书联一首与椒实。素心兰移置庭前，去冬加土厚培，枯叶甚少，迎风受露，青翠蔚然。冬令拥护最要，前冬忽略，故去秋不盛花也。

十二日，丁巳（3月27日），阴，夜雨。

访颜福庆测验眼光，以现用之镜极深，无可再加，只合听之而已。取治痰小药片。至向姑母处，晤湘生，此余同岁生，精力亦较健。访汪季农不遇。二婶汤夫人生忌，至西屋拜供，归已午饭过矣。忽起北风，有寒气，仍移兰花入室。

十三日，戊午（3月28日），雨。

移兰出受雨，春雨如膏，最为有益，特不敢夜置院中，恐夜雨不免犹带霜雪耳。寒气未散，热痰仍结，药片无大效。

十四日，己未（3月29日），晴。

服化皮半夏曲闻德恭所制。二次，痰活而盛作嗽，因之气坠，甚不适。先妣郭太夫人生忌，午供如礼，十二侄女、十三侄女皆来饭。

十五日，庚申（3月30日），雨，有风，甚寒。

痰极多，仍服化皮半夏曲。寄澍生书，告以近服治鸡盲眼方颇有效，缘澍生近日目光大减，故以告之。同病相怜，欲其照服，以收万一之效耳。汪兰叔自乾县知事奉部调考，返省过谈。盆桃盛开，殊不宜雨，移之廊下，可以无虞。

发澍生书。

十六日，辛酉（3月31日），晴。

晓起痰极盛，吐至大半盂，心中殊觉发空。颜福庆来诊，谓宜止痰并用润肠片，以两日便闭也。接丙孙书，请拨普三侄寄家洋叁拾元。近日与日本交涉甚为困难，不知发表后情形如何，纵令不启战端，而根本亦大摇动。大局若此，其奈之何。复一书交孙妇汇发。夜月大佳，爱之不嫌迟眠耳。

收丙孙书。发丙孙书。

十七日，壬戌（4月1日），雨，夜有雷。

昨夕大月光，将晓忽大雨，天之不可测度如此。痰嗽仍未愈，药水照服，口中发粘可厌，以薄荷、甘草水漱之，食甘味则作酸欲吐，肝肺二部未能廓清也。晚服葱姜茶面，稍适。

十八日，癸亥（4月2日），阴晴不定。

晓起，痰嗽仍急，倩魏晴岚诊视，谓为水饮发于肾，宜用敛剂，先以小青龙汤去麻黄，易细辛、苏叶散之，所论亦有见，试一服之。魏，衡州人，丁氏之婿，近为王姨、廿二妹诊治，均奏效。接薇阁书，询佛翼赴南京之期，渠已移居法界，不知初十寄书曾达否。葆初来，未能接晤，据其告衡儿云十二表妹所患有起色，差为放心。晚嗽较活。

收薇阁书。

十九日，甲子（4月3日），雨，旋晴。

昨夕大雨，寅初二刻醒，乃大嗽，吐痰甚多，晓起遂未再嗽，惟偶见风则嗽，腠理开张之故。闻醋气亦大嗽，则气弱不胜也。再服一剂。七娣送四侄女赴金陵成婚，午后登舟，二、六两女皆归送，余欲往一视，以畏风不果。

二十日，乙丑（4月4日），晴，夜有雨。

昨方只服头煎，因傍晚时被风，大嗽不止，恐发散太过也。寅初二刻醒，喉间趼趼有声，赶进拏葛定药片一粒，遂止。拏葛定者，鸦片之最轻之质，鸦片中所舍之质共三种，其次为么啡，再则为美干泐酸，皆入敛剂而以么啡为用最广。魏晴岚来复诊，谓宜滋阴壮水为治，方用黄山术、云苓、枸杞、蛤蚧、化皮、法夏、附片、炮姜、熟地、肉桂、细辛、甘草，明日当试之。

廿一日，丙寅（4月5日），晴。

昨夕寅初醒，复嗽，仍以拏葛定片止之，连三夜皆以寅刻醒，其为肝气可知矣。祁生、伯平、卓伯、仲熊、勋慕两侄陆续来，皆以曼盦得长沙榷运局，欲有谋焉耳。老夫耄矣，无能为也，愧负诸君雅望，奈何奈何！午间甚暖，临《西狭颂》十余纸，此碑极难得神，病腕尤见其难，可知黄绪初所临固今日不可多得者。服魏方一帖。

廿二日，丁卯（4月6日），阴。

风甚劲，寒气甚重，清明时节乃如此瑟缩，无复雨丝烟柳之致矣。周姨冒寒返乡，令人悬念，以八儿书来，言朱亲家母病势甚危，八妇归家侍疾，宅中乏人照料，故促之行耳。临《西狭颂》一通毕，以了昆生之旧债，亦自喜腕力之渐复也。清明祀祖，四、六两女归。服魏方能受，亦佳，只求痰活，嗽自无妨。

廿三日，戊辰（4月7日），晴。

发八儿信询周姨到乡安否。复薇阁信。午后天暖，访葆初未遇，谢王兰叔步，过怡凯，在乡筑墓未回，遇冬彦少谈，归过元达谈。服魏方。

发薇阁信。

廿四日，己巳（4月8日），晴。

魏晴岚来改方，加鹿胶钱半、熟地加至四钱，余仍旧方，以滋水为要。目干亦不外此治法。

廿五日，庚午（4月9日），晴。

盛幼文约廿七晚酌，辞之。德芬公生忌，午供如礼。颇思写字而十妹归，遂辍笔。服魏方。

廿六日，辛未（4月10日），晴，夜风雨，有雷。

红日黄沙，气候不正，申酉之交起风甚寒，夜雨有雷。衡山李焱号蕴珊来，询知为芳畦同年之孙、幼畦之子，兄弟四人，齿居长，年三十六岁，甚沉静，有士气。芳畦以戊戌年谢世，家小康，尚能守旧业也。旷凤冈同年去年去世，自四川归来已廿年，宦囊甚充，惜三子皆不甚得力耳。

廿七日，壬申（4月11日），晴。

至镜蓉室照六寸半身小相，钧、慈两儿，颐曾随往，复同照八寸片。出大西门访汪淑民不遇，隔江望麓山之胜，颇悦目也。不登云麓宫二十年矣，腰脚稍健，欲往一游，不知能如愿否。过石心田，久谈西域情状之苦，然余不得一身亲之，亦此生觖点耳。询知有虎骨可以相赠为药里之助，较他处可以放心，往往是豹骨充之，则非徒无益矣。

廿八日，癸酉（4月12日），晴。

晓起甚和，旋复燥热，不能着棉。李蕴珊书来，以参茸酒二瓶、荔元莲枣四果致其敬老之诚，亦见情义之厚。魏医来改方，熟地加至八钱，加杜仲，去半夏、化皮，专以滋阴壮水为治，冀阴阳有所和也。谢蕴珊步未遇，过晴荪店中小坐，时在日升恒南货号襄事，出糕饼相饷，不敢多食。访伯平少谈。至佛翼处，觉晚风中人，立即咳呛，遂归而偃卧，入夕稍适。

廿九日，甲戌（4月13日），阴。

风甚，热极所致。午后寒气复重，可以衣裘，闻东南乡廿六日有雹大如拇指顶，幸为时不久耳。张仆自乡来，云有饭牛翁竟以雹伤身死，亦奇闻也。服魏方，觉膏滋腻膈，二煎停服，晚刻稍舒，尚不见凝滞之证，然终嫌熟地过重，合鹿胶得一两零五分，较廿四方加至一倍，明当减之。

三　月

初一日，乙亥（4月14日），雨。

服昨二煎以缓其气。北风甚寒，六女归，闭户聚谈，只少围炉耳。

初二日，丙子（4月15日），雨。

减熟地二钱，服一剂，终觉其多，实则并无饱满之弊，恐须分晨夕二次，免致临睡不放心也。接南友书。

收南友书。

初三日，丁丑（4月16日），雨。

夜卧亦稳，晨起乃作满意，终是药为祟，服甘草、绿豆汤以解之。文皆弟生日，约午饭，不克往。入夕仍不适，或痰为所敛，服化皮半夏曲。

初四日，戊寅（4月17日），雨。

夜卧亦稳，晨兴乃大吐痰，幸咳不结胸，痰既畅行，气亦舒缓。魏医来，商以熟地太重，火衰不能克化，仍用三钱试之，如不合，宁不药也。

初五日，己卯（4月18日），雨。

昨服药，仍觉板滞，决计停之，固阴冱寒，终日沉闷不适。财政厅大会议公债票、房捐二事，辞之。

初六日，庚辰（4月19日），雨，有雪。

寒甚，丝棉袍、大羊裘几于不暖。初八谷雨节矣，奈何奈何！

初七日，辛巳（4月20日），夜有雷。

待颜医士不至，夜嗽甚，痰尤多。

初八日，壬午（4月21日），雨。

将明，虽有一巨雷，然来势不迅，知不能破阴霾也。本生先考生日，午供如礼。颜君来诊，谓肺脘有炎，用杏仁、阿么慝、罂葛定水，晚嗽急则以小药片一粒止之，不致妨睡。论及肾水泛为痰，西法并无此说，以肾部与肺绝无关系，绘图可见，然则熟地等味适足增益其凝痰而已，不其冤欤？罂葛定为鸦片中所含性质之一，其最轻浮于面者也。寄八儿书，令其函托至莘田，俟伯元到湘留海寅差务。

发八儿书。

初九日，癸未（4月22日），雨。

痰多嗽急，午后稍适，寒气甚重，偶尔出户，即有凛冽之意，健者不能胜，则病夫可知矣。临《西狭颂》二幅。

初十日，甲申（4月23日），雨。

痰嗽不欲食，午后尤困倦无精神。晚间颜君来视察，知肺脘炎颇重，热痰较寻常过两倍，此数年来所未有者。服药粉，西秤两为一服，其味颇苦，意是山道年也。另有药片，每三钟服一粒，味亦颇苦。厚盖早寝，不能稳卧。

十一日，乙酉（4月24日），雨。

寒热表已复九十八度半，知泄药之效，昨今二次，今晓一次，困乏已极，然痰嗽则已稍靖。午刻尚只能食粥，晚饭可饭半盂矣。接南友书并新拍照片，自题三诗，面丰而兴豪，少予十龄，固应尔也。

收南友书。

十二日，丙戌（4月25日），雨。

昨今未得解，亦空洞无物耳。午粥一盂，晡馒首二枚，晚遂不欲食，书告颜君约明日复诊。同人集城隍庙祈晴无验，复传再祷，期于开霁而止，正直感通，真精诚能开衡山云乎？稍适，复南友书，待相片同寄。困甚。

十三日，丁亥（4月26日），雨。

发南友书，相片后寄。颜君来诊，热未净，仍须服轻泄药，连日情形大要日轻夜重，固知非即日可奏效耳。七姨自江南送女回，言此次喜事一切，顺利，杨绍陆招待一切，全与其来信约法不符，殆天牖其衷耶。人能知悔，即是好人也。六女归话，午饭一盂，晚面一碗，虽口中无味，亦聊以果腹而已。晚面后忽困倦欲睡，炊许起坐，觉有寒气，乃解衣就寝。昏沉渺冥，忽冷忽热，谵语不息，胡梦颠倒，体温表乃及一百零四度，何热重如此？

十四日，戊子（4月27日），有晴意。

早起，体温表复还九十八度五，何来速而退亦速耶！颜君来诊，谓似近疟，明当以金鸡衲霜治之。午刻用一片，戌刻用一片，均五厘者。六女归。酉戌之交乃见日出，令人欢呼。晚刻人意稍适，夜卧不甚稳，幸尚平静。

十五日，己丑（4月28日），晴。

热度复常，天已见暖，只可棉衣。二女归，东下之期俟昌和船始行也。午晚六时中服金鸡衲霜二丸，胃纳未复，姑妄听之。临卧大痰嗽，一钟去小棉袄，易绒背子，遂得安眠达旦，缘夜气极燥耳。

十六日，庚寅（4月29日），晴。

人意稍适，可小步庭阶，然困倦无精神，则仍时偃息也。子初刻极热。

十七日，辛卯（4月30日），雨甚小而不能放晴。

昨夜极热，时厚盖，比丑正醒，乃大呛大痰大汗，天则大雷大风大雨，一时凑拍，令人慌急，乃减去衣被，服小药片，始渐渐止住，得安眠。至晓起时腿软，异常乏力，不敢轻步，惟耳闭见好，是亦可喜。两日仍服金鸡衲霜二次，大解未通，亦实无可泄之物，得下气通，亦佳。接丙孙信，寄回考知事第一场作，未知能入彀否耳。接咏莪信，海塘已交却，局长已易陈廷绪，到差之日，与陈甚契，即以本局提调委之，亦见人缘之好。谨斋则荐春浦，属予问其去否，可见名誉之足重矣。

收丙孙书。收咏莪书。

十八日，壬辰（5月1日），雨。

昨夕十二钟半醒来大嗽，服小药片一粒，以后遂安寝达旦。晓起，痰嗽尚不吃力，惟痰甚凝重，有类黏糕，的为牛乳未能消化之体，知胃力之不健也。接镇坤信，欲有谋焉。馈腊肉一方，鸡一只，不能却之，即复书，并报以爱国布袍料一件，了此一事。不能为荐馆，即不能白吃人礼物耳。三日未大解，虽云空洞无物，然亦不免摩胀。今日服泄丸三粒，金鸡纳霜亦照服。寄南友照相片。

收镇坤书。复镇坤书。发南相片。

十九日，癸巳（5月2日），晴。

昨夕临卧，痰嗽一阵，尚不为疟，时在十一钟半，似是提前疟像，此后安睡，到天明方醒，觉脱肛而不欲解。纳尖丸一。午后又纳一丸，是胃不消化之故，白天尚好，惟困倦无精神。病亦在胃也。寄昆圃书，告以咏莪所言，属赶复信。

发昆圃书。

二十日，甲午（5月3日），晴。

加司加拉服至十二片，而大解不动，且并无结粪，此事颇异。颜福庆来，另易泄丸二粒，并饭后即服消食丸二粒，两点钟服泄丸二粒，偃卧至七点钟，腹动而仍坚不肯下，此粪于数时中从何而来，得非热毒所积耶？气坠益甚，乃益以润肠片二丸，起坐不便，只得仰卧，听其陆续自遗，痛不可忍，终夕不能合眼。

廿一日，乙未（5月4日），晴。

至午刻始觉坚粪渐出净，俄而溏泄，大热如火，肛门挣痛，势不自主。颜君来，始以尖丸杜塞漏卮，至晚始稍平，不能起坐也。

廿三、四、五日，（5月6、7、8日）。

情形稍纾缓，胃亦渐好，每日服消食补胃丸三次，每晚仍服加司加拉一粒，以通利为主治也。晨起得解，送肛上甚苦，既上后稍睡即渐和平，不似二十二日之大苦矣。

廿六日，庚子（5月9日），晴。

下床小坐，似尚可支。闻元鬯偕伯元来湘，可得永州分局，此一线生机，乃系之七八年之久，何其幸也。伯元今日接总盐局，此老兴复不浅。去夏所买桎木，今春花时毫无生意，日来繁英满绽，红艳可人，大是怪事，园中桎木春初即已大放，岂夏初始花者另一种耶？

廿七日，辛丑（5月10日），雨。

昨晡元丞来晤，精力甚充，不似六十许人，久谈而去，予亦惫极。数日来每日上下午必两解，廿四五日以服鸦蛋子出血甚多，故痔痛略见消，然总似要解者，又非气坠，又不脱肛，惟放屁不出，极为胀闷，偶一得泄气，即非常之畅快，而稍停即复矣。

廿八日，壬寅（5月11日），晴。

颜福庆来，云须用水节推出陈结粪垢，始可消去内肿，须一礼拜，约明日派人来施治疗，每日一次，除服消化丸外，可服红血轮以补血，似渐知红血轮之功用者。今日因王姨生日，诸姊妹多来视余，颇劳于应对，殊不适。大解仍两次，血已净。

廿九日，癸卯（5月12日），晴。

午刻大解一次。一钟后，雅礼医院护医员沈有章君德焕。来，用水节射药水入肛门淘洗，倾泻后即卧，仍以药油送肛上如常度，安卧甚适。数日来每食后必服消化丸两粒，此为消食补胃之品，故口味已见效，惟不能言语，苦气上壅也。陈晴篁来，交到少星信并莲保相片。春浦来。二君皆极欲相见者，而皆不能见，闷甚。

三十日，甲辰（5月13日），晴。

昨睡尚稳。沈君来，二次射水，推荡甚适。春浦来见，略致数语，渠将于数日内赴浙应咏莪之请。是日约渠与晴篁、元畅、元达、镜仁、芳午、卓幼便饭，予不能出陪也。接南友书，知樊介轩谢世，薇阁有朝云之戚，皆非所欲闻。

收南友书。

四　月

初一日，乙巳（5月14日），晴。

沈君来，三次射水，肛痔渐有柔软之意。

初二日，丙午（5月15日），晴。

沈君来，四次射水，较可多忍须臾。伯元此次裁换旧人甚多，未免招谤。仲熊失此，何以为生。似海瀛亦不能保，然无如何也。

初三日，丁未（5月16日），晴。

春浦来别，今夕附华胜船东行，赠以新照之相片并以四片托致诗老。铭之、咏莪、谦斋久谈，甚乏。云烟过眼，不堪重话矣。沈君来，五次射水，肛痔似更软，送上情形又小异。午后忽觉痰盛，稍进哥罗颠，以其性敛，并进加司加拉，另服化皮半夏曲。晚间始安贴，此热胡为乎来？半夜稍下气，觉较昨夕不畏寒，亦小效也。

寄诗老相片。

初四日，戊申（5月17日），雨。

晨起，稍得解，尚适。元达将赴江西依任，寿国来别，望七之年，以丧子之故，复谋衣食于奔走，情殊可怜，明日长行，殊难为别。沈君来，第六次射水，半日气甚适。晚刻用吸药治痰，半夜醒，觉痰滞腻，不能畅吐，甚闷。

初五日，己酉（5月18日），阴，有雨，亦出月。

沈君来，七次射水，泻后似净，俄顷复至如崩，肛乃翻出，送入极艰，幸无伤损。至夜，用加司加拉五厘者。二粒。一钟半醒，复泄，如下午情形，肛亦翻出，送入尚为得诀，虽艰不险，仍得安睡。

初六日，庚戌（5月19日），阴。

早起，气不适，似受寒者。颜君来，云药仍照服。昨夕情形，恐加司加拉过多之故，今日可暂停，以待后效。颜甫去，忽急，一泄如注，腹痛亦止，此则加司加拉之力到矣。其泄也，非崩之势，故肛未翻出，送入乃循常度，得此乃能放心。午睡一小时，甚适。接丙孙初三信片，知事已揭晓，幸得入彀，只候口试，可为一快。今日因考得官，不殊榜下即用。自余优贡朝考得官，迄今四十五年，始再见题名录，毋亦过于难能乎？皆祖德之所留贻，曷胜寅感。

收丙孙书。

初七日，辛亥（5月20日），晴，夜雨。

早起，未得解，食后始便，虽不多而无结涩之厄，不借药力而能如此，尚属幸事。沈有章来询病状，携肺痨医院捐册来，助洋五十元。发少星信。李蕴珊自衡山来，馈南岳野术、生黄精、园茶、青笋，辞之不获，其敬老之诚如此。补血润肠片内止加司加拉半厘，补血药内有铁，铁能束粪，使细软，故不多出而能适。晚间进一片以验之。燥热至不能着夹衣。亥刻果雨。

发少星信。

初八日，壬子（5月21日），雨。

昨夕雨达旦，复有寒气。早起得解甚少，晚间乃进二厘者一片试之。佛翼生日不得往谈，闷闷。

初九日，癸丑（5月22日），雨。

昨夕进二厘，早起乃无效，幸不结涩，亦无物可生耳。六女归，稍作叶子戏，此尚见兴会之渐好。晚间进二厘者两片。

初十日，甲寅（5月23日），晴。

早起，以四厘药力得解，尚适。接丙孙电，口试揭晓得售，可为一快。自余辛未朝考得官后，今四十五年，丙孙复以考试得官，此考班知事颇与旧朝即用知县相似也。先有寄孙妇信，预计获隽后诸事，俟电到再呈余，则拟请分发浙江、广西，候余决定，及请寄洋款也。余意亦以为广西可去，法越交涉必多，于法文可以得用。浙江虽系熟游之地，然则刻下情形不同，无取乎此，不如边省尚可因难见巧，至为贫而仕，则广西亦有善地，只看运气如何耳。因复电定指广西，并允寄款。廿八妹归话，探左十太太有子二人，一十五，一十三，因为九女作伐，看八字合否再定。此左子粟丈之孙也。晚仍用二厘者两片。

收丙孙电。

十一日，乙卯（5月24日），晴。

早起得解，乃饭后又解，此仍是不消化之故。发丙孙信，另有交银行汇洋二百元信，汇水每百五元，尚不为昂。晴篁来，久谈气上，延于耳闭，多言之伤也。天鹅抱蛋之契据、粮单以及两年代收租银利息，共五百四十余两，均面交清讫。药照用。

发丙孙信，又兑洋信。

十二日，丙辰（5月25日），晴。

七弟来，言昨在某处宴集，忽闻宝庆有不守警电，坐上官寮得电话，皆赴巡使署去，尚不能知其详也。中日之约方定，正群情激忿之时，奸人构乱以为机会，殊可忧耳。晴篁书来，已将仲熊被撤告之，伯元已补委津市秤码，情意自厚。文恭公忌日，午供如礼，以足软未能叩拜。十妹、四女、六女、十一女归。

十三日，丁巳（5月26日），晴。

宝庆警信系新化土匪踞城之讹，新宁亦有不靖，已由省派兵前往。星星之火，以及早扑灭为妙。目花耳闭均觉加劲，虽说气虚，终恐不能无热，总须慎防便秘耳。元畅来，适上眼药水，未与接谈。

十四日，戊午（5月27日），晴。

静坐养心，宜有所寄，因忆及九岁时宋媪病目，本生先妣教以默诵经文九句，曰："南无佛，观世音，与佛有因，与法有缘，佛法相因，行念观世音，坐念观世音，念佛不离心，念念从心起。"命余为录出以教宋媪，余至今亦不知为何经也。是岁有陈太夫人之丧，影堂设于正屋后进。吾母每晨妆饰既竟，辄即于堂东椅上朝影神默坐，余时依膝下，亦不敢问，问亦不答，约口中默念必是经文。此情此景，迄今六十年，记忆逼真。母即观世音也。因晨起定默诵此九句经文，心注当日吾母默坐情形，以为此即普陀莲花山，使此心静坐时有所寄，借以摄卫。六十年始因病忆及此，已负罪不浅矣，尚敢希冀却病耶！然疾病呼父母，此人子之常情。吾母怜而拯之，是慈悲之本意也。步访元畅谈。耳开窍于肾，惟细辛能去少阴之邪。自拟一方，用制首乌三钱、细辛三分，试服之。

第五册

民国四年（1915）四月十五日起，九月初四日止

四　月

十五日，己未（5月28日），晴。

以丙孙得官，设供祀祖，家人称贺。三妹、十妹、六女、十一女归。天气甚热，目涩耳聋益甚。晚卧不能容被，且减去织棉小衫裤。

十六日，庚申（5月29日），晴。

陈璞丈来，示以海瀛委状，系零陵粤税局岀阳分局收支兼草票差，适在元畅属卡，可以得其照拂之力。惠生来。元畅来。沈有章来视余耳闭，谓非气疾，不宜用机器传气致生他症，时有启闭，并非重证，只以甘油润入耳窍，可以渐愈，试之良信，当由此期收缓效。因思两目干涩，甘油亦可润之，以搽两目外角皮上，晚间似亦稍好。夜甚热。

十七日，辛酉（5月30日），晴。

去年今日昏跌，倘竟不起，则今已是小祥矣。岁月之疾，

可胜慨然。过正屋谢七叔曾来视病，谈及花园，然不肯分，诘以败坏如何，则竟以听其败坏为对，是可忍也，孰不可忍也。余愤极，遂直言文恭公经营此地，煞费心血，而子孙不能修理完固，听其败坏，其何以对文恭公于地下乎？则亦瞠目无语。吁，可悲矣！过佛翼少谈，归。闷热。六女归。发咏莪信。

发咏莪信。

十八日，壬戌（5月31日），晴。

谢璞丈、蔚斋、穉泉、程丈，均未晤。过惠生少谈。二女尚未到，博泉吐红未止，亦颇耽忧。接少星并佩苍信，乃为巽初索还借券，诚可笑也。未免又烦费笔墨耳。

收少星信。收佩苍信。

十九日，癸亥（6月1日），晴。

仲熊自湘乡交卸归，将赴津市局，持履历表属书保名并押小印。佛翼、春海亦过谈，闻二女已自上海归，旋送来诗老三月廿日书，言子脩已挈家返武林矣。闻元达归，因任春国在江西尚无消息，势不能待，只得归来。此行可谓大冤矣。热极，而天棚未就，入夕地犹未冷。以扇求阮保之书画，交六女送去。保之近取资于书画，惜长沙知音甚稀耳。咏莪寄小羊毫六枝来，不能作字，负此毛锥，可慨也。

收诗老书。

二十日，甲子（6月2日），晴。

伯平来，以晏起未晤。访曼盦于榷运局，谈甚久，托伯平、李蕴珊事，刻下恐不能有机会耳。访伯平、蕴珊，均未遇。过元达谈，元芋夫人病势稍平，终恐无生之气。闻劳纯甫柩眷已回，纯甫在鄜州深得民心，万民留葬，未能允从，乃请留衣冠作家立祠，亦诚不负此行。纯甫于诸昆弟中本独标异，即谓之跨灶，亦非过誉。余则直以为能绳祖武也。德斋、景泉来。晚有风，稍凉适。

廿一日，乙丑（6月3日），阴，夜雨。

伯平、蕴珊来，告以转达曼老之言，晡间曼老书来，云只有芷江一核算、一秤码尚可位置，即令衡儿往询二君能否不嫌道远，二君皆愿意前往，尚不致介绍人为难，亦意外之幸。入夕北风，雨不大而及旦。

廿二日，丙寅（6月4日），阴。

有寒气，可着呢衣，目亦稍适。曾祖妣陈太夫人生忌，午供如礼，四、六、十一女归，二女则以辛苦发旧痰未归。十妹当在正屋，未来话也。接许介侯信，属为其长公子求盐局事，不知此信之真伪，闻其长君颇不羁也。

收许介侯信。

廿三日，丁卯（6月5日），晴。

清和天气，尚适人意。发诗老书，亦颇吃力，目力之复，不敢奢望矣。十妹、廿八妹自正屋来话。过春海谈，索介侯寄书，证其笔迹，知昨书非伪，然亦无能为力也。

发诗老书。

廿四日，戊辰（6月6日），雨。

访元达。闻张二嫂所患脉好而证险，令人不解。何自强丙农之子新从日本医学毕业归。因张氏之甥诊视，谓为肠胃之病，庶乎近之，惟西药不敢入口，则无如之何，坐视其死，抑何愚也。视二女疾，已愈。晤德斋，知叔康有书托贺稚珉为之设法，乃数谒而不得一见，可知其不以书为重矣。宁乡李石贞同年瀚昌来谈，同谱四十年始得相见，颇觉亲密。此公极爽直，河南候道多年，八儿在豫时深得教益，顷以何少轩同年函招来省小聚，故即寄少轩处。余归来尚未与少轩相见也。

廿五日，己巳（6月7日），雨。

发许介侯书，恐于其世兄事无能为力。有雨无风，而温气闷人，遂鼓勇北征，谢石贞并访少轩，遇易由甫。少轩留午饭，久谈。子大旋至，亦为畅聚。少轩少余一岁，不似六十外人，并出其二少子相见，盖其长君已没，孙年廿六，现在汴有事未回，所居即福慧堂故宅，儿时钓游之地，已数易主，不图今日重到，未免感慨系之。归已向晚，颇觉倦乏。亥刻闻张二嫂之丧。自壬子居是宅，四年之中，叔明、子聘、牛仔并今四丧矣。元达之家运乎？抑是宅之风水不利乎？

发许介侯书。

廿六日，庚午（6月8日），雨。

复佩苍书，附抄寄巽初辛亥五月廿四复信稿，请其转致巽初，以五数之半来取字据，事之行否不可知，姑妄言之可耳。附少星缄中转交，由邮局双挂号去。八儿书来，因张憩荷索债，请将魏坤田价一千四百八十余金发给，从茂生庄借付讫，惟渠称存款无多，不知以余存款有多少，为之一叹。既无怜我负累重巨之意，我又何必责之，不过绝余缓急相资之望而已。计其两年租银与壬子卖田还债之余资，亦将及万金，用度之外，所存安得谓无多耶？

发佩苍书。发少星书。

廿七日，辛未（6月9日），晴。

访元达，知二嫂定卅日成服。访伯平、蕴珊，皆不遇。葆初处谈，见十二表妹已就愈，此次之病百余日，坚不服药，居然见好，其定力非人所及，抑亦秉赋特异耳。过寿慈，他出，归而寿慈来，谈许久去。乏极，午睡一时许始适。

廿八日，壬申（6月10日），晴。

青年会西干事员饶伯思、英文教习谭信一偕来，请予为会中名誉赞成员。初以为会员须办事，以衰病辞绝，乃知征求会员不过劝捐而已。此为甲等，纳洋二十四元，其乙等则十二元，丙等则四元，皆谓之会员。奉基督教者为会友，不奉教者为会侣。会友有当选及选举董事之权，会侣则无之，其余会员所享之权利则会友、会侣皆一体优待也。输此廿四元，亦乐得人称会侣，衰残靦止，亦称游戏三昧耳。访沈有章于红十字会不遇。访成之谈。过采臣并晤子濬，近以目疾来城就医，视其所苦，恐遂成青盲，予目亦可虑，相对欷歔而已。伯平来。

廿九日，癸酉（6月11日），晴。

谢饶、谭二君步。晤谭信一，饶则尚未到会也。访颜福庆不遇，过根培谈，归。午饭后复出，访伯元不遇，归过六女少坐。寿慈以所得《砖塔铭》装池，甚美，侈称宋拓本，属予题签，不知有何凭据。八儿自乡来，自知荒谬，但能改过出于诚心，方望有成耳。

三十日，甲戌（6月12日），晴。

昨访伯元，意欲于榷运局乞得公款为肺痨医院补助之费，未得面谈，以书询之，乃复书查明局中善举已于去冬奉部停止，殊令失望。张二嫂成服，未能往。六女归。李蕴珊来辞回衡山行，即赴芷江差。友良来，为饶文卿孀媳求入百善堂。当为转告佛翼存记。

五　月

初一日，乙亥（6月13日），晴。

曝画轴两箱，颇觉清适。朱乔生昆仲析产立分关，请亲友作证，以疾辞之。闻朱宅债累在八十万金上下，将于酌提四房产业分析以后，所有未分之产以及盐茶等票，悉数变卖还清之后，再以所余议析，是正当办法。

初二日，丙子（6月14日），晴。

约黄鹿丈、春海、敬吾、晴荪、仲熊、佛翼饮于徐长兴酒楼，忽罗桂溪来寻敬吾，便留小坐。归后颇乏。春海晚刻来，言有廖姓说洪山头事，已出万五之数，约明午再来。夜热甚。

初三日，丁丑（6月15日），晴雨不定。

燥闷不适，天将何以处人。廖姓未来，此事又成虚望矣。少轩、石贞公醵，约初八小集，客为吴凤生、彭少湘、吴雁舟，宾东六人皆丙子同年。其小启前曰："四十年前旧朝乡举，几个晨星；三千里外薄官归装，重联旧雨。"慨乎言之，旧朝之称，与余意合。人多称前清，余以为忍也。六女归。入夕风雨大作，渐有寒气。

初四日，戊寅（6月16日），雨。

昨夕寒气极重，今日竟须着棉。谚云"吃了端阳粽，才把棉衣送"，信然。检点壁瓶，插榴、艾、蒲、松，悬钟进士画幅，以铺张午景，亦寻乐之一法也。贺耆生以咯血遽卒。烧酒之烈，顾可旦旦而焚之乎。

初五日，己卯（6月17日），晴。

正屋拜节，又过佛翼处谈。午刻祀祖贺节，拟出游而不果。

初六日，庚辰（6月18日），晴。

访德斋，询青年会征求会员有无流弊。据云入会不过每年纳费，至于办事与否，存乎其人。渠亦不常到会也。并晤陈中孚谈。候璞丈，谈次，适海瀛自宝庆归。诸妹皆未归，只四、六两女归，十二、十三两侄女来，晚饭去。迩年节后一日，亦非从前景象矣。闻正屋厨丁以欠火食钱过多，今日竟不开火，萧索至此，可为一叹。其中有真不能不欠者，有可不欠而亦故意欠者，盖不能深考耳。

初七日，辛巳（6月19日），阴，有微雨。

偶然欲书，辄取芳午、采臣二扇为涂鸦之戏。发伯辛书，索寄徽制竹烟管。十妹归，少坐即行，急于观剧耳。晡刻访元达，值假寐，未晤。晤元芾之孙笃宜，人尚稳慎。

发伯新书。

初八日，壬午（6月20日），雨。

湿热闷人，目愈不适。午饭后赴少轩、石贞之约，凤生已回岳，少湘又辞，只雁舟与余，宾东四人，谈颇畅，肴甚精洁，无珍错也。余与雁舟约为公醵复席，仍假座少轩园中，并请代为治庖，期以十三日。归过寿慈，少谈。姚师来。

初九日，癸未（6月21日），雨。

至青年会纳费廿四洋，取名誉赞成员证书一纸并所赠徽章一件。晤饶伯思、谭兰生二君。佛翼来，以正屋事局面太坏，欲向七叔请将魏坤田价提分，三房各五百金，俾自经理。余以为此事绝不能允，徒费口舌。如慈父母则前年交银之时即已照服分派，岂待旁人饶舌乎？付之一叹而已。访彭少湘同年不遇。

初十日，甲申（6月22日），雨。

连日燥闷异常，天时人事同一懊恼。作书致少湘，约十三日小集潜园。接少星书，言佩苍已于四月半赴都，约五月半回南所，寄书俟其归时再交。笠渔已移家泰州，肢体之疾，迄未愈也。

收少星书。

十一日，乙酉（6月23日），忽晴忽雨。

燥热不适。曾祖妣忌日，午供如礼。自咸丰丙辰大事迄今花甲一周，儿时情景历历如在目前，今日正屋荒寂，乃至如此，可叹可叹。闻十妹昨夕得孙，故今日未回。四女、六女归。接敏斋赴书，心性之交，又弱一个，可胜悼叹。

收敏斋讣闻。

十二日，丙戌（6月24日），雨。

春海自乡回，言西乡刻下禾苗畅茂，惟沿河一带甚虑水伤，亟盼畅晴水退，庶无他虞耳。

十三日，丁亥（6月25日），雨，夜雨甚。

与雁舟公醵，约绍湘、少轩、石贞小集，假少轩庖人治肴，谈燕甚乐。绍湘、少轩皆六十七，石贞六十五，雁舟六十三，余六十八，于五人中为长。绍轩、石贞为题《越使诗札》卷，此为回湘第一韵事。

十四日，戊子（6月26日），雨。

过佛翼未遇。至华英药房买药，遇雨而归。春海偕廖有声来谈洪山头事，约定明日同去，先将应存之地踏勘清白，再议价值。此事成否不可必，做到甚么地位说甚么话，公事之难，固是如此，而我家则尤难也。

十五日，己丑（6月27日），雨晴不定。

湿热薰蒸，难过之极，大雨数次，傍晚始闻轻雷。过元达少谈。夜月大佳，或望得晴耳。

十六日，庚寅（6月28日），晴。

晴光甚正，南风收潮，若有西风，尤所愿也。以《越使诗》卷致雁舟索题。

十七日，辛卯（6月29日），晴，有小雨

李德斋来谈。春海处遇廖友声，似于洪山头事狠着力，俟其就绪再为宣布，如得同意，即可定局。

十八日，壬辰（6月30日），晴。

郢笙来。一琴来。两日用华英之珠银眼药水，晨眵极多，是药中有银淡养，有引病外出之功用，殆其效也。似此仍有热象，不能尽归咎气虚。多用数次，看究竟何如。从去冬常以蛋熨子粒，虽出而不如寻常之适意，遂亦辍而弗再，今兹似较清爽，尚不敢据以为实。

十九日，癸巳（7月1日），晴。

徐绍周来谈，以《鸿冥堂记》质之，亦疑不能释也。四女、六女归。春海来，言廖有声将以廿二日来问洪山头信，余意拟过廿二再与佛、文两弟先行商定，始可告七叔耳。接咏莪信，言小车不可用。接伯新信，烟管俟觅得寄来。

收咏莪信。收伯新信。

二十日，甲午（7月2日），晴。

蒋菊生来谈，一无所事，徒为唤奈何耳。出小吴门，至陈家垅访傅友良、沈用侯，皆不遇。沈为子达丈之孙，承嗣文皆丈为孙者，有弟三人：一号健生，在上海南洋公学充校员；一号缉生，在裕昌典掌银钱首饰事；一号厚生，在南洋公学肄业。友良言其昆季各职其业，有怡怡之乐，此兴旺之象也。春海来言廖姓以前途未议定，改约廿四来复。四女送口磨煨肉、虾烧苦瓜，六女送罐子鸡，皆可口。晚间遂觉饱胀，口腹之过也。

廿一日，乙未（7月3日），晴。

沈用侯来晤，颇蕴藉有度。书敏斋挽联云："廉吏不可为，相逢尽道休官好；故人从此别，远送频伤入梦迟。"发雁峰唁信。晚间熬糊米汤食之，俄而大汗，恐消导太急之过。以嗬啰嗔敛之始适，此等偏方在平时极无紧要，乃衰年则不能受耶。半夜醒，甚饿，食饼干。

发刘雁峰信。

廿二日，丙申（7月4日），晴。

蔚斋来。腿软无力，强起与谈。

廿三日，丁酉（7月5日），晴。

吊张二嫂之丧，不能拜跪，三揖致敬而已。谢刘汉秋步，得谈，日来肚腹不畅，与肠回无涉，或是湿郁所致。

廿四日，戊戌（7月6日），晴。

三次大解均不畅。颜福庆来视，谓系水证，可不服药，用松香油配药，渍于绒布，每日贴肚皮四小时之久，可速愈也。

廿五日，己亥（7月7日），晴。

用松香油有验。廖姓来，尚无成说。

廿六日，庚子（7月8日），阴。

廿七日，辛丑（7月9日），阴雨。

相钧五十生辰，外客无多，家人至亲内外八席。八碟八碗纯用常荤，全屏海味，此余芳午倡为此举，甚合居家之法。有必不得已须加丰腆者，临时再酌可耳。世风日靡，物价日昂，若不大家维持，败坏伊于胡底，是大可惧也。避客至春海处。七叔、佛翼、文皆咸在，春海设午馔，余亦不敢多食。午后归，食面一盂。又觉过量，摩腹行千步，并服茶曲，入夕始适。贪食宜自痛戒。廿五夜，梦至一处，悬额曰“乐寿堂”，此二字甚好，可书之为厅事之额与和定，吉心之梦皆祥征，姑以自快耳。

廿八日，壬寅（7月10日），晴。

一姊忌日，设供如礼。夜面，内外五席。

廿九日，癸卯（7月11日），晴。

避客于春海处，佛翼、文皆、静卿，闲谈竟日。午饭，内外七席，又了一年之事，无味极矣。

六　月

初一日，甲辰（7月12日），晴。

至正屋，谈及洪山头事，因七叔有人来说合，促其上紧催问回信，以免我处中人绝望。七叔允之，乃七婶不喻其意，疑我专擅。无理之言不可耐受，遂起冲突，亦积忿使然也。过佛翼，偃息片时，气始平静。午饭后归。七叔受制内政，且听命于子舍，全无主意，诚为可怜。亦末如之何矣。

初二日，乙巳（7月13日），晴。

访雁舟，问其入都行期，尚在月杪。此次调集各省校长，为整顿学校画一规模，办法甚善，特恐未必做到。遇胡子敬元倓。此君为吾湘办学之开山明德学堂校长，久闻其名，亦幸遇也。谢璞山丈，谈颇久，以闷热遂归。春海来，言与廖松廷至洪山头勘地明白，廖约初五携定银来，即可定局，特不识七叔之所谓中人者如何始得的信，殊费疑虑耳。晚饭后复来，言七叔已到佛翼处，回信决计由我处定局，不必候七叔之所谓中人，甚好甚好。亦不识其中原由，付之一笑而已，似此或不再翻。

初三日，丙午（7月14日），晴。

昨接李蕴珊廿六日芷江发书，言该局收支并未到差，即由正办私兼，意欲改委收支，恐未见允也。佛翼来，言七叔所言并无悻悻之色，当亦有人相劝者，似系李学宽为力。能如此和平自佳。雁舟为题越卷三绝句来话。

收李蕴珊信。

初四日，丁未（7月15日），晴。

廿二妹生日，往贺，久病可虑。访季和不遇，晤勤济，言少舫同居，候之未晤。遇其甥周砥青，亦同居。去岁曾同饮于盛幼文处，少谈而行。闻成之昨日街头失足损齿，往候，不能见客，亦甚险也。接李蕴珊信，并抄寄禀芷江局情形稿，意能从此见长亦佳。接咏莪信，言谦斋以温州盐局败坏至极，于姚运司前保其能胜此任，未识能如愿否。发翁笠渔书，因其来书属为其婿司徒珩求巽初委关差，势必不行，复函谢之。青年会校员余克安字桑谋。来取肺痨病院捐款，允于日内交去。

收蕴珊书。收咏莪书。发翁笠渔书。

初五日，戊申（7月16日），晴。

光甫六十生忌，与三妹谈半日。归而二女、四女、六女皆归来，闲话消暑。廖松廷来，以前途股东未议定，改约初八来复，亦姑听之。陈镜人缄告有买屋之主，请开水程并屋价，是又一好消息，姑允之。料理史国公药酒，分三坛浸之。

初六日，己酉（7月17日），晴。

写咏莪信，颇觉吃力，闭目久憩，始稍适。过春海，约佛翼来商开水程，交镜人去。服大参五分，以明日初伏也。报载伯元已因病辞职，榷运局改委王国铎，闻系江西人，曾任湖北夏口同知者，衮衮诸公，又皇皇如也。奈之何哉！

初七日，庚戌（7月18日），晴。

初伏。天高气爽，大快人意。发咏莪信并春浦信，托买虎爪笋四元。闻伯元并无乞退之本，不知何人贿骗其关防，径发印电至政府，遂即改委，可称怪事，大约怨家之所为也。丙孙分发山西，已见报章，山西共五十三人，早晚当返里矣。今日大吐痰，殆参之力欤。

发咏莪快信。发春浦信。

初八日，辛亥（7月19日），晴。

至青年会谢余桑谋步，未遇，晤李文俊，旦。以所捐肺痨病院五十元交之。丙孙来信，业已领凭，须上请假禀，约初四内外可出京也。廖松庭爽约，恐此事又将翻覆耳。

初九日，壬子（7月20日），晴。

廖松廷回报前途万三之说缩为万一，事已中变，皆贪之为害也。廖与春海未见面。午后，又有明日复信之说，亦姑听之。高祖母彭太夫人忌日，午供如礼。

初十日，癸丑（7月21日），晴。

祖妣生日，午供如礼。十妹、六女归。热极，气象甚好，虽炎歊，无怨咨也。陈三太母昨夕病逝，余与八儿各赙二十千，各尽其心而已。痰嗽盛作，累及肛痔，殊不适，正气不足以敌炎威，惟静坐或稍支持。服颜君止嗽药，但勿欬逆，气可平静，庶肛痔不作大苦，斯亦幸矣。

十一日，甲寅（7月22日），晴。

痰嗽既作，自非一刻所能愈，耐烦则为此日之要义。佐以杏仁露，亦不无功能，此露味颇辣，是苦杏仁所制。杏仁有甜有苦，二种味虽有异，而润性则同也。

十二日，乙卯（7月23日），晴。

时或阴云四起而雨卒不降，烦溽无由一解，即田禾亦盼润泽也。邑人彭绶薇自海宁来，咏莪属带相片，非常丰腴，大有食肉相，可卜晚运之佳。晡刻赴寿慈之招，与秉笙、焕宾、敬吾、德斋、系莼同坐，谈甚畅，肴酒甚精，惜厅事闷热，无通风处。肛痔不适，幸咳嗽稍平，尚不至大苦，然亦时存栗栗耳。

收咏莪相片。

十三日，丙辰（7月24日），晴，夜雨。

午后黑云甚浓，俄复散去。燥闷不可耐，半夜雨数阵，虽不大而于田禾有济，盆兰得此，生意一苏，花箭方萌，甚盼甘泽溉灵耳。颜福庆来，为培曾诊视，云气滞不舒，亦宜补养。

十四日，丁巳（7月25日），晴，入夕雨一阵。

沈用侯偕徐霖生长子厚甫宗达来，霖生故后，流寓白门，兹送柩归葬也。祖父生忌，午供如礼，只二女归。天气太热，多有不适耳。八儿回乡去。

十五日，戊午（7月26日），雨甚，有雷。

丙孙抵家，平安可慰。请假两月，秋凉赴晋为便。携回榛仁，食之甚香美，不尝此味又十年矣。大便忽结，昨夕服润肠丸二片，乃不能下，殆暑热所致，用甘油水导，立刻得出，抑何神速。今之不信西药，亦徒自苦而已。发李蕴珊书，告以欧公将退，前事必不济，不如姑待之。

发蕴珊书。

十六日，己未（7月27日），晴，有阵雨。

谢彭绶薇不遇。访绍仙，偕小羊毫二管、榛仁一封赠之，值其将赴华容收租，携如君自随，即将登舟，不及多谈，因戏占一绝调之："片帆安稳渡重湖，绝似当年范大夫。应为西施篘酒急，从今韵事说催租。"过三妹处少谈，屋宇虽整洁，而院小苦闷，暑天非所宜也。四女、六女归话。

十七日，庚申（7月28日），晴。

中伏，气候甚正，殊快人意。闻禾花正茂，颖栗可期矣。过春海，谈洪山头事，知为华昌公司欲购得之，取泥取石，于玻璃、炼矿等业，均有大利，已属吴昌俊往说，未识如何。访成之，前以倾跌伤左臂，虽已向愈，而屈伸犹未能如意也。

十八日，辛酉（7月29日），晴，酉刻小雨有声。

陈寿嵩来。池中新荷花叶掩映有致，回思二十年前水佩风裳，恍惚遇之，姑以娱目前之意尔。耕莘花甲之辰，未能往祝。

十九日，壬戌（7月30日），晴。

谢陈寿嵩步，坐中遇左霖苍，为素储之长君也。访伯元，因伤暑不见客，无由问其辞职之故。庭兰无一有花者，而叶又极盛，细思其故，当由客冬所培之土胶质过重，叶箭劲，可以破土而出，花箭柔，其力不能直达也。且土未烧炼，亦未掺入粗砂，不能爽水之故。五年未分根，蕃益密，殆非分栽不可，始知养花之难耳。

二十日，癸亥（7月31日），晴。

钧儿检得故簏中嘉庆末年、道光初年老辈与文恭公各诗札，有过百年外者，其时文恭公未达，已为朋侪推重至极。陶文毅手信尤多，师生之谊，又若骨肉之情也。细意绎诵，益感先德留贻之远，为子孙者，可不知所儆惧哉！

廿一日，甲子（8月1日），晴。

读旧信竟日，不忍释手。成之送荷花露二瓶，索阅青年会章。

廿二日，乙丑（8月2日），晴。

热极。成之捐肺痨医院洋十元。

廿三日，丙寅（8月3日），晴。

连日之热有铄石流金之概，田禾之茂可想，则虽热亦觉可近。夜不能安睡。敬吾来谈，托其考询王、姚两姓子弟。

廿四日，丁卯（8月4日），晴。

微明起，倚栏纳早凉。荷叶清香，沁人心脾，令我久坐。日出既高，则又不可耐矣。今日为荷花生日，园中韵事久已不讲，徒呼负负耳。敬吾昨言石心田有去世之信，今日遣人探视，则初十事也。老友又弱一个，为之感怆。此老寿登八十，夫妇齐眉，孙曾绕膝，身名俱泰，可谓福人矣。

廿五日，戊辰（8月5日），晴。

佛翼来谈。热极。闻石心田初八以小猫不能逾阈，为之提携助力，致挫腰而病，因以不起，高年乃不可妄动如此，是可惧矣。晡刻食永华公司荷兰水，尚不劣，安得正广和之汽水一涤炎歊耶？

廿六日，己巳（8月6日），晴。

热极，惟嘿坐而已。夜热极，彻夜挥扇不停，盖今年第一夜也。

廿七日，庚午（8月7日），晴，午后雨，晚夜雷电雨甚。

昨夕不眠，颇乏。访镜吾不遇，至华英药房购苦杏仁露、鸡眼膏、保命丹、加斯加拉。过次泉谈，候程老，不能见客。归，午饭后天气昏昧，风雨随至，竟漏伏矣。春海自乡来，方喜谈好收天，天固可臆测哉！究竟穿秋漏伏之说，亦不尽关歉岁也。夜卧颇适。

廿八日，辛未（8月8日），雨。

日前麓山取泥，如法烧制，趁晴毕事，日晒雨湿月半之久，分兰殆可用矣。惜去岁因循，致今年无花，需事之贼也，岂不然欤！子初一刻四分立秋，秋亦穿矣。

廿九日，壬申（8月9日），雨。

李德斋来，欲为谢姓佃种黄花桥田，辞以有人。郢生来，已定三子析产之议，每房分租三百五十石，携分关来属书押，原与菱生各分租二千二百余石，年来已卖去七百余石，有江河日下之势，此举不可缓也。先母生忌，午供如礼。三妹、十妹、廿二妹来，诸女来。十一女午刻免身得女，血晕，幸愈。

三十日，癸酉（8月10日），阴，小雨，半夜大雨达旦。

十妹捐肺痨病院钱四千文。携访余桑谋不晤，交其传号房。访竹湘不遇。视十一女，已无所苦。过敬吾谈，王、姚两姓之子皆十五岁，王处可从容再酌，姚则一切太廓，恐非所宜也。燥闷不适。彭栗樵、王维季先后来谈。

七　月

初一日，甲戌（8月11日），雨。

昨夕大雨达旦，令人生惧，日中时复滂沱，忽起忽止，田禾何可堪耶！亟盼快晴，犹可无恐。仰天默祷，不能安也。夜仍雨，幸尚小。

初二日，乙亥（8月12日），阴，午刻小雨，微见日影。

痰甚。服化皮、半夏曲。午饭后忽腹痛，再得解，稍适。午刻小雨，旋收，微见日影。傍晚西阳甚明，或望开霁。

初三日，丙子（8月13日），雨时作时止，幸无日耳。

闻谷已有生芽者，甚可危也。明日破日，久雨破晴，或望开天。我心忧之，如何可安。盆兰渐有花箭，亦稍可喜。夜无雨。

初四日，丁丑（8月14日），阴。

时或现日影，于田禾不宜，恐芽转速发耳。仰天搔首，闷闷不释。舌尖忽红痛，盐类药几不可触。至红十字会晤陈怀高诊之，为配漱水一瓶。归过佛翼。颇有凉意，即归。

初五日，戊寅（8月15日），阴。

闷晴，却无雨。同人设坛祈晴于城隍庙。晴篁来，言王木斋昨已接事，伯元今日即归湘潭。在事百日之久，恐得不偿失也。其于元鬯一力维持，诚为难得。作函致元鬯。剪徐刻《黑女志》褾成一册，此刻亦仅具规模，神采则无可取，初学得形似亦佳，然不可为所囿，是在善学之善悟耳。

发元鬯书。

初六日，己卯（8月16日），阴有微雨。

闻乡农有趁天刈禾者，时哉弗可失也。发诗老书，询其晋省如有相识，恳为丙孙作一书介绍，以资入国问俗之用，并乞书乐寿堂额。

发诗老书。

初七日，庚辰（8月17日），晴雨无定，申刻大雨。

晓日甚正，俄阴，迨午复晴，不意申刻忽大雨如倾，势极猛烈，田禾曝热之时遭此一淬，发芽更速。胡天之相阨如此其酷耶？为之闷闷。酉刻日出，夜有星月，殊不可恃耳。毕姨生忌，午供如礼。十妹及诸女归。十一女忽又发血晕，何气之弱也。二婶忌日，往行礼。贺十五妹生日，过李德斋谈。

初八日，辛巳（8月18日），晴雨无定。

成之来谈改组慈善公所，反对者甚多，庸人自扰，何所乐而为之耶？闻傅竹湘与三合公司联约作锑矿贸易，无砂可交，原议无砂则以住宅抵，势将执行，而住宅又为四房公产，家难将兴矣。皆贪之为害也。是亦庸人之自扰耳。

初九日，壬午（8月19日），晴，有小雨。

寄石贞书，托求丁子寿家《黑女志》拓本，前闻姚秉笙言丁子寿宁乡人，曾官于秦，从碑林中物色得《黑女志》原石，乃窃负以归。此事颇令人疑。考《黑女志》金石著录皆不载，自子贞先生于道光乙酉得之济南，推为北碑魁杰，于是京师士大夫群相推重，《黑女志》始脍炙人口矣。赵㧑叔《续访碑录》仅著其目，记为湖南道州何氏藏本。此九十年中不闻有人称道原石犹在人间者。张黑女为南阳太守，殁葬于蒲坂东原，即今蒲州，何以志石入于碑林，意其为重模本欤？丁与石贞同邑世好，居又相近，故一托之以先睹为快也。午后阴云四合，幸小雨数点即止。

发李石贞书。

初十日，癸未（8月20日），晴。

元达来，闻任寿国得吉安厘局，可为位置一席，将往依之。请神主神像安设，晡刻行礼，未能赴正屋随班也。

十一日，甲申（8月21日），晴。

敬吾来谈。王玉卿以其子年十五，尚缓议婚，此事复不谐也。午刻至正屋荐新祀祖，享馂。

十二日，乙酉（8月22日），晴。

仲熊四十大庆，书一扇赠之，佐以阳羡茗壶、青田石印、邓完白篆书家人卦朱拓屏。佛翼处荐新往行礼，并至仲熊、拴侄两处行礼。

十三日，丙戌（8月23日），晴。

盆兰自前挑松后始渐有花四箭，顷放一花，清香四溢，谛视尚有茁，可喜也。午刻祀祖荐新，卢老即日不便另设供，因即于龛前供菜，家众皆拜，以寄其意。平日只一人拜供，余皆神主前序拜也。十妹、十五妹、十九妹、廿二妹来。二女、六女来。酉刻，至仲熊处拜生饮燕，三席逼坐，甚以为苦，幸无流连，得早归。接春浦初三日信，言海塘石工崩坍数十丈，潮水已灌入内河，田庐人畜损伤不小，但云丙、丁两区而不言地名，无从悬揣。大约陈局长站不住，本地人有公举咏莪复为局长之议，可以知其得人心矣。交邮寄虎爪笋四斤，尚未到。

收春浦书。

十四日，丁亥（8月24日），晴。

出城至陈家垅访友良谈，并谢沈用侯、徐厚甫步。秋高气爽，野旷天空，令人心目一舒也。

十五日，戊子（8月25日），晴。

畅晴，极热。伯谦言乡间得今日一晒，所获均可一律入仓矣。大可慰也。先妣徐太夫人、亡室张夫人忌日，午供如礼。

收春浦虎爪笋。

十六日，己丑（8月26日），晴，午后阴，夜雨。

发春浦信，收到虎爪笋四斤。出城访蔚斋谈，其书室小院以木板蔽日，闷热非常，坐久腹痛，疑是受痧，归服哥罗颠，旋大解，稳睡始适。只能居轩爽之地，阴凉非所堪也。慈善总公所送公函，委任大儿管湘义仓事，当辞之。迩来善堂事公私竞争，意见纷起，更难从事也。

发春浦书。

十七日，庚寅（8月27日），晴。

访系莼，托为钧儿辞仓事。系莼以身居查帐员，不便代人辞差。据闻所拟有五六人，则亦不难拒谢。以写信缴原件，无不可者，即令照办。程老谢世，八十老翁以微疾去，可谓福人。城中第一高年，忽尔西行，令人凄念不已，今则推璞丈首座矣。

十八日，辛卯（8月28日），晴。

兰花陆续有出土者，对之神王可终日也。寿田公忌生，午供如礼。

十九日，壬辰（8月29日），晴。

二婶汤夫人九十冥寿，往行礼。唁程初丈之丧，为之一恸。遇汪渭飞，言其养子列名讣状事，格于族人之议，则无如何也。至华英大药房买苏吋粉、硼酸粉各一磅。访葆初，留午餐，家常便饭，精洁非常，诚知乐者。遇季农、伯存。偶阅《檀几丛书》中张松如所著《龟台琬琰》载有“少室仙姝”一则，因忆在海宁时徐梅若以《活捉曲》有“莫不是仙从少室访孝廉封陟飞尘”一语。求考数十年，不知所用何典，缘此曲用典最多，故常一一考之，而独于此不能释疑。余亦留心物色，已六年于兹矣，乃无意得之，即作一书并录之寄梅若，由咏莪转交。惟张氏记载未详所出，于此句尚不能豁然耳。附记于左：

封陟居少室山，林薮深秀，泉石清寒，仙姝降其居。陟不顾，留诗：“萧郎不顾凤头人，云涩回车泪脸新。愁想蓬瀛归去路，难窥旧苑碧桃春。”

封陟不知何时人，此疑是唐人小说，当是所记未全耳。

发徐梅若信。

二十日，癸巳（8月30日），晴。

昨夕甚热，今乃益厉，自入秋后雨多晴少，宜其复炽。谢傅善百步未晤。拜七娣生日，有午饭。与黄七丈谈。晚间甚热，阶前纳凉，殊不欲就寝也。

廿一日，甲午（8月31日），晴。

伯平来辞赴闽，以剑农得泉州厘局也。八儿有人来城，作字复之，告以程初之丧公送绸幛。城中新剧团驾名教育社会，实为伤风败俗之地。今夏两出奸拐案，皆由戏馆而起。严巡按锐意禁革并驱令出境，不许逗留，诚为快心之事。自辛亥以还，戏园多至九处，举国若狂，而女界尤为纵恣，不可遏制。大家妇女，往往有淫奔之行，子弟则多有入于其中从事粉墨登场者。文皆之子顺六初间私赴常德唱戏，文皆亲往收回，闻昨日复往湘潭去矣。吾家乃亦有此败类，真堪痛恨！父兄之教不宣，子弟之率不谨，可为浩叹。

廿二日，乙未（9月1日），晴。

砥庄来谈，其侄衡伯现充烟酒专卖处处长，托为仲熊位置一席。晡刻北风甚凉，热极则然也。夜可棉被，天时固不可测。闻竹泉、文皆同往湘潭捉得顺六回来，于神堂前痛抉之，其语气仍无悔过之意，恐终不免于一逃。

廿三日，丙申（9月2日），晴，旋小雨。

寿慈来谈。午后寒气甚重。

廿四日，丁酉（9月3日），晴。

录《仕的篇》数纸，吴山吴舒凫著，于州县官应尽之职大致已详，循行勿失，庶乎近之。彭少星来，以欧任中复调办祁阳分局书记，接李运枢手，比至则书记姓同而名异，故不允交代，只得回省。至靖江，持晴篁书来属为设法，亦可见曼盦公事之颟顸矣。近日都下发起筹安会者六人，杨度居首，胡瑛、李燮和，此湖南三人也。意谓中华国体宜于君主立宪，民主则非所宜。报纸纷载，赞成反对不一其词，似闻各省将军、巡按皆表同意，行将荐袁。因忆光绪癸未年八月以后，每日申酉之间，西南即现红光，至晚不息，是年予奉本生继妣姚夫人讳奔丧回里。十一月廿三日，夜行顺风，至一点钟后始泊六溪口，推篷出溲，见西南方红光如火，照耀半天，此明为天子气无疑，料定代清真主降生之兆。儿时曾见抄本《推背图》，继清者画一女人，张盖而立，意揣非安姓者代兴即国号大安也。癸未至今三十三年，大清已逊位改为民主之国。甫及四年，而忽现一筹安会名目，将来事定，国号必是大安矣。以红光论之，则袁大总统其为周文王乎！

廿五日，戊戌（9月4日），晴。

访佛翼不遇，将托以少星之事。访砥庄、子濬，皆不遇。过成之谈。四女回，持萧鹤亭所制眼科膏子药及红药粉来，予之所需为三门陈贵章之药，今易而萧，大约为陈之门下也。试点膏子药二次，其香味固不殊，当依法治之。

廿六日，己亥（9月5日），晴。

拜二妹忌日。录吴舒凫《仕的篇》，得十六纸，因与丙孙可资观览也。检去冬所录笪重光《书筏篇》与兰皆侄。吾家子弟知学者，故以砺之。

廿七日，庚子（9月6日），晴。

春海自乡来，言今年有九分收，诚意想所不到。相琼侄女持所作文与日记来，尽有佳作，深为可爱。相琼为兰皆之妹，兄妹皆能潜心向学，五叔泉下闻之，可称慰矣。

廿八日，辛丑（9月7日），晴。

晴篁来谈，靖江局务已易人，此意中事，奉调通道道远，势不能去，只好辞之另图。今日之事与辛亥以前情形又异，付之一叹而已。为相琼临《黑女志》一通以作奖励之品。

廿九日，壬寅（9月8日），晴。

素兰陆续盛开，多者每盆十余花，亦始愿不及此。又有来言洪山头事者，春海来告，属其居间最妥。然文皆与勉如之所媒介恐终无效，惟须设法宛转，方可有望。此其故难言之矣。为秉笙作楷字扇面，亦诚好为其难，不免画虎刻鹄之类矣。

八　月

初一日，癸卯（9月9日），晴。

访砥庄未晤。之华英药方购轻淡香酒加斯加拉、擦铜油、生发油。过季和谈，甚热。五钟后始归。春海来，言廖友声至文皆处，云一万一千，事当有成，明日当送千金来。此人殊荒唐，而文皆此时尤以不经手为妙，两老既有大欲，尚未知能否如愿。文皆阑入，则大忌矣。

初二日，甲辰（9月10日），晴。

颜福庆来为孙妇诊视，盖食滞颇重，宜先用泻剂也。因言轻淡香酒不宜常服，偶用则有益耳。为兰皆侄书二纸，无流动之致，殊负佳楮。

初三日，乙巳（9月11日），晴。

砥庄来，仲熊午刻位置，以烟酒专卖处只能用三十余人，而名条已有四倍之多，恐点派不到，此时安得有此势力耶。勋侄来，亦思谋此，因即告之，看璞丈言之何如。毕姨忌日，十妹归拜供，即行赴汤莼生生日，女婿之重如此。二、四、六女归。以素心兰、虎爪笋赠葆初。

初四日，丙午（9月12日），阴。

昨夕起风，甚有寒气。秋分已近，宜有此象。季和来谈。八儿自乡来。蔚斋索得陈可亭丈所书《金刚经》《心经》《太上感应篇》楷书四本见赠。可丈年八十二，此其癸、甲两年所书也，洵可宝矣。

初五日，丁未（9月13日），晴。

访陈怀高，为王姨配治臂外擦药一瓶。

初六日，戊申（9月14日），晴。

张庶祖母忌日，午供如礼，生卒即同此日，特时异耳。发吴脩老书，询"我与我周旋"之出处，并请代为借抄许榆翁《我与我周旋图记》。寿慈处晚饭，渠与敬吾各治数肴合作主人，德斋、系莼、郢笙、佛翼、文皆同座，桂溪为不速之客，倏然而去。厅事阴暗闷湿，不耐久坐，此厅改作，非寿慈之所愿。

发子脩书。

初七日，己酉（9月15日），晴。

璞丈明日八十有六生辰，预祝，得久谈。仁者静，仁者寿，唯静故寿也。访雁舟，外出未遇。

初八日，庚戌（9月16日），晴阴不定，夜雨。

平孙生日，廿二妹来，诸女皆归。莘田告八儿言郭宝生发起招股为炼铜公司，正需于南门外临河觅地，洪山头甚为合宜，如此处可成，较之毫无道理之叫鸡子为可靠也。

初九日，辛亥（9月17日），阴。

招镜蓉室来拍照满堂福之相。检花茵砚、沉香瓶、自书“乃言惟服”册，佐以芋园全刻赠庄思闲，交丙孙带去。花茵砚，庚戌年武林所得者。以“知止不殆”印给丙孙，此印为余赴浙服官时二叔所赐，且训之曰：“吾家自祖父翰林起家，扬历中外二十年，廉俸所入，为子孙谋安全，亦既至矣。祖父乞病归，即守‘知止’之义也。余之不出，实不敢忘祖父之训。今汝之出，亦非万不得已，第欲资阅历，思绍前修，亦属有志上进，特不可背此‘知止’之义，以陷于危殆之地耳。”三十余年，训辞如在，故于公牍文字，即以此章钤押。今丙孙将仕，以此给之，亦犹吾叔之意而已。印白玉质，文则汪啸霞先生刻。

初十日，壬子（9月18日），晴。

曾祖考忌日，午供如礼。六女归。是日甚燥。

发李石贞书。

十一日，癸丑（9月19日），阴。

拟制芋园笺十二种：一、芋香山馆，二、对床听雨之轩，三、梧笙联吟馆，五、艺兰精舍，七、自在香，四、海粟楼，八、涩芰圆荷之舫，九、企麓，十一、螺亭，六、镜澜小榭，十、小蓬莱，十二、因月。后芋园笺十种：一、小芋香馆，二、观心室，三、宝韦斋，四、献轩，五、漱石枕流之阁，八、知水月亭，七、憩鹤，六、行行且止，十、育青轩，九、芸宧。三年以来，议将芋园出售，虽无成说，然将来易主，势所必至，存此亭馆之名，以为子孙之记念耳，可胜怃然！倩王维季为作各种篆书，即付手民镌版。莘田书来，言此间已放陶思澄为矿务局长，恐事有变更。洪山头事暂从缓议，此等交易，胡亦困难转折如此。

十二日，甲寅（9月20日），阴，小雨。

佛翼来话，偕过春海谈，遂在彼午饭。

十三日，乙卯（9月21日），晴。

约姚师、春海、佛翼午饭，意在为丙孙作饯也。亥初，丙孙登舟，家人送之厅事，余亦拄杖随之，此中甚为怡悦。前两日尚有离别之意，至此转释然矣。夜热不能安睡。

十四日，丙辰（9月22日），晴。

甚热。为王维季题其尊人同伯著书图卷子，虽未十分构思，但组织成词，心中即觉发空，始知心气亏耗已极。晚刻心跳脉急，胃纳见虚，临卧服红血轮。至三钟醒时，吐痰甚多，太阳筋跳稍止，大要仍须平脉平脑为治也。

《维季世兄属题其尊人吕庐老人著书图调寄汉宫春用白石次韵辛稼轩韵》

公曰归欤？指西湖烟水，吾爱吾庐。京华软红十丈，此乐差殊。压檐松竹，伴清风、绕屋扶疏。消受得、芸香万卷，一尘笔下都无。

楼中故人渺矣，料身留妙色，识得真如。摩挲顾图金额，怀触同予。湘累老去，甚良缘、重结莼鲈。惟羡尔、南屏一角，名山代有藏书。顾鹤逸画图，金明斋题额。

十五日，丁巳（9月23日），阴。

午刻，祀祖贺节。心跳气急，不敢出门。诸弟侄均来，而我不能往，闷甚闷甚。颜福庆来视，仍是心经之病，用毛地黄精丸以平脉，另用小丸以散气。心跳至百余度，较常度多廿余也。夜服毛丸一，临卧，食后服小丸二。

十六日，戊午（9月24日），阴，微雨。

丸药照服，下午觉有效。十钟后就寝，乃辗转不寐。至十二钟，喘乃大作，大汗不止。虽知嗝罗颠为敛剂，然止汗则不得不一用之。气仍不平，则仍赖轻淡绿吸气之功。至三点钟始得安睡。

十七日，己未（9月25日），阴。

辛姬生日，向例诸妹均以过节之次日归，自去年始改于十七日，以省繁费。十九妹以小舫前夕醉跌受伤未回，所苦稍平。颜福庆来诊，脉跳尚有九十余。至毛地黄丸，加成每服二粒，饭后仍服通气丸二粒。留药粉一包，如不欲睡，即用开水冲服之。

十八日，庚申（9月26日），晴。

昨夕临卧不欲睡，服药粉始得安眠。药片照服，气仍不舒，只得耐之。

十九日，辛酉（9月27日），晴。

午前气极烦闷，服茶曲稍畅。饭后，仍用开胃消食丸，似较通气丸为得力，或仍是胃不消化之故。发欧阳伯元书，托借罗家《金缕酬春词卷》。

发伯元书。

二十日，壬戌（9月28日），晴。

接李石贞同年书并《黑女碑》拓本，大失所望，此直帖贾描刻本，并不能及徐氏之重模本也。乃知何氏孤本之足贵耳。六婶八十生忌，往行礼，午饭。借得《汤浯庵山水册》二本，

《定武兰亭帖》一本，《九成宫醴泉铭》一本，唐造像一本，砚铭拓本一本，归而细玩之。《兰亭帖》为三叔祖所激赏，有题记在咸丰丁巳，叔祖书法极古雅而不以名世，故流传绝少，此纸真与帖同珍矣。接少星书，云佩苍方回扬，已调办由关，前书已交，迟当有复。

接石贞书。收少星书。

廿一日，癸亥（9月29日），晴。

气仍未和，脉亦未平。约颜君无暇，因忆及黄鹤丹，且试一服之。丹中黄连一味，在中学则取效泻心，西学则资以补身开胃。今病心跳不思食，以两说参之，自有益而无损也。访璞丈未遇。过六女，少谈归。晚间再服黄鹤丹一钱，夜卧甚稳。八儿自乡来。

廿二日，甲子（9月30日），晴。

稍适，早服黄鹤丹一钱，前日所借拴侄五册，理而归之，复取十余种来观，内有同邑徐海宗先生受。诗札墨迹一册。徐先生奇才坎壈，穷困不堪，三叔祖周之惟恐不至。此册乞米书及临终遗墨一纸，观者多有题咏，可以风示势利之交矣。颜君来视，仍须照服前药，为时已晚，仍服黄鹤丹一钱。临卧气复上涌，而脉跳只八十二次，似有效也。睡尚稳。

廿三日，乙丑（10月1日），晴。

服药有效。检阅各碑拓，稍有逸趣。璞丈来谈。醉农自汉口归，偕景泉过话，赠梨及饼干、糖果。脉跳仍八十二次。夜燥热，睡不甚适。

廿四日，丙寅（10月2日），晴。

所苦日见轻适，黄鹤丹不为无功，与西药未见相背，然未可据以为是即谓中西可混一也。光绪初年，本生先君以刻书需银，将已分田业从田垅一契八纳租售与朱雨丈，价银二千二百有奇，今朱宅分析此田，仍须出售。八儿乃以时价四纳租赎买，去银四千四百有奇。是日立契成交，甚善甚善。余不能到，令钧、慈两儿从场作证，亦例事耳。七婶七十整寿，往过正屋庆祝。天气既热，人气复浓，顿令耳闭，遽作礼毕即归。

廿五日，丁卯（10月3日），晴。

过正屋拜寿，遇刘叔卿少谈，不见者四十年矣。至佛翼处少憩，适敬吾来，遂留午餐。鹿丈亦至，谈颇适。归卧片时，食卤面一盂。检阅小金石拓本册。夜燥热，不能盖被。

廿六日，戊辰（10月4日），晴。

脉渐平，气渐匀，惟燥热不退，一时不克复元耳。欧阳植东来，言伯元未能复书，曾从罗舜循访问《金缕酬春词》，已不可得，盖研老之后人衰弱之极，恐研老所藏书物多不能保守，此卷不知流落何处矣。惜哉！午后过正屋，寿酒仅三席，至戚如桥洲、毅甫亦未到，何也？夜燥如昨。

廿七日，己巳（10月5日），阴。

北风起，即有寒气，有时亦作燥热。李蕴珊自芷江请假来省，云曾上整顿盐务四条，尚未奉批，此来谒见王公，冀作阶进耳。赠剑脊兰二盆，叶甚茂密，又栗子十余斤。余久思得红心兰，以省中价值太昂，不果得，此甚慰余望，亦见如意之一端。十女生日，春海唤影戏来，亦消遣别调。夜因寒厚盖，热汗少眠。

廿八日，庚午（10月6日），阴，有微雨。

曼盦自湘潭来省过话。接止盦书，屡言归而在沪又移居，可知其意不决矣。即复一函去。燥气渐退，时固宜然。徐鲁山，子昇。常仲甫之侄婿也，忽偕盛幼文来湘过访，亦出意外。

适午睡，未晤。

收止盦书。发止盦书。

廿九日，辛未（10月7日），阴。

访曼盦，则已行矣。访幼文未遇。晤鲁山久谈，往事如梦，不胜感慨。仲甫墓木拱矣，尤令凄然。何炳璋者持书告急，则勉之同年之子。勉之于辛亥之变以某局公款短欠六千余金，为军政府拘留，追缴二千余金，无力全清，遂在拘留所忧郁病死，亦殊可怜。其后眷累遭水难，不能回豫，来湘投亲不遇，羁滞岳州，其子到处求助，因即助以二千，盖不知丙子年谊，仅以同官之情来告。余既不能为之出力，亦不提他语，然于心不能无歉耳。赠李蕴珊《钱王祠碑》全拓一部、阳羡茗壶一对。

三十日，壬申（10月8日），阴。

八儿回乡去。理拴侄碑帖，为时颇久，忽觉头微作晕，闭目静坐，历晚餐后仍不适，殆气虚食少之故。夜早寝，含高丽参少许以益之。

九　月

初一日，癸酉（10月9日），阴。

昨夕得参力，瘀甚活，则益气之效也。拴侄处送《戏鸿堂帖》全部来，翻阅一过。此帖在今日已为难得，不知值价几何。缄询徐绍周，亦不能定。绍周赠叔鸿丈所著《金石题跋》石印本一册及所临《礼器碑》照本一册，所临《兰亭》二种，赵松雪四札刻本一册。两次点萧鹤亭膏子药，闭目静坐尚适。

晚间气亦渐舒。

初二日，甲戌（10月10日），阴。

昨夕睡不甚稳，幸痰少不为苦。督工人采摘荷叶。昔傅青老每至秋中采荷叶阴干出售，亦可得少许钱，亦居家应有之利。留听雨声自是风雅，然亦不必全听枯残耳。接丙孙书，已于廿五日抵太原，寓集义客栈，每月房饭十二元，较湘中为廉。接叶菊缘书，尚盼予到温州，令人感慨系之。寿慈来谈。

收丙孙书。收叶菊缘书。

初三日，乙亥（10月11日），阴。

大便有秘，当是厚盖之过，得水节之力始适。杨姬生日，午供如礼。六女、十一女归。

初四日，丙子（10月12日），阴。

出南门访齐小安谈，索其所临《等慈寺碑》第十一通。近来侨居乡间，肆力于此，自是火候不同。并为拴侄求书册页一开。归已过午，方候予食也。接子脩书，并未回浙，诗老所疑传耳。“我与我周旋”出《世说新语》，此桓温问殷渊源：“卿何如我?”殷回：“我与我周旋久，宁作我。”

收子脩。

第六册

民国四年（1915）九月初五日起，洪宪元年（1916）旧二月十六日止

九　月

初五日，丁丑（10 月 13 日），小雨。

访稺泉不遇。晤咏年。见绿馆文君所画铅笔小像，颇得神，拟请其作“我与我周旋”图，而所用厚纸非卷册所宜，恐仍以诸君猷粉墨为合，姑请一询之。过砥庄谈。宅地税已见报纸，定五年一月开办，所载大略不甚明白，犹须询考。芋园分地事利速决，而七叔终昧昧焉，姑以报纸送阅，亦不知能悟否，为之增闷。晡刻，痰甚紧，从容运送，连进除痰药水，虽见活动，而不能畅适，夜卧亦不能安。

初六日，戊寅（10 月 14 日），阴，午后微见日影。

拴侄处送散片残帖来看，无珍品。陈迦陵《填词图》，汪啸翁所刻本，闻此石已为端方所得，则此本亦足贵矣。佛翼来谈，适十妹归，携肉丸、烧饼相馈，因沽酒饷之。论宅地税

事，于臣叔亦无良策以动之。四女、六女、十一女均归。晡间气不畅，或由寒滞所致，进苏吋粉稍适。临卧复喘促，厚盖早寝，睡思昏然。三钟半醒，以温暖，气甚和适，则寒滞明矣。王贵病没，赏以廿千，相随四十余年无大过失，其愚滞亦非常人所能及，故归来仍一贫如洗，虽有四子，皆不足恃，可悯矣。

初七日，己卯（10月15日），阴。

大解不畅，延至申酉之间，用水节不下，再加重甘油，二次用之始下，然力乏甚。晚饭后平卧稍适，仍用加斯加拉以润之。

初八日，庚辰（10月16日），晴阴不定。

招颜福庆，以城外建筑甚冗不至。招陈怀皋，亦未至。好在无甚要证待诊耳。接少星书，欲余为函托佩苍求调一差，恐未能行。

收（绍）[少] 星书。

初九日，辛巳（10月17日），晴阴不定。

颇思出城觅一登高之处，而神乏足软，不果行也。即二婶生忌，亦未能往拜。午后忽冷忽热，不知应如何调护。

初十日，壬午（10月18日），晴。

热极，将补作重阳风雨矣。王维季来，为余作“今名吉心”白文小印，极似曼生。又为康女作名号小印两对，亦极整秀。刘韵年来，言文君只能作西画，“我与我周旋”图，非诸君手笔不可，须待其兄锡圭回省方可商量也。勋侄送碑帖数事来看，无动目之品。建安瓦砚有人问价，可索佰金，恐无此风雅财人耳。午后阳光更烈，殊为难受。夜卧不能盖被。

十一日，癸未（10月19日），阴晴不定，风力甚劲。

昨夕不得安睡，晨起不适。风大不敢出外，闷坐殊寂。写寄丙孙书二纸。拴侄处送玉件印石来看，当年刻印如李二木、朱石禅、汪啸霞诸先生，皆沉浸入古，可传之作。惜佳石不多，此时若以求售，所值无多，殊可不必，仍以保存遗爱为得。至玉件，亦无致佳之品，则去留无关紧要。为之检点半日，神往当年，不觉感怆，遂有痰气欲作之势，急服去痰药水。偃卧片时，醒后稍适。天时不正，人事触之，可无惧哉。入夕，北风甚劲，有寒气矣。

十二日，甲申（10月20日），阴，有雨。

风力未衰，寒气益厉，重阳风雨，前三后四，终不能免，信而有征也。发丙孙书。气不甚匀，天实为之，惟胃纳与便溺无苦，斯亦幸矣。

发丙孙书。

十三日，乙酉（10月21日），阴，有雨。

风仍未息，非微火不能敌寒也。陈怀高来视诊，脉虽过百跳，但快而不乱，则亦好脉论，仍服毛地黄酒，每服五滴。昨夕厚盖不适，改修被幅，减轻絮量，当不致热。骤寒之难调护，年年如此，亦无足异，老病之增可知矣。

十四日，丙戌（10月22日），阴。

风稍息，仍寒。数日来已着丝棉，虽嫌太早，亦不能不用耳。闻宅地税并无公文来湘，报载尚讹传，亦未更正，徒乱人意。夜见月。

十五日，丁亥（10月23日），阴，微有晴意，午后雨。

风息，往拜三叔祖母生日供。数日闷坐，步履殊缓，知手足之运动不可不讲。春海处憩谈片刻。

十六日，戊子（10月24日），阴雨。

始食蟹食菌，幸无所妨害，然不可恃也。六女归，近患伤风未愈，又延不治之，倩春海为诊，主表散之剂。

十七日，己丑（10月25日），阴。

稍和，丝棉袍不可着矣。佛翼、文皆来，谈及明日在将军署选举国民代表议覆国体事，有选举权者二百余人，应举七十余人，而应举之人已早由官厅拟定，只须投三票者即为合格，并派定佛翼举郢生，文皆举佩衡，亦可笑也。发少星信，附晴篁一纸，请其归时带月季一枝。发佩苍信，托为少星调差。孙妇明日三十岁，晚间设酒面团聚为乐。鲁山送雨林八字来。

发少星信。发佩苍信。

十八日，庚寅（10月26日），阴晴不定。

诸妹归来称贺，亦一乐事。临卧时气来颇急，服毛地黄酒，又用药烟，高卧、平卧皆不适，辗转至丑正后朦胧睡去。寅初复醒，再睡至卯正始醒，气乃渐平。

十九日，辛卯（10月27日），晴。

早起尚适，惟气时有起落，傍晚时忽又觉满。招颜君来视，云无紧要，脉虽快而不乱，以不思食故，宜用开胃消食丸。另有一种力较大者，每食后可服一粒，毛地黄酒照常服，可至七滴。卧时稍好。有岳州熊君少泉慕名来访，晤谈，知为岳州当选之人，年六十三，兴致不浅，曾在谭文勤甘督幕府，不知其在旧朝官职也。

二十日，壬辰（10月28日），晴。

昨夕睡尚适，小便较多。所易消化片系紫色糖块，当是咖啡糖，每瓶廿五粒，洋一元八角，合钱二千五百七十文，则每粒需百钱也。饭后一粒，是日三次，晚间气较平矣。八儿自乡来。春海看雨林八字甚合。

收毛康禄信并菌油。

廿一日，癸巳（10月29日），晴。

气平，脉亦稍落，和胃之功见矣。大便忽秘，甘油无效，晡间益不适。招红十字会护医廖君来，用大水节，始得推解之利，诚为可厌，苟不得此，则必碍睡矣。

廿二日，甲午（10月30日），晴。

晨起尚适，王四来剔去盆兰面泥，另培烧过新泥，以为御冬之助。何少仙自华容收租回，遣人送湖莲十斤，其田租所入也。徐鲁山来，未能延晤，其意盖询问合婚事。旋令钧儿往晤，知幼文之意，如可联合，则下月即须毕姻缘，其夫妇五十双寿，增一番热闹耳。如此仓猝，未免苦人所难，倘能了一事，亦至佳矣。

廿三日，乙未（10月31日），阴。

风劲，有寒气。拟贺元达生日，闻其他出，遂未往。因过竹湘，适自拘所回，得谈，悉其讼事四万五千可了。竹湘得半之道，亦在二万以上，除卖屋外，无可筹措，然此时求主，亦殊难也。又过雁舟谈。

收丙孙书，言晋省纯朴可喜。

廿四日，丙申（11月1日），阴。

倩寿慈回女庚至幼文处，不知幼文再合与否。丙孙三十整生，诸妹回来相聚，如十八之乐。早起，左眼忽红胀有泪，午后渐退，以蛋钧之，子粒多而且巨，殆连日寒热不定之故，然有火气，自仍是佳兆。接石贞书并《黑女志》四纸。

收石贞书。

廿五日，丁酉（11月2日），阴，微雨。

小庵来，为拴侄写册页一开，小楷非常秀整，不似六十老人所书，其功力固深，精气亦异人也。

廿六日，戊戌（11月3日），阴。

寿慈来，女庚已于廿四交去，幼文之言，则并无下月涓吉之意，且须迎其太母来湘，大约须明年春间始为成礼。然则鲁山之言，又何汲汲如此？俟大儿自乡归再说。如可缓，则诸事从容矣。陶鸣谦如夫人许氏病故，五儿聘妻之生母也。前日信来，日内有人回乡，带去呢幛一悬，奠洋廿元，折被褥洋四元。竹湘来谈，意在纠集同人借款了事，余何能为？闻元图来省，往候，适与元达偕出，未晤。接丙孙书，言唐二甥之夫字洛迁，李搢丞则其兄，公现为山西财政厅长，其复庄思诚书情意甚挚，允极力早为设法，第因巡按金公诸事干涉，不能有把握耳。八儿以余尧衢所赠唐张柬之父子叔侄孙曾墓志十种来阅，系光绪中叶襄樊河岸出土，古意盎然，而柬之墓志独无，殊可惜也。此十余石皆舁存鹿门书院，拓价每套十八金，充某学堂经费。

托贺五嫂寄陶宅吊礼。收丙孙书。丙辰五月偶阅《复堂日记》，第四卷十一叶载有张氏十墓志，云是道光二十年出土。《日记》为光绪己卯年所作，则中叶之说已非故实，惜当日出土后，乃以无人跋记以诏学者。

廿七日，己亥（11月4日），阴。

忽冷忽热，易衣受寒，饮以姜汤，厚盖取汗。午后稍适，惟气不舒，怯于出言。元图见过，不能延话，心滋怅焉。颜福庆来，为培曾治腹疾，诊余脉仍快，病在心肺，与胃部无甚关系，毛地黄可停一礼拜，改服士的年精，以利小便，发肉筋力。盖西医无补气之说，补火补精神总须脑筋得力，尤在脊髓无坏，始有济也。士的年至毒而力最大，每粒中只有士的年精六十分之一。每三点钟服一粒，于眼蒙之由，于脑筋孱弱者亦相宜。接薇阁书，其如君来十五年，生有四子，于其没也，神伤至矣。

收薇阁书。

廿八日，庚子（11月5日），阴。

发毛康禄书。河洑厘局已办两年，则在今日为长局，难得也。服士的年三次。九女生日。昨日误书。

发毛康禄书。

廿九日，辛丑（11月6日），雨。

晨起，痰甚紧，从容运送，亦遂活动，天气闷湿之故。元臮赠怀素《绿天庵刻碑》四种，《柳柳州全集》一部，永州干面一篓，湘潭元油一坛，杨海丈诗刻一纸，来书笔墨腴润，其精神兴会可知矣。晚刻痰盛，服半夏曲少许。临卧用止嗽药片，得竟夕安眠。

十　月

初一日，壬寅（11月7日），雨。

友良来谈，约明日午饭，谢之。如此天气，势必不能郊行，负负而已。维季来，为刻雨林三印，甚佳。将作回盒之用，恰好维季未行，得有此品，亦见缘分。携"向长""度尚"两印回去，拟赠以杨龙石所刻"孙华山"印二方，尚未清出。十妹回，二女、四女、六女归祀祖，午供如礼。钧归，明日四十生辰，晚间酒面三席。临卧咳甚紧，因投止嗽一片，乃结胸不适，或此药只宜投于大嗽之时乎？

初二日，癸卯（11月8日），阴。

女客三席，男一席。元邕始相晤，能否调近，不可知也。颜君为配化痰药水来，晚间稍活。

初三日，甲辰（11月9日），晴，午后复作阴。

左目有弱，虚炎也。翳子草无效，雨久寒敛，香气不烈之故，仍取力于蛋钓之法。药水照服，痰较活矣。七叔生日，不克往拜，晚间有戏，亦不克与会，病之为厉溥矣哉！

初四日，乙巳（11月10日），晴，有风。

用黄汞油膏，红翳渐动，汞有消磨翳障之功，余几忘之。接佩苍书，所说固知其不行，亦惟有还之，可省许多口舌。过春海少谈，殊无兴趣。晚刻目颇适，乃临卧忽发烦躁，辗转至丑正后始朦胧睡去。

收佩苍书。

初五日，丙午（11月11日），晴，有风。

右目亦不适，汞搽、蛋钓仍并行之。复佩苍书，并其借券及巽初借券均还之，亦不值因此参商耳。寿慈来，言幼文处定初八日清水传红。晓间痰盛。

发佩苍双号信。

初六日，丁未（11月12日），晴。

左目渐净，右亦退，汞之效也。书联二首，拟分赠维季、定叔，而一联有“同”字，则触同伯之讳，不可用矣。

初七日，戊申（11月13日），晴。

目尚适。本生先妣忌日，午供如礼。诸妹、诸女归。寿慈来谈。华昌木货店送嫁妆全分来，共洋百五十余元，外铁床洋三十三元，比较当年定作之木器，价不甚远，然工料则大不及。今日徒从事时式，遑计其工坚料实否耶！

初八日，己酉（11月14日），晴。

盛幼文处传红，男媒颂年，女媒寿慈。午刻来，用礼盒二个，红绿绉绸裹庚，金簪一枝，银锭一个，取“一定如意”之兆，佐以彩蛋、花果，亦极省便。回庚用针黹活计四对，面席款冰人，佛、文两弟作陪。爆竹声喧，亦见门庭喜气也。祀祖道贺如礼。因缘有定，信然。然特此番鲁山玉成，而幼文不登之大冰之位，未免歉歉耳。黄鹿丈访得《金缕酬春词》，借付一阅，殊慰数年之望。此咸丰辛酉罗研生、何道州、易念园诸先生饯春于三叔祖待石园，研老首唱《金缕曲》，厥后和者甚多，乃有刻本。余久思作《后金缕酬春词》而求此本不可得，此刻于湘潭罗氏家集中者。鹿丈于其家访得之，足称眼福。

初九日，庚戌（11月15日），雨。

无风，亦不寒。郢生约佛翼、文皆、静卿并系莼昆仲饮于同春园，因往作不速之客，饮啖颇畅。坐中有沈让溪，高睨大谭，余惟默默而已。劳勉臣则以他约先行。酒散，谢李笠渔步。归后详告颜福庆近日病状，复书谓仍服毛地黄酒，日三四次，他可不服。发菊缘书。

发叶菊缘书。

初十日，辛亥（11月16日），雨。

旬余常苦便闭，非水导不畅，胃力之衰益甚矣。幼文来拜新亲，以寒重未多谈，谅哉！本生继妣姚夫人忌日，午供如礼。椒石辰刻举子，六女为人祖矣，可喜可喜。

十一日，壬子（11月17日），阴。

寒气甚重。接丙孙书，已到矿务科员差，月薪五十元，并无科长，亦无他员，可知晋省矿务未能发达，且其成立尚只有六个月，而六个月已四易科员，皆以厘差而去，故咸以此为面子差，不能无希冀之心。复书谕其少安毋躁，听其自然，如有欲借此差图出路，必运动得此，则自有不劳而获之效也。询郑文公上碑下碑之别，即录《山左金石志》一跋寄之。

收丙孙书。发丙孙书。

十二日，癸丑（11月18日），晴。

郢笙来谈。发薇阁书。李系莼赠质老祠堂二碑，取式两汉碑碣，甚有古意。

发薇阁书。

十三日，甲寅（11月19日），雨。

寒气甚重，可着羊裘，闭门不敢出。葆初招饮，欲往而不能前，负其嘉肴，未免可惜。忽费叔迁来，殊出意外，知在浙、鄂不克展布，当道介绍来湘，乃得一三叉矶小厘局，甚非所愿也。年力富强，不甘家食，亦无足怪，然所遇不过尔尔，亦无味矣。

十四日，乙卯（11月20日），雨。

寒甚。元罂来，久谈，比送其行，遂为寒袭，复以濯足加之厉焉，和以姜曲，泻而始适，抑何衰弱至此！益盼晴和，乃敢出户耳。闻盛太母到湘，此十五日事，误记于此。大儿往候，携余姻五侄大片去。垂老之年，忽增一姻家长辈，亦奇，亦美事也。

十五日，丙辰（11月21日），阴，小雨。

幼文将赁怀庐，以屋多人少，拟约唐临庄合居。果尔，则喜事尤便。发石贞书。

发石贞书。

十六日，丁巳（11月22日），雨。

寒重，非火不暖。右目有小翳，用汞黄膏，袖手嘿坐而已。

十七日，戊午（11月23日），雨。

仍寒。右目翳退。

十八日，己未（11月24日），晴。

晨起，晴光照窗，大快人意。谢幼文、鲁山步，晤谈甚久。过费叔迁，亦晤，言其尊人屺怀先生画有《百蝶图》，遭乱失去，复得珠还，将以征题。

十九日，庚申（11月25日），晴。

过叔慈，拟并访颂年，为拜大媒事，天忽燥热，遂不敢北行。三妹处贺曾孙喜，小儿已廿天，日见茁实矣。丝棉小袄甚热，急归解衣，静坐稍适。一姊生忌，午供如礼。四女归。

二十日，辛酉（11月26日），晴。

拜颂年，以病未晤。莘田亦他出。访少仙，作半日谈，颇畅。过元达谈，元卽已赴扬州接眷。

廿一日，壬戌（11月27日），晴。

李季陶忽来，携莫君棠书干严孟蕃。莫君小札甚佳，字亦有金石气，因托季陶将来乞书见惠。陈晴篁迎母归里，过谈，赠月季五棵并交少星书。月季六棵，不识能养得合法否耳。晴篁卜居湘潭，日内即上驶也。以蒸鸡、酥合送十妹，而适归，作半日谈。佛翼来商，丝茆坑近年以大营逼近，到处放马，践踏坟墓，因扰朱枚勋呈请将军示禁，案具，呈请批刻碑永禁，不用公，呈只就管业一人出名较好。立辞甚合办法，本系佛翼私业也。

收少星书。

廿二日，癸亥（11月28日），晴。

赠佛翼王忠文砚拓本。

廿三日，甲子（11月29日），晴。

莘田来，稍谈而去。同邑彭绶薇、吴少甫偕过。少甫甚英俊，交通学堂毕业生，云在京与丙孙相识者。出小西门，至晴篁舟中，得见彭二姑母，神智尚清，惟起居不便，年七十四，颇类姚七舅母，但稍能用力耳。其弟嵩之神经病若明若昧，似尚非不治之症，若能信任西医，或有起色。入城，谢季陶步未晤，归颇乏。晚间闻柳门举子，可喜可喜。

廿四日，乙丑（11月30日），晴。

发诗老书，并《黑女碑》一纸。六女归，需银六百两赎其押出公租四十二石。辛记存款可以代为赎出，即归辛记收租，俟其有款再行拨还，亦是权宜办法。

发诗老书。

廿五日，丙寅（12月1日），晴。

春海约午饭。与佛、文两弟作半日谈。

廿六日，丁卯（12月2日），晴。

鲁山来送吉期，诹十二月十四日，诸事亦可从容也。

廿七日，戊辰（12月3日），晴。

半夜口渴，含摩尔登润喉糖一枚，醒后痰甚活，吐多，甚适。偶合欤？抑实效欤？访颜福庆，视两目均有翳，在明角罩外，尚非内障，仍以黄汞油膏为治。今之目患与近光等无甚关系，而不着眼镜反似稍适，不如不镜为愈，只用平光护之。颜君亦以为然。因至精益公司定黄玻璃镜一付，二元八角。新发明家均以黄色保目为上，可与日光相合。华人以其不雅观，固不尚之耳。成之处谈。

廿八日，己巳（12月4日），晴。

李系莼、章季和来谈。谢王翊君步未遇。

廿九日，庚午（12月5日），微雨。

寿慈来谈。先考忌日，十妹、三妹、诸女归，午供行礼，忽觉脚腰轻健，殊不自解，或十日来饮羊羔酒之力欤？

三十日，辛未（12月6日），阴。

云阴密布，有酿雪之意。三日来日用黄汞油及眼药水各二次，晚间忽觉明净，视小字无所苦，亦自可怪。

十一月

初一日，壬申（12月7日），阴，小雨。

寒甚，可用炉火。岁序催人，如是其疾。接丙孙书并《小说月报》一册，内载《盾鼻随闻录》，叙粤乱初起，于文恭公督师，肆口诋诬，阅之发指。然文恭公以身殉国，久邀先帝褒旌，六十余年，已有不刊之誉。狺狺之吠，初何损于鼎鼎之名？置之可也。丙孙欲为设法申辨，殊不值得一言。佛翼亦以为然。况此书说其需次桂林时所纪，尤为荒远，更无从起其人于九幽而质之乎。本生继妣生忌，午供如礼。十妹、九妹、三妹、诸女皆归。冬彦馈炸酱、醋烧冬笋，二者何家遗制，此为真传。八儿自乡来。

收丙孙书。

初二日，癸酉（12月8日），阴。

发诗老书并寄《黑女志》一纸。夜寒甚重。

发诗老书。

初三日，甲戌（12月9日），晴。

晨曦忽明，知昨宵霜重也。寿慈来，言姚秉笙先生仍不肯留，且已函商仲纯接馆，已得允复，故托其来言。秉笙之意自是肺腑之言，未便再行强留。仲纯允来，甚慰所望。北风劲甚，不敢出户。晡间稍和，始陟园小步，蓼花根数枝已阴干，有一二枝可用，然须裁度，未能必也。

初四日，乙亥（12月10日），晴。

游龙杖有一枝可用，余皆柔弱，不胜倚任。明年种植，须壅肥，使有粗本方合。今春因未计及此耳。卢庶祖母生忌，午供如礼。发铭之信，索寄红血轮两打。过刘卓伯谈，遇元达。拟访葆初，以向夕遂归。

发铭之信。

初五日，丙子（12月11日），晴。

治游龙杖，其皮色红赭，古雅天然，惜渍水易起，势不可留，且刈时已多触破，遂悉去之。皮肉尚非呆白色，或易旧耳。明岁刈时留意，能保住红皮更佳。与春海、佛翼、文皆、钧儿午饭于玉楼东，纶儿会钞。初三日，六女送野鸭来，初四日，四女送鲫鱼、红炖肉来，今日十一女送虾仁来，皆以连日天暖人健，劝予加餐，然过食肥浓，亦滋惧矣。

初六日，丁丑（12月12日），晴。

谢徐润生步，遇郭庚年，宜之之子，润生之婿也。至精益公司，询知所定眼镜尚在汉口，定制未到，可知此间生意之少矣。华英药房少谈，取药三种，上轿，过葆初不遇，归。赠春海啤喇吖啦膏，为治腰疼。晚刻，《大中报》号外载本日北京来电，云中央特别选举会解决国体投票完竣，全体一致赞成君宪，代行立法院本日上午敦劝大总统登极，未蒙许可，下午代行立法院二次敦劝，已邀大总统俞允，本日北京全城升旗致贺云云。此事发之数月之久，今大定矣。若国号曰安，则真是前定，不可不信数也。

初七日，戊寅（12月13日），晴。

访穉泉不遇，过砥庄谈。平日总称余富，今乃忽谓李氏皆无钱，亦不知其所指也。陈瑞生处谈，托其询访胡兰林家事，然渠于徽帮亦不熟识，同在钱业，或易得详细耳。

初八日，己卯（12月14日），晴。

春海处作半日谈。访李德斋新居不遇。初十有午饭之约，坐客太多，颇不愿赴也。访耕莘不晤，归过葆初，亦他出。见徐十二妹，少坐，归而受寒，得解始适。

初九日，庚辰（12月15日），晴。

姚师见示仲纯复书，已允受聘。杨皙子《君宪救国论》三篇于中国之不宜于共和言之切当，尤极有沉痛之语，特恐未能人人皆悟耳。此文何以今始传出，惜见之不早，每疑皙之多事也。

初十日，辛巳（12月16日），阴，午后晴。

为书致德斋辞酒。镇坤自乡来，欲有谋焉，无能为役。阴寒不出，无所事事，磨墨有静趣。

十一日，壬午（12月17日），晴。

昨有雪意，今又畅晴。佛翼来，言黄伯平之弟季海病没。鹿丈为之筹助殓费，赙以六千文。出南城，至燕子窝访杨树钧，拟与佛翼合设骨董肆而无可询考之人，只杨为旧识，因往访之，得晤谈一切。杨年已六十，尚能健步作书画掮客也。订十四日来约佛翼，共商此消遣妙法，亦有微利可寻，且可有娱目之品。山茶已有花，月季有嫩芽，生意盎然，小坐廊前，颇适。由小春多晴，阳气渐回，乃有此景象。

十二日，癸未（12月18日），晴。

过佛翼，述杨树钧所言订十四来细谈之约，遂留午饭。适成之来。饭后至二女处少坐。接佩苍收到还券信，亦以谢字道意，兹事作此结束，亦去白眼未达一间耳，可为齿粲。莫非命也，顺受其正。明乎此，可以无病。

收佩苍书。

十三日，甲申（12月19日），晴。

康女生日，诸妹女归来一聚。郭宝生忽遣人至佛翼处，言洪山头明日即须立契，可谓鹘突之极。郭处可商售此业，虽经王莘田愿为居间，然一说之后，并未着人眼定山界及一切议价等等办法，莘田亦未再提及。今突如其来，殊不可解，亦大可笑。姑置之，俟春海来，再令往商。

十四日，乙酉（12月20日），晴。

杨树钧来，午饭约七弟来共商设肆之事，并约十三弟一谈。寿慈来。晚刻王姨老太太忽言语不了利，索再造丸去，服后尚安。少星来书，已调去白塔河税关，为宜陵镇分卡，据称事较便益门为繁，则所出亦当较重也。此还袁券之力欤？

收少星书。

十五日，丙戌（12月21日），晴。

检读七十年前河南粮道任内所存信件，不觉废餐。少仙来谈。煮面食之，遂果腹。王姨舌蹇稍好，然复元恐不可望，左肢有不仁之状，势将成偏瘫矣。老健其可恃乎？

十六日，丁亥（12月22日），晴。

至王姨处，视所患似大偏中，舌虽蹇涩，亦尚可辨，心境甚明，精神照料周到，似属无妨，然不可恃也。杨医谓开方非治病，仍为防病。盖中证本无病可治，特防其增剧耳。知言哉！

十七日，戊子（12月23日），晴。

春海自乡来，脐上生疖，幸已溃而脓多，当无妨也。长至祀祖，午供如礼。

十八日，己丑（12月24日），晴。

至精益公司取眼镜。镜片上有伤痕，幸不碍光，可知此店之不及高德矣。访鲁山谈，幼文他出，未晤。

十九日，庚寅（12月25日），晴。

甚暖，候璞丈，谈良久。前此其五孙少君自戕之事，老人尚不知也。遇寿慈谈。归而觉闷热，腹痛得解始适。

二十日，辛卯（12月26日），晴。

过佛翼，视王姨所患无增减而转动甚苦。偏瘫虽轻，累人则与全瘫何异，衰年人能无儆惧耶！春海肚痛，亦是险证，亟盼其大毒早出耳。园中小步，遇程秉文，恂谨可爱，求之少年中，颇不多见。陈瑞生来，言程秉文家世无可采访。

廿一日，壬辰（12月27日），晴。

数日燥热异常，愆阳可畏。晓起受寒，得汗稍适。早点后又觉腹痛，午后见轻。敬吾、寿慈偕过谈，乘兴同步至饮和祥酒家小酌，肴点均可口，惜座落狭暗异常，令人不爽。累敬吾破钞也。归而热闷得解，偃卧。入夕饮酒一杯，不敢再进食矣。八儿自乡来，携蒸鸡一器，留作早餐。此口体之养，吾尤盼其能养志耳。然吾不能自尽于吾亲者，又敢妄希于吾后乎？

廿二日，癸巳（12月28日），晴。

接丙孙信，云太原牛骨髓每斤钱六百文，所抄制法与备丈语同，因复一信令其设法制寄。

收丙孙书。发丙孙书。

廿三日，甲午（12月29日），晴。

久不剃发，趁晴暖试之，幸不受风热。甚无所事，何日始降雪耶？

廿四日，乙未（12月30日），晴。

闻云南唐继尧有独立消息，既先有劝进之同意，何忽又极端反对耶？

廿五日，丙申（12月31日），阴晴不定。

葆初来谈。午后有寒气。廿余日来大便尚顺利，今晨忽微闷，用水节导之。

廿六日，丁酉（1916年1月1日），阴，小雨。

寒气虽不重，然亦怯不敢出。慧生来，翻阅新出之《说库》六十册，多丛书所有，惟清代之书有未见者。朱克敬之《儒林琐记》，于道、咸、同三朝人亦采论，颇详备的当，有用之书也。

廿七日，戊戌（1月2日），阴

何九甥来。

廿八日，己亥（1月3日），晴。

报载以明年为洪宪元年。“洪宪”二字甚冠冕堂皇，有笑为共和犹存一半者，亦令人齿粲。访徐绍周谈，以西夏梵字印属其双钩作笺板，示我“讨薉辨军”印捺本，印铜质，色青苍，纽象印首龟，制作精好。薉在西汉为高丽属国，东汉时叛，此盖讨薉辨治军实之官所佩印也。并得晤徐四达臣、徐五明甫，皆好古博雅，谈吐清隽，久坐颇忘倦。刘老自乡来。发少星书。

发少星书。

廿九日，庚子（1月4日），阴。夜有倚梯于水月林门口短墙，八儿归来见之。其墙越过即贻奇坞，或其时尚早，未入耶？

阴寒甚重。约颂年、寿慈、鲁山、莘田、稚泉为陪媒之举，期而未至者，敬吾也。诸君拇战甚豪，余则不能从事，犹赖佛翼助一臂之力耳。幸炉火护持，得不受寒。

十二月

初一日，辛丑（1月5日），阴。

昨夕临卧，至堂中小坐，忽心停脉跳，因服毛地黄十滴，亦以日来小便短少之故。乃临卧时气喘忽作，且出大汗，以嗝啰颠止之，连进轻淡烟，气始渐平。加衣，高枕而卧，半夜醒后始复解衣平卧，晨起如常。此备药之力也。寒重不出。张夫人生忌，午供如礼。诸女归。佛翼专来，介乎为洪山头事居间，诸事均如我处所议，约一礼拜回信定局。此事能成固佳，否则岁留此数十金作芋园补苴罅漏之用，亦未始不好。总之，须售屋后吾家方可无虑耳。思之可叹。

初二日，壬寅（1月6日），阴，小雨。

寒甚，不敢出。八儿回乡去。晚刻气仍不舒。

初三日，癸卯（1月7日），小雨。

翻阅《汉唐事笺》。天阴，目力更不及，无聊极矣。颜福庆来视，谓脉跳不及百度，尚属平和，可不服药。临卧以沸水置盆，蒙巾吸气并服止嗽哈克定小丸一粒，此即鸦片白冰质也。

初四日，甲辰（1月8日），小雨。

徐绍周为钧西夏梵字印花纹来，甚得神。本生先考忌日，以畏寒不能行礼。十妹、三妹、九妹诸女均归。佛、文两弟来，言洪山头事拟明日登山扦界，惟忽言寿田公墓上只见岸山，并无朝山。天马贵人之说，其滨河之山，墓上并不望见，然则所谓隔岸探潮者，或朝山在远，并非自家山地耶？此说诚不可解。

初五日，乙巳（1月9日），小雨，风劲。

寒气奇重，不雪，奈何。佛翼、文皆、钧儿偕介孚赴洪山头详勘山界，则墓上明明见朝山，何昨说之奇耶？据介孚言，朝岸山均可批存，则此事易就绪矣。丙孙信言督办山西矿务为谭芝耘，启瑞。贵州人，序初之少君，曾任湖南劝业道者。便有闷意，用水节导之。午后胸口忽痛，服苏打片、蔻仁，晚刻稍适。丙孙从小说月报馆中查得《盾鼻随闻录》系江陵胡希晋及其侄贤弼、贤选等所著，原书脱稿于咸丰甲寅，此胡不知何谁。

收丙孙信。

初六日，丙午（1月10日），阴。

寒甚。怀庐园门不知何时将锁扭断，入内检视，芋香山馆失去窗玻璃十八扇，遗有小洋油手撚灯一具，恐即廿九梯越水月林墙之贼。若清晨负物，由正屋出去，直可大踏步而行，不虑有人盘诘也。局势散漫若此，尚何言哉！夜雪。

初七日，丁未（1月11日），雪霁，午后见日。

昨夕睡不甚稳，痰嗽甚多，幸而流丽，然胸口作痛，或有寒气。便闷，用水节，甫隔一日复闷，则非饮食之过。雪深二寸许，此祥霙也。惜放晴太快，病夫不能趁雪冲寒，一畅岁寒心耳。

初八日，戊申（1月12日），晴，午后复阴寒。

佛翼来，言介孚于洪山头事与前途，一一如约，初十日可付定银若干。余则拟十五立契完，价一万三千银实兑。七叔欣然，两老皆无异辞，惟秋舫赴益阳未与斯议，不知归来有无意见。如有他辞，则两老又将摇惑矣。太阿倒持，是亦意中之虑耳。八女纳彩吉日，盛宅八端盒、两抬箱，丰俭适中，无暴富器张之气，于吾意甚洽也。诸妹、诸女皆归，正屋、西屋亦皆有人。内外四席，亦甚热闹。祀祖道喜，强起从事，遂为寒所中，痰嗽通夕，不能安枕，时作烦躁。半夜加衣起坐，亦不能适。

初九日，己酉（1月13日），阴。

晨刻痰嗽虽略止，而疲困异常，胸腹皆为咳痛，脱肛亦发，热浸得收，终日偃卧而已。发八儿信，告以洪山头事并莘田书。

发八儿信。

初十日，庚戌（1月14日），晴。

晴光颇正，小步至春海处一谈，所患肚痛十愈七矣。亦其气血尚足，故药易见功耳。送木器，两次送完。

十一日，辛亥（1月15日），晴。

运奁分五次，每次八抬，亦不为薄矣。

十二日，壬子（1月16日），晴。

介孚昨来约，今日银主一面有人来立议约并交定银三千两，当备便酌款之。午后，有数人来，并有日本二人，已可怪诧，闻有日本工程师与买地绝不相关，何以从场？其为有股者无疑，而彼方将挟以为重，亦无疑矣。开议之后，多有不合，然其于我处所言无不曲从，且刻刻促收银交老契，若惟恐失之者，以利动人，跃然于面。因与七弟熟商，不收一钱，候我处登山将界扦定再行。二比同约往勘，合则即日定局写契兑价，无须先立议字等事，转觉多费心手也。盖彼意以为有银作定，断无不行之理，只要我处收银以后，听客所为，不复再能争执。此等识见，自有能入其彀中者，特不能为我兄弟作圈套耳。酒罢，诸人遂行。余以恐受夜寒，急行归寝，致气上窜，大汗不止，服哥罗颠，气不能敛，汗不能止，颇令惊疑。乃服牛奶后，手冷始复，气平汗止，稍见安稳。半夜，颜福庆来视，详听脉声，仍在肺脘有炎，须防失血，仅此不足虑也。于肺部贴颠茄膏，可以防之，睡尚稳。

十三日，癸丑（1 月 17 日），晴。

晨起稍适，然困乏已极，避居一室中。而是日开容，女客皆系至亲，亦复有排闼直入者，诚无如之何也。阅美女士卡尔所撰《慈禧写照记》，此书殊可观。卡尔善画，应诏入居大内，为太后写真，居大内九月之久，故记载宫中游事及一切典礼，颇能详尽，而其于中外交涉持平之论，出之西女，尤为难得。

十四日，甲寅（1 月 18 日），晴。

午刻，雨林到门亲迎。未初，新人起轿去。一件大事，不觉也就了结，亦自可喜。

十五日，乙卯（1 月 19 日），晴。

原约今日佛翼诸人登山扦丈尺，因昨夕忽有匿名信谓余卖去他人坟墓，大为不可。此言虽无稽，然亦不能怪人疑诧。此次忽插入日人，本不愿意，因与佛翼商定复以暂时不卖，则登山作罢论矣。春海处谈。颜福庆来，谓余只服消食补胃药与毛地黄酒足矣。不必他药。

十六日，丙辰（1月20日），晴。

雨林夫妇归，回门吉礼于是大成矣。腹内外均不适，极为困惫。

十七日，丁巳（1月21日），晴，热极，大东风。

昨夕大嗽，大吐痰，通夕不能安枕，致胸肋皆作痛。是日忽大东风，极为燥烈，飞蚊满空，绝似仲春天气。桃花有吐萼者，非常之苦。八女回，雨林亦来。晚热甚，半夜北风大作，势所必然也。

十八日，戊午（1月22日），阴寒，夜雪。

胸肋痛止而腹中似痛非痛，仍然如故。颜福庆将赴上海，陈怀高又病不能出，姑待之。胃不消化，不欲食。入夕即寝。雪甚大。

十九日，己未（1月23日），晴。

晚起，晴雪照眼矣。昨夕睡尚稳，并无痰嗽。五钟时饥甚，食饼干二片，仍得睡。八钟后稍有痰嗽，腹内仍如故，疑是前数日曾食生芍、甘草以敛气，或此之过欤？春海主略服力曲、苏梗以通之。

廿日，庚申（1月24日），阴。

胡美医生来视诸证，以减轻心跳、止嗽化痰为主治。每用小丸药一粒，共四粒。晚刻服第一次药水，能安睡，后半夜即痰嗽，不能安枕。

廿一日，辛酉（1月25日），雪。

缄告胡美，复书另易药水，并致泄丸以利便。照服四次，晚得安睡。惟七钟半服泄丸一粒，至三钟半腹痛，试解，仅将药水泄出，而实无粪点，幸复安卧。

廿二日，壬戌（1月26日），阴。

晨起稍适，肛门微痛，以苏水浸洗，其气血忽通，移时得解，居然有粪。此粪从何而速成，则前此实气未化，可见便闭并不在有粪无粪矣。书告胡美，复书谓将过诊。晚间书来，实不得闲，改订明午，但属仍服咳嗽药，泄丸则可不用，大约以肛痛之故。痰嗽又作，通夕不能安枕，至四钟半后始朦胧睡去，醒后闻击六钟矣。天明仍咳。

廿三日，癸亥（1月27日），阴。

盼胡美不至，无药可吃，幸初次之药犹有存者，不过力轻，姑以润之。胃口尚好，食奶油拌饭，颇得味。胡美上灯时始至，谓此次于消化颇有关系，泄药嫌重，加斯加拉嫌轻，近来美孚洋行新发明之纯油从矿中炼出，甚为适用，可以服之。每日三次，以期利便。另用止嗽化痰药，似有鸦片气。七钟服一次，安睡。至十钟、十一钟服第二次，仍又作嗽。十二钟后得睡，二钟醒尚好。昨夜则为舒适也。夜闻醉司令爆竹声。

收丙孙信。

廿四日，甲子（1月28日），阴雨。

小年夜饮，闻诸小人笑语甚乐。药水照服，纯油服至第三次，始知前两次太少，故无知觉，每次须四钱也。临卧亦不见动，试以水节助之，仍无点粪，则亦风闭之说乎？首睡甚稳，至二钟醒后则仍不能安，亦无法事，但委心听之。

廿五日，乙丑（1月29日），雨。

药水照服，白天并无大苦，饮食亦适，特怯晚间失眠耳。晚间试用苏叶三分、化皮少许煎水，送半夏曲作表散治法，恐西方解表过轻。

廿六日，丙寅（1月30日），阴。

昨夕虽痰嗽不安，然喉间风哨似乎少定，则表散不可缓也。约郑晓琼来诊，用北风、苏花等轻宣之品，九钟服药，得睡。十一钟半醒，复作痰嗽。十二钟半后遂朦胧睡去，醒时竟已五钟，可谓美睡矣。

廿七日，丁卯（1月31日），晴，旋阴。

忽见日光，信可乐也。俄复阴寒，令人爽然若失。仍服昨方，日间尚平，晚又不得安枕，然较前稍轻。

廿八日，戊辰（2月1日），阴。

晨起得解，饭后复解，殆换衣时寒气乘之。郑晓琼来，加党参、当归、苏子服之，殊不欲入胃，知其必不合。晚间果又大痰嗽，三钟后始朦胧睡去，片刻复醒，坐待天明，痰嗽少止。

廿九日，己巳（2月2日），阴。

气颇燥，痰嗽不作，仍改服西药。盖表邪既去，中药不但无功，且恐别滋流弊耳。终日静坐，不闻痰嗽一声，甚为舒适。脾胃亦极调匀，得未曾有。余不能拜祖贺岁，则家人理宜免贺。默坐至十一钟，始寝。癸、甲岁除皆能出堂晚饭，一家团聚为乐，今则为寒所苦，只能自乐其所谓乐矣。

正　月

丙辰元旦，庚午（2月3日），雨。是为洪宪元年阳历二月三号。

昨夕十一钟半就寝稍睡，忽醒，起溲一次，复即得睡，醒时刚报五钟，痰嗽不作一声，可谓难得矣。或从此运转鸿钧乎？拜祖贺新，惟不敢见客耳。只七弟来，得少谈，以黄七丈谢芋园笺诗见示。静坐甚适，夜间忽觉畏寒，服伯兰地二钱。俄而作热颇剧，急延陈怀高来视，进五厘金鸡衲霜一粒并配药水来，不能安睡。

初二日，辛未（2月4日），雨。

晨起，见痰中红血不少，询知陈君来时业已吐出，此伯兰地之过。而数日之烤麦色亦有少焉，何不自慎！昨夕法伦表已至百三度，幸今早即已退至九十八度半。报告陈君，复称药水照服，金鸡衲霜可止服。

初三日，壬申（2月5日），雨。

此是咳血，非吐血可比，故无发热、背肋胀痛等症。早起，有黑血一口，因送胡美医生验看，并请其来视。晚刻来诊，云血已验看，与肺、胃经毫无关系，但亦不可延误，须急止之。用止血小丸，每二小时一粒，止咳药水四时一服。

初四日，癸酉（2月6日），雨。

痰红稍淡，亦渐少。

初五日，甲戌（2月7日），雨。

痰红已净，惟白痰极多，咳亦未止。晚间甚寒，因厚盖，复作热，热度至一百二度，急进金鸡衲霜二粒，共四厘，是再误矣。

初六日，乙亥（2月8日），雨。

痰红幸未至，热度已复常。是晚得安睡，难得难得。

初七日，丙子（2月9日），晴。胡美来视，照旧服。

是日为子开日，居然一放晴光，非常畅适，痰红亦净。口占一律为戏：

新正七日六日雨，人日欣逢丙子开。慢转晴光通户牖，似闻佳气满楼台。七年病榻为良伴，三尺吟筇要异材。近得游龙一枝，可制为杖。借问几时腰脚佳，东郊一试踏青鞋。

初八日，丁丑（2月10日），雨。

新晴又雨，令人意兴索然。晚间又因寒厚盖，复至百二度，仍用金鸡衲霜四厘，于是再而三误矣。

初九日，戊寅（2月11日），晴。

痰中复有血，但色极淡耳。咳虽少好，惟气总不能畅，似上下隔住者，幸连夜尚有睡稳时耳。

初十日，己卯（2月12日），阴，午后略见晴光。

函告胡美病况，大致以气不通利为最可嫌，改用药丸、药水。午后四钟，怯寒异常，因而厚盖被而卧。至六钟时始觉和暖，俄又发热至百三度，服二厘金鸡衲霜一片，渐又退去，得睡至三钟半，忽里急起泄，方热作时痰红又稍增，泄后得睡。

十一日，庚辰（2月13日），晴。

久雨望庚晴，信然。法伦表忽退至九十六度半，殊不可解。或热从泄尽，寒象全出耶？昨日接南友、少星信，皆不及下江时事。接诗老初二日书，精神兴会极佳，去年所入有六千余元，为十年来所仅见，“晚遂老人”之称，良不虚也。为之大快。去冬西路风声甚恶，芷江、黔阳皆不守，人心颇为皇皇，乱党潜藏思动，遂有除夕纵火劫库之谣。将军严密侦查，闻获有五六十人，今十日讯明枪毙者已十余人。闻有孔晋陔之子在内，可为一叹。今日闻西路已经克复，佳音可喜。晚间气寒非昨之比，是天时使然，与病无涉。安坐至十二钟，始就寝。是日药丸、药水均照服。

收南友书。收少星书。收诗老书。

十二日，辛巳（2月14日），晴。

昨夕就寝得睡，醒时方二钟，乃为鼠子扰闹，致不得安枕。幸痰嗽不作，气亦渐平，尚不烦耳，然而乏矣。胡美来视，云宜以平脉为主治，心脉能宁，他病自易为力。淡气甘油饼即硝硫酸。能平脉，每服一粒，每粒有药一厘五毫七丝百分之一，则其性之暴烈可知矣。临卧动作复常，特栗栗耳。

十三日，壬午（2月15日），雨。

寒气复重，幸夜卧尚稳，嗽亦少减。南陔侄娶妇之喜，送见面礼四千，常年助费不少，故此次亦不来借贷，余亦无余力及此。八儿此次送廿金，尚称吾意。闻人多，几塞破屋子，则较广居为热闹矣。药照服。

十四日，癸未（2月16日），雨。

药照服，止嗽化痰之效甚迟，惟夜间稍轻，得不大碍睡味，差足快意。人固贵知足耳！墨兰有花一箭，昨夕乃为鼠子咬去，鼠子亦知味哉！惟年止一花，两年皆不成，未免怅怅。

十五日，甲申（2月17日），雨。

药照服。昨夕得安眠，乃晨起咳嗽吐痰半日不止，致耳闭愈甚。申酉之间稍定，然觉畏寒，卧而不敢厚盖，俄而又热至百二度，胡为乎来哉？服二厘金鸡衲霜二粒，至亥刻仍复常，度气有沮滞之故耶。吐痰太多，精神困乏，其实与吐血何异，特不见红而已。

十六日，乙酉（2月18日），雨。

昨夕尚适。报告胡君，仍服原药，亦未复书，似热度增减无甚关系者。晡刻，既不畏寒，亦不觉热，偶试法伦表，则忽增至百二度，决意置之不理。至十钟，退至百度，可见来去无定，金鸡衲霜徒为耳，闲添一障碍也。今日痰嗽较昨略轻。

十七日，丙戌（2月19日），雨，夜大风雨。

情状如昨，药照服。五钟时热度至百，置之可也。雷声隆隆，不能振吾聋，天亦无如之何！沉郁太久，真令人闷欲死。雪珠一阵，雷后应有之征。

十八日，丁亥（2月20日），雨。

情状大致相同，浪费笔墨，可惜也。数日来省城乱党谣传甚多，大约由操演野战炮而起，侦查严密，人心得安。闻滇中绝无扰民之事，不知相持作何结局，或伍廷芳又将出而劝解乎？

十九日，戊子（2月21日），雨，雪珠。

病药均如昨。仲纯原订今日开学，未至，或为雨沮，或以省中不靖而缓行也。

二十日，己丑（2月22日），雨，夜大风雨，有雷。

函报胡美病状，复以只服止咳药水，淡气甘油饼则止勿服。发南友书，近日邮局检查信件甚严，闻有梁鼎甫信中论及近日查获乱党事，有"在此一举"之语，当道跟究，经王莘田为之力保，认罚二万金，亦何不自量也。梁氏近年矿利得数百万，亦一时之盛矣。可不慎哉！佛翼饮于徐长兴，遇警兵在别座捕获一人而去，酒亦为之惊醒。军署前有少年乱党数人抛炸弹被获，即就地尽歼之。连日南北交通隔绝，北自小吴门，横至小东街，南则府正街一带，皆有开放一定时刻，余时概不准行。闻昨夕有数处放火，皆为雨泼息，止北门外稍出火头，谓非天祐吾民乎！

发南友书。梁事全是谣传，可笑。

廿一日，庚寅（2月23日），雨。

如旧，照服药而已。庚晴已无望，只令闷闷。数日来早晚服红血轮各一次，可收补血之效，惟早起痰嗽一阵，迄未能减，殆非天暖不必望其从轻也。闻日内续有捕获，总是叨天之佑。谭人凤此次潜回，已有人供出，日昨已乘日本轮赴汉，闻当道已电告鄂中矣。

廿二日，辛卯（2月24日），雨。

何子栗来，不能见，年已过八十，尚健步也。如旧，照服药。七弟来谈，言戏园已一律停闭，酒楼妓寮皆取限时刻早散，侦查不稍懈。南路尚无消息，贵州独立甚确。宜之已辞职，刻不能自由行动也。滇黔合并，南方势成负隅，北军深入，有所不能，不知局势若何，可为隐患。

廿三日，壬辰（2月25日），雨。

如旧，药水只一服。函告胡美，至夜而药未至，闻其未到院也。

廿四日，癸巳（2月26日），晴。

昨夕阴冷异常，今晨乃大放晴，天意其谁测之。睡甚稳，辰末至午，痰嗽如故。胡美换药水来，淡而无味，水中有白药粉，食时摇动而其坠甚速，或降气之品欤？偶出至廊下小坐，不敢久停。午后痰嗽较昨日为多，恐又感寒矣。近日犹多有电促总统早正大位者，乃有申令，力言不可，嗣后凡有劝进文电，不准呈进。大哉王言！吾知其人心绝无离叛矣。日内省中稍觉清净，怡园等已准开演，待食者多，势难停闭，亦稍戢其风可耳。接八儿信，八妇近服郑医大补剂尚合，据云性命可绝无虞。乞陈阿胶，吴芳池所制，道地真陈，只存半斤，许悉以与之，并复一纸去。晚刻热度不增，则此次药水，殆专退热。

收八儿信。发八儿信。

廿五日，甲午（2 月 27 日），阴寒复起。

痰嗽如故。雨林数来视，偶一见之。闻姚秉笙到馆，即以省城谣重，终日皇皇，至今未能宁壹，抑何可笑。

阳二月廿七日。

廿六日，乙未（2 月 28 日），有晴意。

晨起，日光甚正，午后则时作阴，然晴意则蔼然也。丙孙信回，山西蒙匪已靖，矿局可成立，将来可借调查公务归湘一行。六女、八女回，携四如春之汤包，惜其包而不汤耳。

收丙孙书。

廿七日，丙申（2 月 29 日），晴。

药已罄，书告胡美，数日热度复常，痰嗽如故。晚间药来，则仍旧药，大约止嗽行痰并用，必痰尽而后已乎。只盼晴和出户多受空气，此时只能耐之。刘媪说一止嗽土方，用皂荚火烧，打白糖，候冷定，冲服，颇类截法，姑一试之。四女、十一女来。闻正月捕斩四十二人，有谓枪毙，尚不在此数者。刑乱用重典，亦无法事。此次并无家属收殓，皆稿葬于万人坑。天道其谁亲乎！

廿八日，丁酉（3 月 1 日），晴。

昨服皂荚火烧打白糖无效，且令咳紧，殆与寒暖初起相宜。午刻至园门口小坐负暄，微风扇和，令人意适，亦觉筋骨见风稍有力也。培曾生日食汤包，出麻甚平安，可喜。十妹归，述近日道路传言，大半无稽之谈，据为典要，亦足齿粲。八女归。

三月初一日。

廿九日，戊戌（3月2日），晴。

仍用药水，巳午之交，痰嗽如故。早晨醒时，不动不咳，只一辗转，即刻风哨，喉间作痒，则非咳不可矣。发诗老书，并寄芋园新笺四匣，另交邮局。

发诗老书。

三十日，己亥（3月3日），晴。

午前痰嗽如故，药水已完。函告胡美，无复，以其子病未到院也。闻盛太母今夕登舟，将旋武林，以近日谣传张勋一军将来长沙，于是皆慑于壬子南京抢掠，群相震骇，竟有因此移居入乡者。幼文恐老母受惊，故拟回浙，辛姬前往送行，则又以张军并无来湘之事，又缓行矣。连日因此附会不经之言，极为可笑。张勋镇守徐州，责任何等重大，谁实令其南来者？无故自惊，转可危耳。特此谣从何而生，大是不解。即前日十妹所述，则俨然张军已驻北门外矣。奇极奇极！月季花十一盆死大半，不知能有一半可活否，尚不可必。

二　月

初一日，庚子（3月4日），阴。

畅晴复阴，又苦沉寂。午前痰嗽如故，胡美易药水作辛臊气，或力较重欤？春海过谈，明日将回乡一行。

三月初四日。

初二日，辛丑（3月5日），阴雨。

如旧。

初三日，壬寅（3月6日），雨。

如旧，似痰稍减。发李蕴珊书，询其动止。佛弟来话，今日晤颂年，言近与汤公常见，亦考察民间安定与否。宝庆独立之事，确是谣传。慧生来，久病将两月，气坠腹胀，易六泉一手主方，近日束手无策，不得已，始就诊于陈怀高，乃一泻而病若失，抑何自误乃尔！康女回来小住。

发李蕴珊书。

初四日，癸卯（3月7日），雨。

胡医换药水来，则又无辛臊气者。晨起，痰较昨日为多，故为书告胡美，恐是痰饮也。

初五日，甲辰（3月8日），阴。

有晴光，便觉爽适。药虽屡易，而早嗽则似已成例者。盛太母明日准行，康女仍回去送行，只住得两日也。

初六日，乙巳（3月9日），阴雨。

检浙人杨馥蕉所辑《经验秘方》，有治久嗽经年、落枕即咳者方，用橘红、一钱五分。白蒺藜、一钱五分。白杏仁、二钱，去皮尖。沙参、一钱五分。赤苓、一钱五分。旋覆花、一钱五分。紫石英、三钱。燕根、二钱。苏子、三钱。半夏、二钱。贝母、二钱。玫瑰花。一钱五分。此方以平肝清肺泽气主治，从前曾经见效，今不知何如，姑一试之。燕根无可买处，此品亦可有可无也。接刘铭之复书，已交邮局寄原料红血轮一打，恐到尚需时耳。

收铭之信。

初七日，丙午（3月10日），晴。

杨方亦无效，转多一苦水之厄，不如其已也。午后，晴光甚适人意，特日落天寒，晴安可恃耶！

初八日，丁未（3月11日），晴。

又得一日晴，可稍适意。制游龙杖已得大致，目力竭矣。再以一日打磨工夫，可告成功。铭之红血轮寄到。胡美药来，仍是原方，明日当至青年会演说卫生要旨，请其便道来视。

收红血轮一打。

初九日，戊申（3月12日），雨。

早嗽如故，相应不理可也。惟又入阴霾，不知何时祥光绕庐耳。颐曾十岁，两席，无外客。晚唱影戏，少者喧笑，老夫闻之亦欣然也。胡美未至。

初十日，己酉（3月13日），雨。

例嗽，听之。药水无毁无誉，不如其已也。专盼和暖，或易为功耳。廿八妹回来，作半日谈。闻日前从上海来乱党五人，立即被获，盖有侦探员投身彼中，相随年余，此次偕来，船到即告密，是以五人无漏网者。此五人者，亦有都督之称也，可笑可笑。

十一日，庚戌（3月14日），阴。

如旧。无风无雨，寒气甚重。闷极闷极。写铭之信，得五纸，几不能视，天黑使然也。

发铭之书。

十二日，辛亥（3月15日），雨。

用胡美腊月廿二方购药，以其有轻淡香水，可行气血，较之昨方半敛者为胜。早起，痰嗽既不能免，毋宁使之畅吐乎。接南友书，有转询元罳事。信送元罳一阅，旋复一纸来。

收南友书。

十三日，壬子（3月16日），雨。

发南友书并元罳复信。吐痰较活，嗽亦稍省力也。丙孙寄来牛髓粉一月之久，刚刚服完。天气犹寒，故无变味，否则必因暖而坏矣。因用面粉加杏仁、核桃、芝麻、冰糖等屑，晚间冲服，虽无牛髓粉，亦可作点心也。

发南友书。

十四日，癸丑（3月17日），阴。

痰嗽似稍好，然喉间风哨时多，特不必哨即吐耳。先妣郭太夫人生忌，午供如礼。余则仍未能出而拜也。诸妹、诸女皆归。杨翰香斋刻西夏梵字印小笺版来，花纹刻得甚精，只惜纸店作工不好。

十五日，甲寅（3月18日），阴雨。

睡醒，脚指忽作热痛，似冻极而然者。以盐茶濯之，终日不适，搽紫酒数次。卧床未起，晚始稍好。

十六日，乙卯（3月19日），雨。

连日药水照服，早嗽为时渐少，惟盼和暖不可得，真闷人耳。发伯元书，因忆二十年前湘潭榴花极盛，五色照人，如火如荼，极为大观，曾有玛瑙、白玉二种寄放友人处，前岁归来，已无从查考矣。心血来潮，辄欲伯元为我访购一二株以应端阳景色，特不识近年犹有此风尚否。世异时移，恐无复当年韵事矣。

三月十九日。

第七册

洪宪元年（1916）旧二月十七日起，民国五年（1916）六月初五日止[1]

二　月

十七日，丙辰（3月20日），阴雨。

药水照服，嗽轻而痰活，斯其效也。

三月廿日。

十八日，丁巳（3月21日），雨。

晨起，嗽声甚稀，为两月以来所仅见。今日入春分节，气候亦应少异矣。春海过谈。寿慈来，云广西独立甚确，且有电要挟湖南，闻绅商电请中央罢兵恤民，消去帝号，未知如何。今日之最难为情者，莫如发起筹安会之人矣。

十九日，戊午（3月22日），晴，夜雨。

晨起，嗽如昨日，似可望渐次减轻也。晴光甚正，移兰花至廊下。风日清美，枝叶披拂有致，乃入夕后细雨如丝，又增

① 阳历三月廿三日，申令将洪宪元年废止，仍称民国五年。

峭寒矣。

二十日，己未（3月23日），晴。

春海作东道，就余处约静卿、佛翼午饭，多食而无酒以行之，不甚舒适。闻政事堂议决请取消帝制，电致滇黔各省罢兵恤民，再议国体。系黎元洪、徐世昌、段祺瑞三君子议决者。日内当可见报也。果尔，亦目前幸事，吾侪小人但祝旦夕之安耳。

廿一日，庚申（3月24日），晴。

三钟睡醒大嗽，进粥汤稍止，复睡，则醒已天明矣。甚乏，幸遇晴明，不至沉闷耳，然亦无聊之极。

廿二日，辛酉（3月25日），晴。

二钟醒，大嗽，旋即熟睡，侵晓始觉，则只微嗽，似此则患苦当渐少矣。《大公报》载本日三月廿三。发布申令，约千余字，略谓代行立法院转呈推戴之件，仍认为不合事宜。上年十二月十一日，帝制案即行撤消，由政事堂将各省区推戴书一律发还参政院转发销毁，所有筹备事宜亦即停止。又洪宪年号亦有取销消息，此于中央一面已尽悔祸之义，特反对之滇黔桂三省，未知即能允罢兵否耶。午后《大公报》号外载总统申令约数百字，即正报所述大意，且听后文若何。

廿三日，壬戌（3月26日），晴。

微嗽有痰，来势颇缓，便觉轻适。至正屋、西屋、仲熊、拴侄四处拜祖。春海处少谈。甫归而春海来，言静卿乘车到水月林，昏沉不省人事，拟即派人送回乡居，令人吃惊不小。后乃察知酒醉倒卧于东茆巷，幸遇相识之人呼车送来，赶速治之，半日始醒，以舆送归，行时犹不能言也。险极，不堪设想！终日昏昏醉梦，倘竟路毙，如何是好？思之不能安枕，其何以劝之使悟耶！

廿四日，癸亥（3月27日），阴。

早醒微嗽，痰亦缓矣。仲纯病愈来城，今日启学，约敬吾、寿慈、冬彦、卓伯来陪午饭。仲纯亦系落枕即嗽，与余所苦略同，以药不得法，遂致久延。后有人劝食胖大海加冰糖姜汁，乃数服而愈，偏方治大病，岂不信欤？可知为药误者之多。接止盦书，劝予东游，或居乡以避乱，虽良友爱注，而势有难行也。晚用胖大海二枚。

收止盦书。

廿五日，甲子（3月28日），晴。

早用胖大海三枚，吐痰甚活。访幼文，甫于昨日移居东茆巷，自去腊结姻后，亲家今日始相见也。归午饭后，忽心中发空，大约食腌蒜头之故。此物新从汉口带来，尚未腌熟，生气方烈，胃薄不能受。晚饭即不思食，两服苏打片解去胃酸，复大解一次，始稍适。睡时大嗽，朦胧中犹有咳声。三钟后醒，热不可耐，乃易丝棉被，又惴惴焉恐受寒。如此天气，真难调护耳。发芝公忌日，午供如礼。

廿六日，乙丑（3月29日），阴，风甚。

昨夕幸不受寒，早起不大嗽，用通大海三枚。陈瑞生，茂生钱庄之主人也，是日大宴客于天乐居三层楼，余强赴之，乃为余特设一席于楼下。与系莼、葆初、黄幼林、佛翼、文皆同坐，略用肴菜，知其不精，酒半先归。即刻破腹，口腹之害可为憬然。晚刻略进油炒饭始适，非油无以润胃也。大儿河西扫墓，约廿八始能回城，余竟不能一谒先茔，为之凄泣。

廿七日，丙寅（3月30日），阴。

将明时大风雨，遂有寒气，不敢出户矣。吴成茂妇忌日，午供如礼。八女归。用通大海二枚，痰嗽见好，始悟实有伏热，仅治寒，殆非法也。

廿八日，丁卯（3月31日），阴雨。

将明时大风雷雨，妙在耳聋，一无所闻。晨起，略见痰嗽而已。寒重，复着丝棉，尚嫌不能压风。此三月三日风暴，固知不免也。黄叔迁前日自三叉矶局来未晤，因草一缄谢之。早起大解甚适，饭后复急，又解一次，殆寒气乘之也。大儿自乡归。

发黄叔迁信。

廿九日，戊辰（4月1日），阴。

寒气未退，用通大海三枚。连日腹中觉有阴冷欲下之意而又无可泄，诚恐通大海品属至阴，或有偏胜之弊，似宜暂停为得。六女归。

卅日，己巳（4月2日），阴。

通大海停服，早起大解颇畅。昨日并未进加斯加拉也。耳闭则愈甚，恐不尽关气虚，或少阴犹有邪，亦未可定。接南友书，寄养月季花法一纸：冬令宜连盆入土，与地平口，可以培养过冬。惜不早知，致入花室而闷坏也。报载滇黔桂三省皆责项城以避位，此势所必然；项城已有召集法院议另举总统之说，此亦理所必有。然项城即避位，仍不能逍遥事外。镇抚军界，恐他人无此威惠，则不堪问矣。

收南友书。

三　月

初一日，庚午（4月3日），晴，午后阴。

醒时无嗽声，百日来所无也。良久始吐痰，则复常度矣。梦芋园修治甚精洁，近水月林池边添假山不少，游廊在山内，颇似吴门之留园一景。挨海峰槽房之墙，皆易为内向之房屋，甚为明爽。此梦胡为而来？或易主后有如此之境界耶？又与诗老相见。诗老将束装北上，云先到河西乡，山居一宿即行。旁有人谓其携装太少者，诗老云，我不过随身笔砚，且不久即回，何须多物！此又何因耶？故人入我梦，明我长相忆。今生宁有相见之期乎？为之黯然销魂而已。至华英大药房购胃酸五钱，合中秤四钱，再八折，合三十二分。合入面粉，可得补胃消食之益，此为小牛胃内之膜汁，以钝刀刮取，焙干成粉，每服四厘至十二厘，西秤八折。不能再多，故以面粉二斤连加糖并果屑在内。服二十日计之，每日只派得四厘也。访成之不遇，归过元达、元畅少谈。午饭后静坐磨墨，觉耳根稍静。

初二日，辛未（4月4日），阴。

昨夜置兰花于院，冀得新雨润之，半夜果有甘澍沛然下降，甚为相宜。过六女，移回故宅，始往周视，房室经颜福庆赁居，极其精洁，颇耐久坐。六女治午餐，为尽一饱。过卓伯、冬彦谈，两家合居，亦甚团聚。又过十五妹，未得相见。祁生言仲熊调耒阳局，薪二十千，较之津市二十元者，殊为觖望矣。归而腹急，殆又感寒。

四月初四日。

初三日，壬申（4月5日），晴。

清明佳节，气象清明，又值上巳，诚为难得，惜不能一游郊原为踏青觅句耳。发丙孙书，旋接其二月廿七来信，言谭启瑞尚在湘，放山西矿局尚无成立之期，然月获五十元㪍衍旅费，亦慰情聊胜无也。午供祀祖，合家团坐享馂。十妹从文皆处拜生来，少谈而去。彩云纸店制梵字印信筒来，花样不分中，刷印不起色。吾省文房制造，殊无足观，以自封之见误之耳。其他工艺，大半类似。

发丙孙书。收丙孙书。

初四日，癸酉（4月6日），晴。

气候甚暖，生意欣欣。园中仅红桎木一株烂若明霞，此外亦无足观。欲补苴花事，而浪游之人排闼直入，任意摧折，无人过问，则百重锦障，亦无如何，付之一叹而已。候璞丈未晤。迩来精力大逊，老健固不可恃，亦颇虑之。访寿慈，亦他出。过葆初，得谈。小院绛桃一株，甚为烂漫，吾园无此景也。六、八两女归。下午倦极，酣卧甚久，殆天气使然，恐又将雨矣。

初五日，甲戌（4月7日），晴。

发止盦书。徐十二妹馈红炖肉、红炖鸡，食而甘之，又未免为饱满所累。从椒石处借《城南送别图》来，贺蔗农先生还朝，同乡如杨紫卿、邓湘皋、左景乔、梅霖生、官幕如、沈栗仲、宗涤子诸先生皆会中人，赋诗饯别，一时盛事也。惜汤浯庵所绘图已不存，不免觖典。

发止盦书。

初六日，乙亥（4月8日），晴。

黄二表婶谢世，年八十九，晚年境况困窘异常，集资为敛，赙以十六竿。自分口后，此类应酬皆自己出，其吝而不出者，何以为情耶！

初七日，丙子（4月9日），阴雨。

昨夕甚燥闷，晨起犹然，午后忽发大北风，俄乃得阵雨，寒气遂盛。雨中且间有雹子，天时之不可测如此。接少星二月廿八信。大便有闷意，以水节导之。

收少星书。

初八日，丁丑（4月10日），阴，见日。

本生先考九十冥诞，早面午祭，两供如礼。郢笙、寿慈、惠生、雨林皆来拜，余不能答拜。钧儿陪叩。十妹以今日六十整庆早归，一拜即去。余姊妹行才有一登花甲者，可谓难能可贵矣。三妹、十九妹、六女、十一女、八女皆回。早起大解，午饭后复急，又得解，大约寒气乘之。

初九日，戊寅（4月11日），晴。

俪韩五侄夫妇三十岁，侄妇生日为七月十二，以棠荪是日忌日，故并入今日作双生日。午饭与黄（麓）［鹿］丈谈。报载蔡锷有电停战一月，为议南北和局也。

初十日，己卯（4月12日），晴。

七叔召午饭，坐客则任小堂、刘叔卿、周蔚斋、李德斋、陈申孚、黄鹿丈、孙海槎，小堂气味犹昔。一枝春之肴不敢多食，归来仍吃白合粉点心，较为放心耳。

十一日，庚辰（4月13日），雨。

午前忽晴忽雨，午后似有晴光。出城访蔚斋谈，雷雨又作，益之以风，遂有寒气。归已向晚，进姜糖饮，加棉衣以防之。蔚斋赠陈可亭丈去岁所书《文昌帝君阴骘文》楷字石印本。可丈年已八十三，书法遒劲灵秀，一笔不苟，神明坚定如此，令人佩羡。我辈少十余岁，乃衰颓若有过之者，能无愧耶！

十二日，辛巳（4月14日），雨。

三日不畅行，以水节导之，所出亦不多也。发少星信，属其询佩苍去岁寄还袁思永借券，四月之久，尚无收到信据，或有信来湘已付洪乔，则我处无从复信，恐致袁君疑怪。请佩一询之。袁之托大骄恣，亦知其必无信来，不过令佩之居间者，稍觉人品有高下耳。午后寒气颇重，可衣裘矣。半月来阅薛福成《庸盦全集》，深佩其善筹办交涉。惜道光朝无一能如薛者，致入手大错，至今将八十年，无可挽救。此亦气数使然，付之长太息而已。读《辽史·太祖本纪》，开国之君气象固自不同，《太宗本纪》继体之君，亦复卓然可观也。辽兴宗景福六年猎金山，遣杨家进鹿尾茸于大安宫，茸不在角而在尾，未知见于他书否。

四月十四日。发少星书。

十三日，壬午（4月15日），晚雨，午后晴光见，夜月。

有寒气，遇风则痰嗽顿作，午后加丝棉袍始止，真咄咄怪事。接咏莪初一日信，经屈映光以合格人员与史光书同保送觐见，可为称快。惟值此变局，不知将来如何。王欣甫之如君前年私出，昨二月居然归赵，欣甫可谓多情矣。读《辽史》世宗、穆宗、景宗、圣宗、兴宗本纪，其人名、官名一时难于了然，只翻阅大致而已。惟圣宗一朝，尚能追步太祖、太宗两朝之盛也。

收咏莪信。

十四日，癸未（4月16日），晴。

读《辽史》各志。辽俗，人主每十二年行再生礼，极可笑也。着丝棉袍、羊皮马褂，痰嗽竟少作，亦咄咄怪事。四女自乡返城来视余疾。六女、八女亦归。浙江将军朱瑞因军界倡言独立，不知所往，巡按使屈映光不从独立之言，乃电告中央以维持秩序起见，不得已而兼一总司令。中央嘉其应变有方，着兼署将军，督理浙江军务。似独立而非独立，亦一新局也。费叔迁来谈，出示近作踏青诗，颇有寄托索和，则无以应之。幼文亲家来谈，闻浙江有兵乱之说，念老母不能放心，拟回浙探视。电鲁山，尚未得复。何处有乐土耶？

《辽史》志目，十志：营卫、兵卫、地理、历象、百官、礼、乐、仪卫、食货、刑法。

十五日，甲申（4月17日），晴。

璞山丈于昨申刻归道山，寿八十七。老成凋谢，亦时宜尔也。于是至戚中女寿当推黄三姑母八十三岁居首，男寿当推刘汉秋八十一岁居首矣。访季和，以卧病未晤。二女、八女两处少坐，午后颇热，恐又将雨耳。致季和一字并咏莪保送折稿。夜月大佳，园门小坐，对之颇添感慨。月下怀旧，其凄凉倍于雨中。两日不得大解，临卧忽急，知十有九閟矣，以水节导之，坚不可下，良久始出，大费气力，是热燥之所致也。乏极，然终夕无嗽声，安眠至晓始醒，亦奇。

十六日，乙酉（4月18日），晴。

甚热，可着单夹衣，犹出汗。随意作书，得三纸，目力究不济，亦天燥使然。璞丈昨夕大敛，未能襄事。午后往吊。至徐小宋、徐九妹两处谈，小宋在学堂未归。

十七日，丙戌（4月19日），晴，夜雨。

大便仍闭，水节导之。服纯油一次，将考其药力，须若干时始达，姑静参之。随意作书，得一纸，不敢多着笔矣。盖天棚虽稍早，然此院光热，均嫌过大，于养生亦非所宜，今日即从事于此，午后便觉阴凉。寿慈来谈。检旧纸，属仲纯篆“晚红馆”额，将悬之卧室。前意又反于“饰待草堂”，未免持矛刺盾之诮矣。过春海谈。荷钱满池，今年当更盛，倚栏赏之，殊令意适。忽见去岁插枝桃花一萼盛开，尤觉难得，此枝已枯，今春复活，乃竟有一花，可为胜赏。

十八日，丁亥（4月20日），雨雷，午后有晴光。

风雨达旦，雷声隆隆，有初夏景象，而寒气又作，着重棉不甚暖也。昨服纯油一次，时在午后两钟一刻，至今晨九钟，虽非坚闷，而仍不得解，是药力不给。今日乃服三次，看有效否。随意作书一纸，阴暗殊不合光耳。报载浙省独立甚详，枫泾以北铁路拆去一段，不令沪上北军入浙，防御甚严。屈映光电告中央，乃兼将军督理军务以保地方秩序，而又不受中央节制，亦不识为何等局面。闻平江土匪滋事，人心又不免惊恐矣。寄八儿书，令将所抄《金缕酬春词》草本寄来，适有人来，即交去。

发八儿书。

十九日，戊子（4月21日），雨。

寒气甚重，又着丝棉袍、羊皮褂。五月且裘，则三月服之，亦无足怪。惟此风雨，不能不为新秧虑耳。不敢出户，写咏莪信未毕，而目光以阴晦而朦矣。集宋子京词、王右丞诗为联云：“且向花间留晚照，还从物外起田园。”与“晚红馆”额皆与“饰待草堂”有自相矛盾之弊，可发一笑。昨服纯油三次，今晨所解有油而无粪，则其润肠自有效。其无粪，则所食本无不消化之物，且亦甚廉，故不及成粪，非闷可知矣。发幼文书，托在沪购苏打饼干两箱。

发幼文书。

二十日，己丑（4 月 22 日），雨。

寒如昨。大解有油，略有清粪，则纯油之效。再服数日，若能少秘，亦稍适耳。本生先妣周夫人九十冥诞，早午供如礼。郢生、寿慈、祁生、镜仁诸君来行礼。诸妹及四、六、八女归，二女伤风仍未愈，十一女则因璞丈成服期，皆未回。闻俪韩五侄，忽又便血。春气深矣，尤宜善防之也。

廿一日，庚寅（4 月 23 日），雨，午后微有晴光。

寅刻醒，忽脱肛，缘昨夕临卧泄气，似有油随之而出，因即大解。肛下颇大，或厚盖复出也。以药油纳之，遂不安睡。早起，以苏叶洗之，油复随气出。胡美见过谈及，始知服此过多，渠亦因此品为新发明，未经详验之，故大约每次服半格足矣。服药之难，虽医者亦不免小误，可不慎哉！五侄决计改用西法，请为代约胡美诊视也。亡羊补牢，犹未晚也。能为奏功，诚大幸事。寄咏莪书，得九纸。颜福庆起程赴美国来辞，过送则已行矣。寒气未退，午后有晴光，或望开朗。

发咏莪书。

廿二日，辛卯（4 月 24 日），阴晴不定。

昨临卧似油已将净，试之牏，无所泄，得安卧至晓也。访徐绍周，以下乡未晤。晤（直）［止］盦谈，赠以新制梵字印诗筒。视五侄所患，亦尚无大苦，胡美不推诿，当有把握。春海处遇静卿，一月未见，刻已向愈，尚持酒戒，能有坚定之守，乃可免病。临卧食物后不思大解，则油已净可知矣。

四月廿四日。

廿三日，壬辰（4 月 25 日），晴。

晨起大解极顺利，柔软畅适，得未曾有，因将十七日服纯油起至今日一礼拜中所经验情形按日记载，抄寄胡美，亦俾知此药之性质多一证据耳。改服半格，约一小茶匙，则一日三次仅四钱，试一礼拜，更有依据矣。先考忌日，午供如礼。昨传湘潭有兵哄之事，究不知因何。今日并无准耗，想必无事。说者谓为索饷者近是，而人心咸震于北军之嚣张，故易于惊谣。胡美谓余痰嗽愈后，宜服下燐养盐制糖。查《万国药方》所载，此方系下燐养盐、下燐养铁糖、下燐养鈣糖、下燐养鋏糖，又下燐养鏀糖，共五味。可以治痨病者。下燐养盐主治本在补脑，姑一试之。从华英药房配制，其味颇涩，晚饭后服一茶匙。

廿四日，癸巳（4月26日），晴，午后阴，夜雨。

大解畅，却少。昨日三次纯油只一格半，无此力量，则仍是前兹润肠之力，能得此赓续，不致艰涩，斯亦所获，特未可恃以为功耳。至春海处谈，为诹修方吉日，以四月十八为合。出南城访齐小安未遇，入城遇成之谈。访采臣、系莼，皆不晤。午后有寒气，遂归。接丙孙十八日书，已得皋落镇厘局差，地属垣曲县，春秋时晋侯命太子申生伐东山皋落氏，即其地也。局在晋居六等，本分九等，则此局尚是中缺，每年比较四千六百六十元，想不难办。初试得此，亦殊可喜。仲纯世兄在湘潭银行，今日来信隐语谓所患已就愈，大约可无他虞。夜雨甚。

收丙孙书。

廿五日，甲午（4月27日），雨。

早起得解，饭后复急，有泻意，其来颇骤，致肛坠，不易送上，便觉力乏。稳睡两小时，气始平，此又寒乘之也。接丙孙寄孙妇信并山西舆图，皋落已近黄河，图虽未载，观垣曲县治可知矣。据闻大局确有和平之望，果尔，诚大幸也。

丙孙信。

廿六日，乙未（4月28日），雨。

早起得解，已和平，但愿事事如此耳。昨夕纯油、燐养糖皆未服，所以休息之，静观其变，至今晨和平解决，始为放心。寒气重于昨日，不敢轻出。报载零陵镇守使望云亭已宣告独立，大声疾呼，专为保全人民而然，并无别意，此亦鞭辟退位之办法也。

廿七日，丙申（4月29日），雨。

有雨无风，寒气不重，且有时复苦闷热，大难调护。昨夕服燐养糖而纯油未服，今晨虽解而不甚畅，则纯油一次嫌过少矣，当以二次测之。赴刘稺泉亲家午酌之约，同坐镜吾、寿慈、镜仁、佛翼、汉秋。萧庖之肴，尚是旧时花样，所谓颠扑不破者，视今时髦，倜乎远矣！

廿八日，丁酉（4月30日），阴，风甚。

昨日酬应多言，甚倦，今晨犹然，何神之衰也。从佛弟借石印《曾文正日记》，可以遣日，四十册手书，亦巨观矣。王姨生日午饭，与佛弟及其西席黄东甫谈倚声之学。佛弟有和黄鹿丈《一萼红》词，笔致颇超逸，第一章已能如此，则进境不能限止。临卧，气忽上壅中脘，进苏打片始安。

廿九日，戊戌（5月1日），雨。

大解甚畅，纯油必须三次，始有此效。发丙孙书，由河南府邮局寄皋落，乃无绕道迟延之弊。敬吾来，在塾中谈，忽闻轰然一声，窗棂震动，令人惊诧，疑为军中试炮。然试燃巨炮，必先期示告居民，俾不惊恐，今突如其来，无此政体。旋乃察知为北门外硝厂熬硝火力过猛，致锅炉炸裂，死二人，伤二人，冲坍房屋数间，可谓危险极矣。其时有疑为他变者，则可笑已。傍晚雨林来，言电局俞君云湘潭不守，有电来省，故通知，以便盛宅料理回浙等语。其乡谊关切，自是人情，然予又有不信者，日来并不闻湘潭有何事变，何以忽然不守？姑候后信，再定行止。晚饭后雨林复来，云晤检察厅长柴君，言湘潭并无事，则谣言乃出自电局总办，尤为奇绝。

发丙孙书。

四　月

初一日，己亥（5月2日），雨。

仲纯有相识今晨自湘潭来者，一无所言。仲纯询之，相与干笑。昨日北门外炒硝失慎之事已见报章，将军通电各道尹、知事，以免远道传说讹错，致起惊疑也。十妹归来，谈至晡去。

初二日，庚子（5月3日），阴，小雨。

与七叔、七弟、十三弟、八儿五记公请张春海，答其春酒之情；因予病，遂延至今也。适静卿来入坐，酒未开戒，能久持为佳。诸女皆回，谈前日炒硝失慎事，人人惊怖，各有状态，相与发笑。若无此等意外之事，或谣言略少耳。

初三日，辛丑（5月4日），雨。

和鹿丈《一萼红》词，甫经草创，而心跳忽作，且发空如气不相属者，急掷笔而卧，得睡时许。服参五分，不能用心，乃至于此。七年前铭之已有言相戒，此后宜屏绝一切用心之事，乃可复元，惜不能从。连日阅《曾文正手书日记》，无甚大关系文字。从前与冯树堂先生极投契，又极赏李次青年伯，乃庚申在祁门办贼，升江督时多教戒之语。二君者，皆有所难堪，以致龃龉凿枘，足见白首如新之难矣。

初四日，壬寅（5月5日），阴，酉初放晴。

郢笙招饮，为十妹花甲宴客，皆李氏，以闷热不适，未能赴约。服参五分，头煎后气往上涌，而又腹急，微泻少许，恐非所宜。连服一钱，或过多欤？以绿豆甘草汤解之为妥。细察耳闭，疑有邪热，不尽由气虚，拟试服北细辛以祛少阴之邪。招晓琼来商之，渠亦以为可，但须合熟地炭用，庶纳阴气而后无甚碍，为定一方。晡刻见夕阳，甚适意。池亭小立，气便稍平。知闷坐非养生之所宜也。欲作饯春词而怯于用心，不果，老病真无趣味。

初五日，癸卯（5月6日），阴，小雨。立夏。

阴雨又作，晚晴固不可恃也。今日立夏。如此天气，却颇相宜。晨间燥闷，旋又作寒。饭后又大解，则寒气为厉。微觉腹痛，服苏打片两次以和之。晡刻始服晓琼昨方。宝庆、湘乡皆有独立消息，无非鞭辟省城之意。夜九钟服二煎。

初六日，甲辰（5月7日），早晴，午后阴，小雨。

晓日曈曈，大有暖意，无何而阴而雨，又寒甚，竟又着羊皮马褂矣。散步，与春海谈，谓此时阴冷，与秧无碍，惟分秧以后最怕长水，但得根稳，即无恐矣。元邕来谈。服昨方，断无速效，纵细章不能收去邪之功，而养阴之品亦未始无益。此方以代茶亦可，不妨多服耳。阅曾文正同治元年日记，有大不满于江西抚藩者，时抚为沈幼丹先生文肃公，藩则本生先考也。观此则龃龉，实自截留漕折始。据其日记语气，有时亦自悔不能容物，或中于细人之言耳。因节抄于左，以存其真。

九月十三，又因沈中丞奏截留江西漕折银两，每月少此四万，士卒更苦，焦虑无已。

十四日，然以江西抚藩二人似有处处与我为难之意，寸心郁郁不自得。因思日内以金陵、宁国危险之状，忧灼过度。又以江西诸事掣肘，闷损不堪，皆由平日于养气上欠工夫，故不能不动心。

廿五日，日内因江西藩司有意掣肘，心为忿恚。然细思古人办事，掣肘之处，拂逆之端，世世有之。人人不免恶其拂逆，而必欲其顺从，设法以诛锄异己者，权臣之行径也；听其拂逆而动心忍性，委曲求全，且以无敌国外患为虑者，圣贤之用心也。吾正可借人之拂逆以磨励我之德性，其庶几乎！

廿七日，接奉廷寄一件，将江西漕折准本省悉数留用，心为不怿。

十月初四，本日闻江西抚藩于此间大形龃龉，心为不怿。

初六日，日内因江西官场于余处啧有烦言，甚为忿恚，或竟日纠缠于心，未能稍释。甚矣，褊衷之难化也！

初九日，夜不能成寐，盖因江西抚藩有意掣肘，褊衷为之不平。

十三日，江西咨文中有不惬于余心者，阅之愤郁不平。

十四日，又以掣肘之事萦绕心中，展转愤郁。

十六日，所记同。

十八日，同幕客说及江西掣肘之事，寸心郁郁久之。

十九日，接元弟信，言及江西掣肘之事，触余恚怒，又为郁郁久之。

综按以上各日所记，有平地忽然上心者，有本日有闻者，有因幕客谈论而怒者，有接他信论及而怒者，可知半由心窄，半由人言，以致自言养气欠工夫，以及欲借人之拂逆以励我之德性，一切理学话头，皆失所依据，卒之一日七札行查江西厘局，而不能得本生先考之过错，亦实无如之何，乃以南康一案锻炼周内，令本生先考降官，恐“设法诛锄异己”六字，不能为贤者讳也。

初七日，乙巳（5月8日），雨。

寒气甚重，晨起着羊皮褂，以为足矣。饭后复大解，则又为寒气所欺。加丝棉袍，室中静坐始适。十妹、六女、八女归。服昨方已第三帖矣。晡刻忽闻雨声、人声，恍若清朗。此偶然阶前小立，消受空气，比入室，则仍然如故。然既有一隙之聪，庶几稍有希望耳。晡刻略见晴光，亟盼时旸，俾新秧速壮根株，庶以抵御梅雨。

初八日，丙午（5月9日），晴。

有见《大中报》者云袁公有电报致汤将军，决计退总统之位，令倪某驻湘之北军即日撤回云云。《大中》为汤之机关报，故《公报》尚未载及也。果尔，则和平可望。然善后诸事亦宜慎重，不能无戒心耳。佛翼生日午饭，与黄七丈作半日谈。午后热甚，以其时考之，固应尔矣。是日未服药。

曾文正甲子十一月十九日记：是日雷藿郊以诚送一砚，云系韩襄毅雍之砚，刻一瓶形，襄毅自题曰“韩瓶砚”，后归王文成公，题砚背数十字。至本朝乾隆中，归阿文成公，王兰泉侍郎昶题砚匣百余字。咸丰中，孔宥涵继鑅以赠雷侍郎。今雷又以诒我也。

初九日，丁未（5月10日），晴。

甚热，潮湿极重，若不得西北风，则又将雨矣。老三房之三妹移居理问街，往候之。砖地如镜，滑不留足，扶掖有人，犹虞蹉跌也。访季和不遇，过雨林谈。闷热非常，解衣始适。适检阅《大中报》，并非袁公有电致汤，仍是报馆得来消息，云退位已决定，现在赶急议以后之办法。先将倪某之驻湘军队调回安徽原驻地方等语。据闻《大中报》非有可靠真消息不能登载，因此人心稍定耳。曾文正相人口诀云：邪正看眼鼻，真假看嘴唇。功名看气概，富贵看精神。主意看指爪，风波看脚筋。若要看条理，全在语言中。服前方。

初十日，戊申（5月11日），晴。

湿热犹厉，盼西北风以散之。书画间起白醭，石章亦以印衣受潮，汗渍粘手，殊为可厌。检理洗刷，镇日为之，亦不知倦，稍有乐趣。服前方。

十一日，己酉（5月12日），晴。

仍未收潮。昨夕热甚，不能盖被。寄梓丞亲家书，本月廿日庆八十整寿。寄红宁绸绣寿星幛为贺，书得斗方笺四幅，拉杂代谈而已。检理印章一匣，摩挲感慨，不自知其所以然也。元达来谈。阅文正日记，有谒孔林、谒孟墓、谒曾子林、登岱诸记尚可观，此外无动目者。略为翻阅，亦不必虚费目力。服前方一帖，加北辛一分，有三分之力，且看有无小效。

发梓丞书。

十二日，庚戌（5月13日），晴。

昨夕热甚，仍不能盖被，天明时亦无凉意。祖考忌日，诸妹、女咸归，午供如礼。午后有风，稍祛热气，又恐有雨耳。服昨加细辛一分方。

十三日，辛亥（5月14日），雨。

未明大雷雨，日中稍小，亟盼放晴，庶无损于新秧也。寒气又作，可着重棉。竹湘来，怯不敢出晤，自笑胆因病小至于此极。为颐曾书联一、扇一，天气阴晦，目光殊不济。服昨方一帖，先后已服八帖，似有微效，姑徐徐俟之，即耳不能聪，而滋阴自有无形之益。素心兰叶箭已茁。

十四日，壬子（5月15日），阴。

将晓梦回，忽闻爆声，方在疑讶，旋闻有独立之说，亦未以为异。比起询，则昨夜二钟半时已有枪声四起，后探知郭宝生家被李某副官新招之兵捣毁，抢掠一空。郭宝生已避至某国领事处。被抢之物，军队扛抬过浏正街者不少，并将沈丽生家抄抢一空。沈所居之宅系郭处典与许介侯者，传其家藏有郭存子药也。杨绍陆住宅，郭处近日赁之，驻扎军队即在郭宅之间壁，故亦捣毁。杨处管事人罗熊居室相通，遂亦连累被抢矣。今日之祸，专为郭起，与独立毫无关系，亦无从知其寻衅之由。此外别无辜及。午后始稍静，市面则全未开门，各家均不敢开门。未知究竟作何结束，只好各人慎守门户而已。康女回，其姑已料理船只，将以明日率雨林夫妇赴沪暂避。世乱未已，为之闷损。是日各店不开市，故无从买药。

十五日，癸丑（5月16日），雨，午后有晴意。

乍晴乍雨，忽冷忽热，梅蒸不适，亦年年如此，无如何也。昨夕《大中报》号外曾详抢郭之事，未之见也。今日《公报》载之，题为“解散矿警之原因”：缘郭宝生呈明将军府，招募五百人为保护矿山之警兵，乃募兵逾额甚巨，在城中到处屯扎。前日自出告示，衔称统领矿警等字，不免启人之疑。旋经侦探队查明，有暗中布置夜攻将军署之举，故于前夜下令开城，调驻扎城外之北军入城，与李幼文所统之南军合攻郭氏，为先发制人之举。不料郭氏闻风远避，而两军遂合为抢掠之事，其无纪律如此。今日始知汪叔民家亦颇受伤，杨绍武家所损亦不少。今郭倚某国领事出面索赔，沈处亦在苏州会馆开会议向官厅索赔，杨、汪计亦必振振有词也。所有抢去之物，闻今日已追出不少，悉存财政厅，以备认领，将来轇轕尚不少耳。盛亲母晡刻登舟，雨林夫妇从我处出城，康女二十年未尝离左右，殊令惘然难别，但愿大局早定，则渠家即仍来湘耳。《曾文正日记》阅毕，还佛翼去。发诗老一纸，交康子携去，为渠夫妇往谒介绍之函。服细辛方一帖三分者，亦四帖矣。静卿弟来，云昨日其家门外有溺桶一只为飞弹击破，幸无人在侧，险哉！

发诗老一纸。

十六日，甲寅（5月17日），晴。八女天明开船行。

左目红筋起于大眦，颇觉勒痛，以黄汞油膏点二次，晚间渐散开，故转见红耳。八儿昨遣人来，欲予下乡，今日令其回去，且从缓议。闻沿路有人稽查信件，故不复信。谣言甚多，殊不足听。人心不靖，徒自相惊乱而已。南北调和之议，至今不决，大局亦实可忧。平地添一郭氏之大波，则吾省多一番魔障，令人闷损。红心兰尚无叶箭，何也？

十七日，乙卯（5月18日），阴。

左目红丝既散，痛亦遂止，仍须药水、汞油兼用。陈璞丈大殡过门，设路祭，予不能行礼，为之凄然。访元达昆仲谈，归至怀庐前巷，遇沈荫堂。此宅本甫经沈丽生租定，荫堂即丽生之少君也。沈宅本于十四日迁运家具，乃遭郭事之波累，损失甚巨。旦夕祸福，令人不测乃如此也。今日陆续移入，日用之物多须借办。荫堂邀入宅内，因晤丽生，少谈，遂从园内归室。以谣言太多，人心动摇，商定派刘媪护九、十两女至绯殊塘墓庐暂住，以张介臣居此照料较便，亦无法事。否则其母恇怯，余亦耳根不清静也。服陈皮茯苓半夏曲汤。

十八日，丙辰（5月19日），阴。

有寒气，可重棉也。过春海谈，询乡庄廿年屋宇情形及其兄弟分居人口之多寡，则介臣居墓庐，仅与其子夔安及子妾共三人，妾年尚轻，不能照应诸事。屋宇虽宽，恐九、十两人不能安居。刘媪又系生处，亦殊不便。此外，人虽多，亦恐生处难过。所虑近情近理，计不如仍往清水潭为合法也。旋寄八儿一书，令其派一人来照料途中诸事，着吴瑞之明日送去。今日报载将军于郭事深自引咎，悔用人之不当，以外间议论郭之招募矿警由于颂年之保举，颇受众谤，故将军昌言并不怪汪之保错，而只咎己之用错也。蔡惠泉来面约小酌，姑允之，俟其订期再酌。服苓橘半夏曲。

曾文正语云：养生之道，"视、息、眠、食"四字最为紧要。息必归海，视必垂帘，食必淡节，眠必虚恬。归海，谓藏息于气海丹田也；垂帘，谓半视不全开，不苦用也；虚，谓心虚而无营，腹虚而不滞也。谨此四字，虽无医药丹诀，而足以却病矣。

十九日，丁巳（5月20日），晴。

晴光颇正，气亦平和，长此不变，则良苗怀新矣。葆初来谈，言有子虚子者著《湘事记》二卷，于辛亥之事始末颇为翔实，因遣人购一册。阅之，有闻之者，有不知者，至是一目了然。当时捣乱情形，可以想见，亦甚赖组安之竭力维持也。访饶伯思、李旦不遇，皆青年会中人。今日礼拜六，午后例得出外游戏耳。访傅竹湘谈，遇前知县贵筑郭君竹居，中广。共谈甚久。竹湘留食面。归来颇乏，以天稍热故。竹处汤甚鲜而面不佳，检昌记公司面赠之。今日报载北军实行撤回，一则缘汤将军与车镇守使电请，故中央复电，如能负完全责任，黔桂之军不侵扰湖南，尚有数条均能担认，即准电饬驻湘北军军官将军队分起撤回。二公均已电复，愿负责任，是以即日赶办接防之事，定今日先送一营赴汉。有此一举，谣言又可少息。北军名誉不良，兵官亦无纪律，且系新征之兵，按丁抽派，不知战阵为何事。闻东协盛药材号东人之子有抽派来湘，即甚不愿留此也。

二十日，戊午（5月21日），晴。

晨起得解，旋过春海谈，归而复急，又解一次，殆受早凉也。何九甥来，拟下乡而未决，则以无地可避，亦姑听之。赴蔡惠泉、汤叔坤公醵之约，叔坤为星浦之三少君，以余为其父执，极臻爱敬，新自会同办矿，遇乱而归，与惠泉至戚，故与公宴。在鄂时，馆岑云阶幕中，与佛翼友善。同座佛翼、郢生、夏西园、戚君某，他客姓名不复记忆。萧庖治馔丰洁，未免贪食过饱，归后颇乏。八儿雇乡工来，有书。明日两女及陈二外孙女同往。夜复一书。余尚不欲赴乡也。接八女汉口信，已换坐鄱阳轮船东下，计明日可抵沪。在汉寄来腌蒜，已腐不可食，天热使然，可为惜之。

收八女信。

廿一日，己未（5月22日），晴。

刘媪送九、十两女，陈外孙女往清水塘，携去八儿一信。腹中不适，气不调畅，服苏吋片稍好。接八女电，廿日到申，计自长沙起身才五日耳，可谓瞬息千里矣。李蕴珊来，渠于去年十一月丁父忧，芷江局事腊月奉调省另委，此来欲承此另委之文一见局长，以希意外之获，未识能如其愿否。

收八女电。

廿二日，庚申（5月23日），雨甚。

闷热，知必有雨，午后倾泻如注约一小时，旋得西风，颇凉适。曾祖妣生日，午供如礼。二女、六女、十一女回，八儿专派乡夫来城请予赴乡，书称王莘田得警耗甚确，故急迫如此。城中并无讹传，不知莘田何所据而云，然予仍令乡夫明日回去。予之去否，姑听之后信可也。乡间谣言更甚于城，何日大局解决，乃得安枕耶？费叔迁来谈，以予托购之戈制半夏一两来，即以为赠，渠已将如君送回吴门，有辞差之意也。

廿三日，辛酉（5月24日），阴雨。

报载倪、唐两军均已退撤起身，谣言当可少息。接八女十八九江所发明片。何怡恺甥自川归来谈，此行颠连困苦，从军队中盘根错节而出，亦危险之极矣。十妹归，言将暂避于常家坤，实则可不必多此一番迁徙。阅《定王台志》，此辛巳年初刻本，予之与于探梅之会，当在乙酉、丙戌之年，故《一萼红》词不见于此本，当系补刻，各续会之作加订于后，今此书已无存，恐难觅得。

收八女九江片。收丙孙到皋落信。

廿四日，壬戌（5月25日），阴晴不定。

忽觉气往上壅不适，静以运之。惠生来。磨墨一砚，乘兴书联一首。寒湿气重，宜腕力不随也。翻《小说月报》，其各册前所影照之画山水花鸟，即大家如“四王”亦无足观，惟前人小象照片殊可爱玩。惜不善写真，若能临模成册，亦雅观也。晚间气仍不适，不得佳眠，痰嗽亦间作。闻怡园因军队观剧闹事，有打伤数十人之说，未知真象若何。骄兵悍卒，北方之强，隐忧方长，为之闷闷。吾湘焉用此京班为？而卖女座则尤为招祸之媒也。

廿五日，癸亥（5月26日），晴。

昨夜不得安睡，晨起乃毫无精采。廿二妹来，为铜旂之博戏，亦殊嫌费心耳。气不能畅，胃亦少逊，请胡美来诊，而迟之灯后尚不至。煎茶曲加苏梗服之，气促滋甚，通夕不得安眠。

廿六日，甲子（5月27日），晴。黄月季已开一花，清香可人。

昨夕不眠，晓来亦不能再睡，气促更急于昨，偃仰间已不能堪，只倚椅背稍息耳。不能食，不能言，而又倦不可支，敦促胡美，逮晡刻不克抽身前来，派医士周德华来诊，所论无不合，尤以心房病为重，气促固无大紧要也。立方一治气促，一用毛地黄酒治心病，相间服之。周，粤人，已隶美籍。

廿七日，乙丑（5月28日），晴。

昨夕困极早眠，至三钟始醒，可称酣适。晨兴，知二女昨晚挈小儿女来家，以喧传有独立之说，间壁席公祠有北兵两队，南军谣不相容，是以避而出之。究竟今早亦并无他耗，然恐终必出于此途耳。药水均照服，气尚未平。饮食方进，气若沮之。随意用牛奶稀饭数次，聊以充饥而已。精神仍不能支，时复偃卧，甚不适也。六女归。李蕴珊书来，赠王泽寰龙文文集一部。

廿八日，丙寅（5月29日），晴。

昨夕十一钟就寝，五钟始醒，真美睡矣。汤将军出告示，今日为宣告独立之期，街市悬旗鸣鞭相庆贺，安静如常。南北军均无异议。汤自为都督，闻已请胡子敬赴申促颂年归任民政厅长。颂年于郭事颇受众谤，遂避之申江，汤则极力为之洗刷，此交道固可风也。今晨痰壅不出，其状可怖。午后悉平。药水均照服，胃气未复，仍用牛奶煨粥，食数次，肠胃较清澈耳。接丙孙到皋落厘局信，三月廿七自太原起程，四月初八到局，十二接办，十五发信，今日始到，距其出太原之日已一月矣。十妹归来，小坐即去，将以明日赴北乡，缘与常家有约，不能不一践言，即为避暑而去，亦无不可。晚服戈制半夏五分，化皮汤下。

收丙孙信。

廿九日，丁卯（5 月 30 日），晴。

昨夕安卧如前，晨兴，痰嗽甚轻，则戈半夏之效。报告周、胡二医士，另换药来，有阿么尼阿气息，并有白药粉，亦为痰嗽未愈，气促未平也。报载汤都督有脱离袁氏独立长电并分电独立与未独立各省。此次南京大会议，十五省各派代表，惟湘鄂鲁赣四省代表与冯、张反对，致将四省代表斥逐出会，则所谓大会议者，仍是拥护袁氏主议，何以服众人之心？今鲁湘已宣布矣。唐天喜一军赴赣，赣又不纳，则早晚亦将宣告独立。鄂岂甘以代表被斥而遂顺从乎？且四省之外，必有纷纷继起者，袁势益孤，冯、张又何能为？恐悔不胜悔耳！根培自永州回，过访，以不能言谢之。

三十日，戊辰（5 月 31 日），晴。

昨夕甚热，颇不适眠。晨兴，气虽不促，而痰滞胸喉，非唠不能出，乃至数次，此亦受累不浅也。六女、十一女归。访根培谈，渠自津市调衡州，非永州也。过葆初谈。归食水角，旋晚餐又食面一盂，窃虑其过饱，不免惴栗。药水均照服。

五　月

初一日，己巳（6月1日），卯刻大雷雨，辰后晴。

昨夕痰轻气平，亦得安睡。将明时，阿魏膏瓶置枕畔未盖，将借其气以利呼吸者。朦胧之间，瓶侧膏溢，致粘巾带，起来洗濯不净，用苏打粉始得不粘。制物固有要诀，乃以无意得之。再睡而雷鸣雨甚，不克安枕矣。药水均照服。六女送鳆鱼汤来，甚可口。二女、十一女归。寄八儿书，令雇夫送九、十两妹回城。

初二日，庚午（6月2日），晴。

昨夕热甚，不适于睡，致气促复作，亦不思食，腹作摩胀而不痛。招周德华来诊，谓为不消化所致，用鸦片表散丸，加入微利药粉，似是海盐。得泻即止勿服，然减血平脉，实为主治，改用朔番斯酒。接雨林、八女信，并卷烟、五味姜、罗全纸、白腐乳各少许。

收雨林书。

初三日，辛未（6月3日），晴。

昨夕服朔番斯酒一次，觉胃不受，强茹之。晨起复进一次，乃大不相容。是日无论吃何物，皆入口即吐。周德华来，改用毛地黄酒并丸药三粒，药粉一包。晚服丸药一粒。

初四日，壬申（6月4日），晴。

早服丸一粒，旋将药粉一包服讫，乃泄二次，百不思食，作恶心，极不适。胡美来，知为周德华所误，属用救胃之法，每两点钟吃牛奶少许，以次加多，可以不至作呕，照此服之，再作计较。

初五日，癸酉（6月5日），大雷雨。

昨夕尚得安眠，只觉燥热而已。服牛奶粥汤，兼用苏打粉。分次以进，均能受，惟间仍作哕，幸不吐耳。辗转床褥，负此佳节。夜睡尚好。

初六日，甲戌（6月6日），晴。

胡美来，以胃部为主治，药水用苏打粉、姜露。二女、六女、十一女回。夜卧尚稳。是日服牛乳粥汤多次。

初七日，乙亥（6月7日），晴。

两日无大解，以水节涤之。食后泄一次，殆寒气乘之。牛奶粥汤分次服，药水照服。得姜露之力，精神似稍振。《公报》号外云：昨晚二句钟，都督接北京参谋本部急电，曰项城本日物故，国务院议决公请黎黄陂明日接大总统任，外交团宣言赞助，市面安谧。参谋本部急，殊可骇诧。此一故也，何其凑巧耶！

初八日，丙子（6月8日），晴。

今日试食肉包、肉饺，胃尚能受，则精神较昨为起色。牛乳粥汤分次服，惜天热致乳易坏耳。药水照服。四女、六女、十一女回。红心兰花箭已茁，可爱可爱。

初九日，丁丑（6月9日），晴。

袁项城本月六日巳正病故之确耗，黎黄陂七日接任大总统之确耗，均于今日《大中报》明载无讹，且令升旗志庆矣。倪、唐两军皆退出湘境，静候大局解决，想此后可无战事。春初警报四起时，尹和伯即据其推步之学，断言湖南今年春夏尽有虚惊，必无战事，人民不遭蹂躏。今观报纸所载，倪嗣冲于吾湘独立后即添派军队到岳州作攻湘之计画，湘军亦已严师戒备，甫于初四五日部勒将战，忽得袁项城初六日死信，倪嗣冲遂即夕北去，军队亦悉数附轮下驶矣。倘稍缓数日，势必对垒，害不可言。乃一发之间，凶吉大异，则和伯推步之验，实可据也。惟言壬戌年更有虚惊甚于今事，然亦不至糜烂过此，则湖南尚有大兴旺之运度。果如所言，愿闻者修德回天，并壬戌年虚惊而亦免之，岂非湘人之大幸哉！牛乳米汤仍照服。午饭以牛乳煮面，加糖粉、芝麻酱食之，颇甘美，殆食单所无者。洋芋作点心亦佳，此易消化之物，有疑其壅气者，误矣！接咏莪由浙便寄到净素银丝面六盒，较玉带面狭而圆软。

收咏莪寄面。

初十日，戊寅（6月10日），晴。

胃较健，可食荤腥，然不敢恣也。药水仍照服，大肠稍润泽。昨以水节涤之，仍须借纯油之力。闻五侄病情日盛，为之闷损。延巫者禳解，岂医力遂穷耶？接康女信，言幼文亲家节前可到，胡尚未来，或勾留汉皋耳。十日未至园林，小步荷池，则花已大绽，叶盛于去年大倍。午后犹香在，则侵晓更可知矣。八儿来信，无事，复一字去。

收八女信。收八儿信。发八儿信。

十一日，己卯（6月11日），晴。

闻八儿函约春海今日赴乡去，不知何事也。日来思食重油而苦无佳庖，只令老饕自笑。周协和不死，尚可为余小补，惜其不寿耳。曾祖妣忌日，午供如礼。二女、六女、十一女回。午后甚热。

十二日，庚辰（6月12日），晴。

昨夕甚热，不欲着衣。侵晓起，出户假寐，较为清适。大便不畅，以水节涤之。炎威可畏，此路宜防，疏利最为紧要。

幼文自申来，至汉观望，九日始来湘。言倪军初四在汉与招商局交涉，其势甚汹烈，至初六一闻袁死，即连夜北去，军队亦即嗒然若丧矣。以饼干、火腿、龙井茶见惠。琦侄竟以午刻不起，伤哉！年仅三十，尚无子息，读书虽未成名，而于事理甚明，抑且精于会计，则尤吾家子弟所罕有者。胡天不假之以年耶？佛弟何以为情，为之闷损。晚饭不敢食油，恐滞气也。四女归。

十三日，辛巳（6月13日），晴。

昨夕热益甚而复苦蚊扰，殊不适于眠。接周子徵立夏日书，由幼文携来者，盖八儿所寄三十元至是始交到也。写寄雨林夫妇书。热度益高，不可向迩，青天无片云，似雨无望者，奈何奈何！

收周子徵书。

十四日，壬午（6月14日），晴，微雨。

昨夕热如故。微明出户，清气可挹，人意稍适。发雨林夫妇书。春海自清水潭回，言乡间谣言尚多，殊可发笑。申刻小阵雨，微有西北风，炎歊略减。晚间颇凉，不敢廊下坐，且无月光，尤少趣耳。

发雨林夫妇书。

十五日，癸未（6月15日），晴。

昨夕凉适，尚得美睡。过佛翼，慰其哭子之痛。见五侄妇，哀号擗踊，伤其薄命，不禁为之堕泪。三姊妹之福命均不过如此，亦可叹也，然不如三甥之早逝也。心伤气短，耳闭益厉，遂归室静卧。午后元罍来谈，已调邵阳，日内当往接事。接康女书。夜月甚佳，惜怯不能久坐于廊下。

收康女书。

十六日，甲申（6月16日），晴。

十七日，乙酉（6月17日），阴，夜小雨。

辛姬暑表，服春海方未效，延郑晓琼诊之，开方亦相近也。五侄成服，余未能往，睹愁郁之气，闻号泣之声，辄震恐不自主，此老景之至明者矣。耳闭目不欲展，皆阴晦沉闷，愈相扰也。

十八日，丙戌（6月18日），阴。

耳目之阨，无计为解，恃天牖耳。一琴来视余已数次，幸得少谈。接彭少星书，以传闻王木斋榷长已易人，故以书来乞预为保护也。日来翻阅《龙威秘书》，多有惬心之篇，惜不能摘抄耳。

发春浦信，棉细。收彭少星书。

十九日，丁亥（6月19日），雨。

龙研仙归来未久，犹有雄心，屡次登载广告，延揽宾客。然以所闻，似无多人往还，其心亦良苦矣。今日报载广西桂军司令宾华东驻防湘潭，闻湘乡有匪千余肆扰，即派队迎击于离潭十五里地，夺获炮械多件，查悉匪首某人系奉党魁龙璋授意，令其纠结土匪滋事云云。于筱电分告湘桂两都督，此公恐又不免出亡矣。六十三岁老翁，可以优游林下，何所乐而与乡人为敌乎？吾惧其不容于众耳。前数日有程潜致龙一电，谓湘乡土匪假名护国军，无所不为，称为龙所招募，程故电询是否属实，应如何办理。龙覆电，此等皆属义军，万勿持之过急云云。是又授人以柄之一端也。义、礼两记以一席公祭五侄。湿闷甚重，耳闭益甚。三妹归来，稍谈而去。言者、听者皆觉费力，亦可发笑。晚刻大雨，有寒意，似稍适，缘湿闷略为风散耳。复彭少（莘）［星］书，言王木斋并无去差之说。接丙孙信，言皋落局税收已入淡月，须八月始旺也。

发彭少星书。收丙孙书。

二十日，戊子（6月20日），雨。

竟日霖雨不止，气复阴寒，恐将有水患。接李蕴珊信，已随其友署武陵道尹廖君名缙赴常德，冀得道署一席。理旧存各友信札。红心兰已盛开，辛亥以后始有此香入鼻，惜天气犹寒，未免留香不放耳。

收李蕴珊书。

廿一日，己丑（6月21日），雨。

雨复竟日夜，是可虑也。复李蕴珊书。

发李蕴珊书。

廿二日，庚寅（6月22日），阴，有晴意。

雨渐止，河流尚无盛涨，田禾得此甘澍，大是好气象。所望人心黜奢崇俭，公迓天庥耳。接伯新赴书，于四月廿九日谢世，同庚至好又弱一个，为之凄然，亦自伤矣。接八女十六信，有料理归湘之说，且欲赶予生辰前到。窃恐来不及耳。庭兰有并蒂一花，明日当可展放。辛亥在温州曾有一花并蒂，其时贺子兰处有一花十瓣，两花相映，亦自有趣。今子兰墓木久拱，其所养兰恐亦憔悴尽矣，思之慨然。五侄成主日。

收伯新讣书。收八女信。

廿三日，辛卯（6月23日），阴，午后晴。

阅谭仲修札记，多读书记载，俭腹人虽饱眼福，究不得饫心为愧。因忆许益老之札记，每岁一册，于读书记载之外，多风雅韵事及友朋酬对之语，足令人解颐者，惜未经刊行，今且恐为糊窗纸矣。五侄家奠日。

廿四日，壬辰（6月24日），晴。

五侄发引，停柩于金刚禅院以待葬地。昙花一现，遂止于斯，为之凄然。访幼文、季和皆不遇。过华英药房少谈，取酸味糖饼一瓶，可化痰开胃者，又杀虫药一瓶，将以治花之蠡贼也。红心兰盛开，蚁子集而吸其膏，大可为患，摘取入瓶，庶几避之。并蒂大放，摘而以火酒浸之玻瓶，将图之入册，远追九瓣之瑞，近踵十瓣之祥，亦为暮年解嘲耳。

廿五日，癸巳（6月25日），晴。

赴幼文午酌之约，坐客尚有七人，皆其同乡，素未谋面。一唐临庄，一钱仲先，一柴映波，一凌士钧，号励深。一钱叔楚，锡宝。一陶筱珊，惠璋。其一人则并姓而亦忘之矣。归来申初三刻，乏极，稍睡。接丙孙贺寿帖，是日以信交孙妇汇发，尚未递也。

廿六日，甲午（6月26日），阴晴不定。

闷热。过佛翼，少谈即归，气不能达，以墙高屋暗之故，究是余处空气较足，静坐为合法耳。理手卷半日，劳而有逸趣。寿慈来谈。

廿七日，乙未（6月27日），阴，小雨。

钧儿生日，二女以疾未归，四女、六女、十一女来，伴谈一日，尚适。写杨质君兄弟唁信。

廿八日，丙申（6月28日），阴，小雨竟日。

接八女二十二日明片，又同日一信，云得湘信，以军队尚多，未能称安静，须待过夏再行来湘。午后幼文送来一电，则雨田夫人已准偕雨林夫妇乘襄阳轮船上驶。天下事之不可测度如此。一姊忌日，午供如礼。晚间面酒三席。三妹，廿二妹，四、六、十一女归。八儿来。

收八女书。

廿九日，丁酉（6月29日），阴，小雨时作。

忽忽六十九岁矣。病不去身，心不能用，留此躯壳，适足当废物之目而已。独坐水月林避嚣，而仲纯、七叔、七弟、静弟、十弟、十三弟仍迹至，小坐而去。春海已下乡去，故尤可静坐也。收李蕴珊书，已得派道署差遣员。

收李蕴珊书。

六　月

初一。戊戌（6月30日），晴。

湿气甚重，非畅晴数日不能收潮，梅蒸阨人如此。读《黄楼词》，稍令人有亢爽之气。理字画箱，尚无受湿之病。发杨质君唁信并洋四元。

发杨质君信。

初二日，己亥（7月1日），晴。

早起大解后，九女摘池中新莲子，尝之，遂尽十余粒，俄而腹急，又泄一次。其气甚热，殆伯兰地少许之力，逐寒而热出也。午后气促又作，服毛地黄酒三次。晚刻甚不适，不能平卧，与四月所患情形相似。过丑正始熟眠，亦倦极耳。

初三日，庚子（7月2日），晴。

困甚，气促未止，似毛地黄不足为功。胡美来，谓脉象较平，此天热之好处，以我病多由汗解也。毛地黄不可用，宜用阿么尼阿炭素以行气血，消化片则不可缺，胃部宜调，而大便尤不可闭。暑天便闭，往往成痢，此最不可不防者。磨墨一砚，乘兴书联一首，无心手相应之妙，知此事遂废矣。大儿偕胡少兰赴河西胡家湾，缘七姨当日去世，葬于此山内，并未立有字据扦定丈尺，故同往一看，即可立据，以便少兰永远管业，亦事之应早了者。闻桂军移驻宁乡，将少兰轿借去，只得另唤马轿入城。大儿则幸未遇，兵差过境，从古如此。

初四日，辛丑（7月3日），晴。

药水照服，气促尚未有效也。脚见虚肿，湿热而气不足以驱之，所谓沉溺重腿之疾，惟平阁两足，不令下坠稍好。六女回。午间食芝麻酱面，偶食殊有味，特多则腻耳。

初五日，壬寅（7月4日），晴。

气促略平，脚肿未消，以药卤煎水浸洗，高卧平阁，以期有效。以前日书联署款寄吴颂莞。二女回。药水照服。午后热甚。夜睡不安枕，气既不匀，蚊又相扰也。七姨葬地，前日钧儿偕少兰前往扦定丈尺，前后左右均齐，茔心起各方一丈五尺。今日书立出卖阴地契一纸交少兰永远管业，载明得过价纹五十两，亦美观耳。少兰送鱼面一斤，桂元四斤，车糖一箱，白塔油四罐，以为酬报，又了却一心事也。

第八册

民国五年（1916）六月初六日起

六　月

初六日，癸卯（1916**年**7**月**5**日**），**晴**。

昨夕失眠，今日气促转剧，然亦只能静养以复之。药水照服，别无求速效之法。雨林夫妇回湘，五儿往视，平安可慰。带到诗老一书并相片，须虽全白，而丰采仍是四年前之精湛，为之欣抃。接少星书，缘父子前月皆患痧症，是以迟复耳。闻湘督已另举桂督陆荣廷来代，汤督已于昨夕由桂军马司令保护离湘矣。局面又一变也。

收诗老书。收翁少星书。

初七日，甲辰（7**月**6**日**），**晴**。

昨日气促，几于终朝。晚刻，因服化皮、戈制半夏并重用苏打粉，专以去痰为治，竟得美睡。晨起亦较适矣。报载汤督不见容于湘人，故决计避位。现公举曾继梧代理，都督正任何人尚不得信，有公请陆督暂来镇抚之说，以桂军驻湘甚多也。北军已走尽，昨日桂军与之冲突，北军亦大创矣。雨林来。八女旋归。距其东下时刚五十日，归来又值更易都督、桂军北兵追逐之乱。幼文以汤督去湘所用事之员多有戒心，纷纷出走，幼文虽未在内办事，而顾问名称亦甚可惧，已暂避于礼和洋行。热中人在今日尤左右为难，然后知颠扑不破之难能可贵也。闷热异常，耳目之官尤为困难。

初八日，乙巳（7月7日），阴，微雨。小暑。

昨夕十一钟就枕，即以倦极熟眠，直至五钟始醒，盖六小时矣。此今年美睡第一。公推刘艮生为都督，已于申刻接印。闻七十八岁，精神甚健，名誉素优，庶可服众。龙研仙为民政长，推之谭组安，且电促之归，乃今日亦接事，想组安亦决不为此矣。前日闻北军遁逃，桂军追逐于回锡渡，过河时毙之不少，是其由古大路赴鄂，沿途抢掠，一定之势。安沙一带去棠坡甚近，极为危之。少兰至乾升栈探听，则朱枚勋处被抢，幸桂军跟踪追剿，得不连累各处。晚刻，八儿书至，详告一切，渠处已暂避于后山，幸未受损失，果不出吾之所料耳。雨林来，又以谣言桂军今夜将于城中肆掠，极为恐惧。幼文则已躲至礼和洋行，因连日有人至渠宅门口问总经理在家否，不能无惴惴也。至桂军将肆抢掠，则不问而知为谣言。何亦有闻之而疑者耶？

收八儿书。

初九日，丙午（7月8日），晴。

寄八儿一纸。过春海少谈。雨林来，言幼文尚居礼和，德领事可为相机保护，甚善甚善。怡凯馈所制牛肉甚佳，据言近在川中得此新法，颇合医理。用牛肉十分之六以补脾土，羊肉十分之三以纳元阳，淡叶十分之一以入阴分，极有益卫生云云。肉味诚美矣，于卫生亦不无小补，欲得其补益之力，恐难得速效耳。余意淡菜养阴固佳，特此物颇难消化，或以驴胶易之，似较流利。彭太夫人忌日，午供如礼。

发八儿书。

初十日，丁未（7月9日），晴。

气促或止或作，天气为之乎？吴雁舟为民政厅长，龙璋代理民政长，以待组安，特未识组安果归否。祖妣生忌，午供如礼。六女归，八女在家，此外无来者。因军队满街，未免胆怯，缘警察被唐蟒捣毁，而日本人将干涉站岗，故亟谋恢复，先派桂军在各街巷巡视。唐于警政，何儿戏视之耶？

十一日，戊申（7月10日），晴。

晨起吐痰，以后不闻痰声，以胡美咳药旧方改服，缘今日气促更盛，殊不可解，而痰则一口也无，明系痰闭气益不行。终日偃卧，且不思食，卧亦不能平，平则更促。十一钟睡，忽起忽卧，极为困苦，至二句钟时忽然痰动，吐一大口之后，气便活溜，汩汩其来，甚觉舒畅，遂得平卧。虽未为美睡，而较之初上床时已高出大倍矣。

十二日，己酉（7月11日），晴。

早起，痰泡甚活，近午则又似阻遏，气促如故。日中少味不思食，天气亢热，势不能不盖天棚，而阴凉则不能明爽，宜气促之不能愈也。静待日落棚开，空气透出，而痰亦较活，气即略平。体验有得，遂亦安之。药水照服，惟不思食，则以牛奶米汁分次食之，固养胃之妙法耳。闻郢生今日赴申，殆有为而为此行也。有施某以称据长臣电项城劝进者，日前为官中捕获杀之矣。能无惧哉！

十三日，庚戌（7月12日），晴，入伏。晴篁赴告本日丁母忧。

现居天鹅抱蛋。

病情如故，静养为得。日落后情形又与昨小异矣。夜倦极，早寝，气促无可设法，不获已，服哥啰嗊少许，勉强可睡。而忽凉忽热，安望其入甜乡耶？

十四日，辛亥（7月13日），晴。

早起甚乏，神昏眼倦，无可为遣。火云行空，毫无雨意。过春海少谈。先祖考生忌，午供如礼。二女、六女、十一女、八女回。胡美来视，用轻淡绿，此品于去痰绝有力，而数日无痰，非痰之不生也，实隐伏为可虑。得此搜剔之，或不壅遏气道，俾喘促徐徐可愈耳。神思困乏，终日昏昏欲卧，聊借炎歊自慰藉而已。

十五日，壬子（7月14日），晴。

昨夕服药水一次，丑正忽有痰起于喉间，格格不出，从容设法，良久始得吐出。如是者两次，其势颇岌岌，如不得出，则此点滴之害竟有不可救药者。痰既稍出，气亦略平，然晨兴以后仍复寂然不动，而气又促矣。然轻淡绿之力则已极能化痰，尽量服之，以观其效。四日来不饭不荤，惟从事牛乳粥汤，肠胃可保无病，此亦暑中应有之义。况在病中，尤关紧要矣。发少星书。周姨自乡来谈初七日北兵滋扰事，闻已近清水潭，指为茆屋，无所取材，故未过问，则其注意朱家可知。乡间华居，最属耳目，欲居乡者，当暗然而不可的然也。

发少星书。

十六日，癸丑（7月15日），晴。

昨夕尚得睡。药水已服完，时有小口痰，此渐效也。书告胡美，仍服轻淡绿。接春浦信，云粗棉绸俟七月在袁化镇购买，可得佳者。诸女以周姨到城，皆归晤，作一日之聚。午后甚凉，甫就寝，旋内急，竟得轻泻，固由纯油之效，亦四仁散吊炎之功欤？

收春浦书。

十七日，甲寅（7月16日），晴。

早起大解，饭后又一次，皆畅，不识从何而有此。不为哪啰颠所敛，得以快行，是最好消息。夜八钟即就寝酣卧，十一钟始醒，亦未起来。虽屡醒屡睡，然气平则适矣。小便虽少，汗多亦不妨。是日有衡山旷东源泽洪。来，当是凤冈子孙，而名片无称谓，亦未声明。余以病卧，辞之未见，送《岣嵝碑》并志，亦未收。此来亦未固请，从容再说可也。

十八日，乙卯（7月17日），晴。

晨兴颇适，惟右肾微觉肿坠，然睡平即消，当俟气促愈后，亦遂霍然矣。今日气促较好，不似平日白天之剧，殆虚阳可渐敛欤？书告胡美，仍服轻淡绿。

附　录

《海宁念汛大口门二限三限石塘图说》跋

海塘为浙西保障，自兵燹失修，多有坍，拜大府先后请帑兴修，重民命也。海宁念里亭汛大口门塘后，工长一千八百六十丈，前中丞石泉杨公奏请分为三限建筑。余于戊寅春仲改官来浙，适恽杏云前辈祖贻驻工督办，初限已竣，二限经始，杏云以权温处道去，前中丞小岩梅公檄余代之。至庚辰冬初，三限皆告成，奔走工次，亦越三年，于工筑情状，目识之而言不能尽也。爰属宝山袁霓笙少府为之图，等为三十四幅，幅系以说。吴孙欢伯司马方分守东防，见之，以为可存，怂恿付梓。不贤识小，圣门所讥，重违司马意，乃授（欹）［剞］劂氏，刻既成，因志其缘起，而列同役者姓氏于后，盖仿古者题名廨壁之义，以不忘共济之美云。

光绪七年辛巳冬月，湘阴李辅燿幼梅氏识。

二品顶戴、补用道、浙江候补知府，绩溪胡元洁，字练溪。

三品衔、候补知府、署杭州府东防同知，聊城靳芝亭，字兰友。

三品衔、补用道、候补知府、杭州府东防同知，吴孙熹，字欢伯。

补用知府、浙江候补同知，歙程守谦，字六皆；

补用同知、浙江候补知县，鄱阳石家麟，字云亭。

知州衔、浙江候补府经历，武进徐星钺，字畹生。

补用知县、浙江候补府经历、世袭云骑尉，桐城龙腾霄，字鹤友。

补用知县、浙江候补府经历，吴吴元庆，字浚川。

理问衔、浙江候补府经历。上元吴邦基，字莱伯。

浙江候补府经历，绩溪余芳，字芸斋。

五品衔、补用知县、浙江候补府经历，湘阴杨其纬，字晴峰。

补用知县、浙江候补府经历。通龚廷玉，字嘉生。

补用知县、浙江候补府经历。安福江景桂，字秋查。

浙江候补府经历，榆次张照，字初白。

补用知县、浙江候补县丞，丹阳何维明，字梧堂。

五品衔、补用知县、浙江候补县丞，无锡邹寿祺，字静山。

五品衔、浙江候补县丞，武进唐际清，字声甫。

理问衔、补用知县、浙江候补县丞，善化秦觐荣，字星泉。

补用知县、浙江候补县丞，泾胡有灿，字子霞。

理问衔、浙江候补县丞，祥符吴佑孙，字殿英。

六品衔、浙江候补府照磨，荆溪吴锦标，字慎齐。

补用县丞、浙江候补府照磨，宛平朱毓英，字子清；

补用县丞、浙江候补县主簿，江都王锡瓒，字瑟生。

州同衔、补用主簿、浙江候补巡检，江宁何兆溥，字小雨。

理问衔、浙江候补巡检，宝山袁镇嵩，字霓笙。

浙江候补典史，泾周锡昌，字膺三。

游击用、浙江候补都司，海宁周金标，字菉园。

补用都司、浙江海防营守备，海宁蔡兴邦，字春亭。

李辅燿履历

李辅燿，字补孝，号幼梅，行一。道光戊申年五月二十九日辰时生，湖南长沙府湘阴县学廪膳生，民籍。

曾祖畴，嘉庆甲子科优贡，桂东县学训导，诰赠荣禄大夫。

曾祖母氏陈，诰封一品太夫人。长沙处士陈讳敦燮公女，翰林院庶吉士、工部员外郎、四品卿衔、崇祀乡贤讳本钦公堂姊。

祖星沅，道光乙酉科举人，壬辰恩科进士，翰林院编修。甲午科四川乡试正考官，乙未科会试同考官，提督广东学政、陕西汉中府知府、河南粮储盐法道，陕西、四川、江苏按察使司按察使，江西、江苏布政使司布政使，陕西、江苏巡抚，云贵、两江总督，广西钦差大臣，钦加太子太保衔，赏戴花翎。诰授荣禄大夫，谕赐祭葬，予谥文恭。国史有传。著有《芋香山馆奏议》《诗文集》。

祖母氏郭，诰封恭人，晋赠一品夫人。湘潭嘉庆甲戌科进士、陕西鄠县知县郭讳汪璨公女，道光壬午恩科进士、候选知县讳如翰公胞妹，候选府经历讳如藩公胞姊，著有《梧笙联吟初辑》《簪花阁诗集》。

庶祖母氏杜，貤封宜人。

氏卫，诰封太宜人。

氏卢，貤封宜人。

父杭，道光癸卯科举人，甲辰科进士，翰林院编修。敕授文林郎，著有《小芋香馆诗文集》。

母氏郭，敕赠安人，湘潭郭讳如翰公女，江西补用同知、名新模公胞姊，著有《红薇吟馆诗集》。

继母氏徐，敕封安人，善化盐课司提举衔、候选县丞徐讳棠女，河南补用知府名元燮公胞姊。

本生父桓，邑廪生，候选知府，特用道员，拣发江西委用道、江西督粮兼巡南抚建道、江西布政使司布政使、署理江西巡抚，钦派督办陕南军务，赏戴花翎，诰授通奉大夫。

本生母氏周，诰封恭人，晋赠夫人，长沙乾隆乙卯科举人、大理寺少卿周讳鸣銮公女，浙江峡口厅同知讳懋功公胞妹，盐运使衔、江西补用道、名懋勤公胞姊。

本生继母氏姚，诰封夫人，善化处士姚讳经钰公女，太学生名学淦公胞妹，候选训导名学濙公胞姊。

慈侍下。

业师：

舅父郭老夫子名新模，湘潭人，邑庠生，江西补用同知。

族叔曾祖晖庵老夫子名光藻，邑庠生，候选训导。

熊老夫子名少牧，长沙人，道光辛卯科优贡，乙未恩科举人，蓝山县学教谕。

舅父郭老夫子讳新楷，湘潭人，邑庠生。

毛老夫子讳鸿，长沙人，邑庠生。

毕老夫子名大琛，善化人，道光己酉科举人，户部主事。

杜老夫子名家钧，善化人，邑庠生。

苏老夫子名藻，湘阴人，同治壬戌恩科举人，沅陵县学教谕。

易老夫子名卓，长沙人，道光乙未恩科举人，江西补用同知、升用知府。

李老夫子名瀚章，安徽合肥县人，道光己酉科拔贡，前任湖南巡抚，现任湖广总督。

齐老夫子名德五，山西介休县人，道光辛丑科进士，湖南湘阴县知县，前署湘阴县知县。

吕老夫子名世田，江西清江县人，咸丰乙卯科举人，湖南补用知府，前署长沙府知府。

吕老夫子名朝瑞，安徽旌德县人，咸丰癸丑科一甲三名进士，翰林院编修，前任湖南学政。

何老夫子名绍基，道州人，道光丙申恩科进士，翰林院编修，掌教城南书院。

丁老夫子讳善庆，清泉人，道光癸未科进士，翰林院侍讲学士，三品卿衔，掌教岳麓书院。

郭老夫子名嵩焘，湘阴人，道光丁未科进士，翰林院编修，前署广东巡抚，掌教城南书院。

胞叔祖：

星溶，邑庠生，桃源县训导，貤封儒林郎，诰封奉直大夫。

星渔，邑庠生，钦加运同衔，诰授朝议大夫。

胞叔：

概，盐课司提举衔，特赏举人，候补六部员外郎，遇缺即选道。钦加盐运使衔，赏戴花翎，诰授中议大夫。

榛，同知衔。

梡，同知衔。

堂叔：

樾，盐课司提举衔，候选通判，诰授奉直大夫。

桢，邑庠生，湖北巴东县知县，钦加同知衔，诰授奉直大夫。

楫，邑庠生，国子监典簿衔。

姊一，殇。

堂弟：辅焯、辅燡、辅焌、辅熉、辅炽，均幼。

从堂弟：辅煌、辅炘、辅煊、辅焜、辅烔、辅炌，均幼。

娶张氏，善化候选知府、赠太仆寺卿衔张讳恩准公女。

子：相钧。

女二：长字善化太学生唐名济梧长子植廷，次待字。

谨叙本支，族繁，不及备载。

——同治庚午科湖南优贡卷，《清代朱卷集成》

清故显考幼梅府君行状

李相钧等

曾祖讳畴，嘉庆甲子科优贡，武英殿校录，桂东县训导，敕授修职佐郎，诰赠荣禄大夫、两江总督；曾祖妣氏陈，诰封一品太夫人。

祖讳星沅，道光乙酉科举人，壬辰科翰林，历官至云贵、两江总督、太子太保、广西钦差大臣，予谥文恭，诰授荣禄大夫；祖妣氏郭，诰封恭人，晋赠一品夫人。

考讳杭，道光癸卯科举人，甲辰科翰林，敕授儒林郎，貤赠荣禄大夫，诰赠通奉大夫；妣氏郭，敕封安人，貤赠一品夫人，诰赠太夫人；继妣氏徐，敕封安人，貤封一品夫人，诰封太夫人。

本生考讳桓，邑廪生，历官至江西布政使，署理江西巡抚，钦派督办陕南军务，诰授通奉大夫；本生妣氏周，诰封恭人，晋赠夫人；本生继妣氏姚，诰封恭人，晋封夫人。

府君姓李氏，讳辅燿，字补孝，号幼梅，别号和定，晚岁更名吉心，号定叟，湖南湘阴人。先世居江西丰城，元元统元年，迁伍公讳肇湘，徙居于长沙县北之夏泥港。明洪武初，隶籍湘阴，卜居邑东高华里，是为迁湘始祖。十九传而至府君。

府君之生也，去先祖之殁二月，先祖妣郭太夫人早逝，先继祖妣徐太夫人年才二十有一。先祖疾革，谓先本生祖妣周夫人曰："娣生而男，必以后我，可命名曰补孝，以补我未尽之孝。"盖是时先高祖妣陈太夫人、先曾祖文恭公皆在堂也。先本生祖方随侍江南，及府君生，遂请于文恭公以后先祖，是为文恭公长孙。徐太夫人既失所天，痛不欲生，以府君故，强抑悲怀，躬施教养，自孩提以至成立，凡衣食言动，徐太夫人咸亲为程督。府君亦孝事维谨，曲意承欢，天性之笃，人无间言。府君生而岐嶷，为文恭公所钟爱。咸丰元年，师次广西，卒于军，遗命勖府君读书敦品。先本生祖之官江右，仍令府君侍徐太夫人居家读书。咸丰八年八月，周夫人在粮署疾笃，府君始倍道赴南昌，侍疾月余，卒以不起。是岁，即扶榇归葬，年甫十一岁，哀毁如成人。尝谕相钧等以不逮事养为没齿之痛，府君感祖德之厚，怵时世之艰，益勤学好问，刻苦自励。先后从熊雨胪、易墨村、毕莼斋、毛云岩诸先生游，无不异目相视。先叔祖仲云公以府君勉承先志，能读父书，尤嘉许之。

同治四年，入邑庠，旋食廪饩。九年庚午科，以优行贡成均，朝考一等，以教职用。历署安仁县教谕、临武县训导。十二年正月，本生先叔芳慈公逝世，府君既抱痛令原，重恐先本生祖过于悲伤也，固请以相钧为殇立后。先本生祖以相钧固大宗子，不允。一府君又两举子不育，时以为忧。及相纶生，乃请于先本生祖，回继为芳慈公后，至是始稍慰先本生祖思子之念焉。光绪元年，报捐内阁中书，到京供职。

二年，回湘，中式丙子科乡试副榜第一名。时典试者为元和陆文端公润庠，爱府君文，已录中矣，既而抑置副车，陆公辄引以为恨。陆公固府君优贡同年友也。府君自叹数奇，绝意不再试。先本生祖商之徐太夫人，命府君筮仕浙江，以西湖山水之胜，可为就养计。越明年，府君乃以道员至浙江候补。梅小岩中丞启照檄委督办海宁东防念汛二限、三限石塘工程。海塘为七郡命脉所关，工程重要。东防所属，距尖山渐近，海面更阔，地形洼下，潮势汹涌，飓风大汛，易出险工。梅公忧之，乃查照朱文端公轼所建老盐仓石塘、尹文端公继善所建松江石塘成法，奏请改建鱼鳞石塘，用条石二十层，加铁箫、铁笋，左右贯穿，以资巩固。计二限、三限工程共一千二百四十三丈有奇。府君亲督员役，衣制助鞭，两年之久，次第竣工。先后蒙赏加按察使衔、二品顶带。先是，工头某因事退役，有人以重金为府君寿，冀得补遗，府君峻词拒之。先本生祖闻之喜，谓吾家仍世清白，府君初出任事，即能廉正不阿，抵书慰勉。中丞谭文勤公钟麟督粤时，疏荐府君于朝，犹专指海塘办工，节省甚巨，且谓其他结实可靠多类此，如蒙擢用，日后或有贪污劣迹，臣甘与之同罪云云。盖府君之居官处世，无往而不求所以贻令名，而见重上台有如此者。十年十月，先本生继祖妣姚夫人弃养。府君丁忧回籍，时徐太夫人春秋高，先本生祖双目失明。府君服阕后，遂居家侍奉，时复修葺园林，养花种竹，以承色笑。与诸叔祖、诸叔枕泉漱石，论文赋诗，极一时之盛。十四年七月，徐太夫人弃养。十七年十二月，先本生祖弃养。府君叠遭大故，哀毁骨立。府君深惧陨越贻羞，乃锐意于继述，凡家事之待整饬，与夫省中各善政之须维持者，无不悉力经营，俾臻美备。湘中大吏如吴清卿、陈右铭、王介艇诸公，耳府君之名，尝就咨询地方利病。自乙酉至丙申十余年间，府君于省中之事，苟有可为桑梓利者，罔不多所献替焉。而建设水仓，募修福、尹二公祠，与旺兴赔款三事，尤为人所乐道。先是，甲申五月，藩署因禁止赛会，为匪徒焚烧。时则天旱水涸，室皆智井，绠缶虽具，汲引无从，司里正徒咸有束手之势。府君既自浙归，有鉴于此，乃请于先本生祖，以自置房屋一栋，潴而为池，以为常备。某方伯惑术者言，地在藩署青龙方，恐不利，屡欲废之。越数年，善后局不戒于火，卒赖水仓之力，灾而不害。某方伯始愧悔以为失言。咸丰二年，粤匪之窥湘也，陕安镇总兵福诚公、潼关副将尹公培立扼诸石马铺，以乏援致败，而省城得以筹堵御，赖获瓦全。府君尝谓二公造福吾湘，而忠坟不葺，祠祀阙如，非所以崇德报功也。乃募巨资，请于大府，为之修坟墓，建祠宇，介艇王公为之记。更以三百金生息，为每年祭费。旋复以本金归入同善堂，至今仍由同善堂主祭事云。端履街旺兴钱庄，因事倒闭，债户迫索于道，县署缇骑在门，庄主徐春生与府君稔，乞为缓颊，暂缓比催，府君怜之，为言于善化姜昆山邑宰，姜遽张示，谓旺兴欠款已由府君耽承，于是索欠者不于旺兴而于至府君矣。议者谓姜之故为罗织，劝府君与之抗论，府君奋然曰："吾之言于姜，悯徐而然也，今若此，是速徐死耳，仁者不为也。"变产得万金为之偿，坐是亏累甚巨，府君之急公好义，虽损己不顾也，一时皆嗟叹以为难及。二十二年，府君赴浙起复，十月署理两浙江南都转盐运使，十二月卸任。二十三年七月，署理杭嘉湖海防兵备道，兼办通商事宜，十月卸任，旋督办温处盐厘局。是差向以州县承乏，总其事者视为利薮，廖谷似中丞寿丰欲廓清积弊，谓非府君不可，乃以任之。府君至，举局中所有陋规悉加裁汰，岁益公款二万余元，定联票由运司印发，由是司巡无从冒滥，继其事者咸服府君立法之善。其后三十三年及宣统二年，府君一再奉委，是差悉如前法，未尝有所更易也。二十五年二月，署理宁绍台海防兵备道，护理浙海关。台地滨海，其俗素悍，又多奉耶苏、天主两教，往往民教相仇，官吏辄为棘手。黄岩应万德者，虎而冠者也，因仇杀天主教民，致酿交涉重案，其教会牧师赵保禄借施要挟，恫喝百端，府君既设法获应万德诛之矣，赵保禄以不厌其求，扬言其国将调集舰队兵戎从事。府君电告大府，缕叙实情，而外仍示以镇静。巡抚某公遂谓府君意存规避，遇事张皇，撤府君任。实则府君于樽俎之际，固未尝稍涉张皇，特以大局所关，于赵保禄之言动，不能以迎合宪意粉饰观瞻，遂讳而不言也。府君去任后，赵保禄尝语人曰："李道台办事认真，何以返撤其任，不令将案情了结耶?"可知是非自有定论，彼族亦未尝无公理也。

迨三十四年七月，府君再署是任，三郡士绅无不欢情雷动，咸表去思焉。二十七年八月，再署杭嘉湖海防兵备道。二十八年七月，卸任。旋为御史张元奇参劾，谓府君在署任内所办海塘工程，开销至九万余金，工未就而已坍塌。时浙藩为诚果泉中丞勋，并谓府君以八千金馈之，为弥缝其阙。事下两江总督魏午庄制府光焘，查明不实，奏免置议，事遂寝。缘辛丑六月，海塘飓风六昼夜不息，为道光十五年以后所仅见。东、中、西塘及海盐、平湖两邑柴石各工，处处糜烂，几无完土，而例归道办之。西、中防交界处，有南龙头者，系从石塘外斜出海中，以挑潮势，东西环抱，较盘头大至倍蓰。空其内为沟槽，全用抢柴捆就下扫，从水底填筑，逐层高至二丈以上，纵横上下，计工四百九十四丈，未坍者仅十六丈而已。口门横决，宽至八十余丈。任筱园中丞道镕既解王心斋观察任，以府君在工年久，檄委署理。府君受篆，已在大工出险两月之后，次日即驰往履勘。惟时秋潮方盛，长水甚足，一片汪洋沟槽，化为大荡，无从下手。乃先行采购柴桩诸料，直至九月廿九日，始得勉强开工。口门水深仍至三丈余，虽已节过霜降，例报安澜，而朔望雌雄潮仍猛旺，每月仅于初八、九、十、十一、十二、廿二、三、四、五、六十日落汛，可以作工。盖朔望前数日即起，长水便须停顿也。至次年六月，全工始竣，虽云修复，实与创建无异，共实用银六万三千九百余两。照例加入减平六分，公费六分，共银八千七百余两，共销银七万二千六百三十五两有奇。向例该工既归岁修，不请派员验收，府君以此次工大费巨，皆由藩司动拨寄库塘工专款，遂详准委藩司验收。时以藩司往返百里，在工匆匆一饭，犒其随从二十余元，别无丝毫馈遗。当下扫时，水尚丈余，海中浮沙坍涨无定，沙涨甫得下扫，一遇潮来鼓荡，恒至油走，无不矬陷者，但求柴桩，不至漂失。即从此加钉柴桩，可期渐下渐紧，然亦实无把握，所谓工未就而已坍塌者，殆即指此。当府君奉委之时，即私誓不取一钱，其中如洋水庄息公费等项，取不伤廉者，亦有二千七百余元。府君乃以二千元捐助海宁州城内浙海潮神庙岁修经费，其余七百余元，悉以为委员司事酬劳，及给奖营弁夫役之用，未尝自私也。揆诸诬劾之由，则以府君遇事直言，为寅僚某某所忌嫉，造为蜚语，冀遂倾陷之私。

府君尝论友道之难，每举先本生祖"滥交不如绝交"之训，以谕相钧兄弟，及今思之，有余痛焉。三十二年二月，再署杭嘉湖海防兵备道。宣统元年二月，增子固中丞韫，复设海塘工程局，以府君治塘有声，仍属督办其事。府君以前此遭人诬劾而无损于清白也，益严取舍，厉束修，期于工求实际，款不虚糜。故府君宦浙三十余年，士论寅评独有厚于府君者，亦府君躬行心得有以契合也。府君慷慨好义，亲友有匮乏者，视力之所能及，周急无少吝。从叔祖君约公子孙繁衍，家居境困，贷八百金于至戚某君，期期而无资以偿，仅得先还二百金。某君登门索讨，声色俱厉。府君在浙闻报愤懑，从人假六百金立偿之，以书抵某君，颇致诮让，戚党快之。吴县孙欢伯刺史，府君初办塘工时属吏也，身故无嗣，遗两孤女，一养于朱桂卿太史家，一养于其戚顾子芳家。顾家且贫，不能终其事，孙之寅好闻之，亟告府君，府君乃从顾携女归，时方十有二岁，以养以教。及笄，为择婿于仁和邹氏而嫁之，与邹约，再举男则以后孙。复虑孙氏无复振之基也，为启募资于台州士绅。孙故治黄岩、临海两邑，捕盗有声，邑人德之，闻其事，醵金以应。府君为权子母，又自助之，得银千元以待。孙氏得嗣，立家有资，浙人士翕然诵风义焉。府君幼好书法，工篆隶，人以得片纸只字为贵，缣素往往盈尺。尝手抄《白香词》《黄楼词》、各种汉魏碑帖、各种杂著，裒然成帙，数十年来，未尝一日不临池也。尤嗜金石碑版之学，偶获秘笈，怡然终日，遇有疑难，辄考据移晷，必穷源竟委乃已。学者有所质疑，恒踌躇满志而去。所为古文词不存稿，著《海塘图说》，辑《读礼丛钞》行世，《玩止水斋诗草》《返魂词》均待梓。府君体素丰腴，向无疾病。光绪六年，痘症流行，府君适被传染，病甚，医治获痊，而毒中于目，自是常患目眚之疾。其后偕先妣张夫人道沪，马惊伤足。抵浙后，病苦缠绵，肝风时作，三妹又婴心疾，状类痴癫。府君公事既烦，又以斟酌医药，昕夕焦劳。自光绪二十六年七月先妣弃养，内外之事，府君一身兼之。时患臂痛咳呛之症，自是而后，浸见衰矣。当府君三次督办海塘时，挈家居于工次，潮风甚厉，每易中人，兼以事权不一，恒殷忧虑。夏间忽患气促咳血，是冬大剧，遂乞假销差，回省就医。幸府君摄养有素，又经西医刘铭之诊治，始克转危为安，而体气衰弱滋甚。辛亥国变，府君时在温处盐厘局，乃谢病至沪养疴。癸丑四月回里，敝门不出，惟以金石文字自娱，或从一二亲故情话以为乐。甲寅以来，时苦气弱不舒，夜眠不适，相钧等请间进参茸补养之品，府君以服西药甚为合宜，不允其请。迨今丙辰之春，忽口占一联云：“老僧以不见不闻为乐，其人在若存若亡之间。”盖府君俯仰今昔，感慨系之，岂料数月之间，遽成谶语耶！入夏以来，气促心忡，饮食少进，而神明湛然，谈笑自若，读碑作字，以遣病怀。六月二十六日，病势益剧，神思昏倦，言语不清，改服中药，迄无效验，延至七月初四日申时，竟弃相钧等而长逝矣。呜呼痛哉！

府君以道光二十有八年戊申五月二十九日辰时，生于省城钓鲈公馆里第，享寿六十有九。即以是年十月初七日卯时，卜葬于善化河西七都胡家湾之原，巽首乾趾为茔。配吾母张夫人，光绪二十有六年七月卒；侧室杨恭人，光绪二十年七月卒；侧室辛安人。子三：长相钧，邑庠生，江苏补用知县，张夫人出；次相纶，浙江法政毕业员，河南补用知县，回嗣芳慈公，杨恭人出；次相慈，主事衔，辛安人出。孙三：运辰，邑庠生，山西补用县知事；运符，殇；运持，均相钧出。曾孙二：庆颐、庆培，均运辰出。女九：张夫人出者五：长适善化唐植廷，次适善化贺家德，次适湘潭翁光奎，次适茶陵谭继祖，次适善化贺家湘；杨恭人出者一，适善化陈嘉荟；辛安人出者三：长适钱塘盛霖，次、次均待字。府君素治朴学，一生居心行谊，每以自襮为耻。相钧等侍侧，所闻百无一二，谨就笔记所载事实，或得之亲友传闻者，叙述大略，不敢稍涉虚无，以重咎戾。伏冀当代名公大儒，锡之鸿文，永垂不朽，世世子孙，感且无极。谨状。

不孝孤哀子相钧、相慈，降服子相纶，泣血稽颡。

表兄何维朴载拜填讳。

——据上海图书馆藏本整理

通奉大夫二品顶带浙江候补道李君墓志铭

钱塘吴庆坻

辛亥壬子间，辟地海上，遇吾友李君幼梅，僦居穷巷，坐卧一小楼。每过从，感愤时事，辄相向流涕。间用文字相嘲谑，以写幽忧。未几，君还长沙，书问往复无间。丙辰八月，君子相钧赴告，则君亡矣。逾年，相钧以状来请曰：葬有日，乞铭其幽。庆坻与君齐年，交君久，又同遘丧乱，别数岁，遽哭君，其奚忍辞？

君讳辅燿，幼梅其字，自号和定，晚更名吉心，号定叟，湖南湘阴人。先世居江西丰城，元元统初，有讳肇湘者，徙长沙。明初，卜宅湘阴县东高华里，遂占籍焉。肇湘子基宽，四川参将，以武功显，其后乃世为文儒，号邑中著姓。数传至嘉庆甲子优贡、桂东县学训导讳畴，以子文恭公贵，赠光禄大夫如其官，是为君曾祖。文恭公讳星沅，道光壬辰进士，翰林院编修，累官两江总督、广西钦差大臣，是为君祖。文恭长子杭，道光甲辰进士，翰林院编修，赠通奉大夫，貤赠荣禄大夫，是为君考。编修弟桓，廪生，累官江西布政使，署理巡抚，钦派督办陕南军务，是为君本生考。曾祖妣陈，祖妣郭，妣郭，继妣徐，皆赠一品夫人。本生妣周，继妣姚，皆赠夫人。编修公之亡也，无子，疾革，语周夫人曰：娣生而男，必以后我，名之曰补孝，以补我未尽之孝也。时中丞公随侍江南，君生，请于文恭公以为兄后，文恭命易今名，以补孝为乳名焉。君生而笃谨，事徐太夫人能曲意得欢心。中丞公官江西，君侍徐太夫人于家。

年十一，闻周夫人疾亟，星奔南昌，奉丧归，哀毁如成人。十八，补县学生。同治九年优贡，朝考用教职，两署安仁、临武校官，旋改官内阁中书。光绪二年，应省试，已录中矣，卒抑置副榜第一。君四试不得意，至是承中丞公命，以道员发浙江。巡抚梅公才之，俾督治海宁念汛塘工。塘成，赏按察使衔二品顶带。十年，遭姚夫人丧归。服除，以徐太夫人春秋高，中丞公目眚而瞽，侍养不复出。越二岁，徐太夫人卒，甫终丧而中丞公薨。前后居丧，动必以礼，辑《读礼丛钞》以贻后人。二十二年，再至浙，权盐运使者一，权杭嘉湖道者三，权宁绍台道者二，榷温处盐厘者三。君之初莅念汛也，塘久隳，巡抚用朱文端公轼、尹文端公继善成法，改建鱼鳞石塘，累石二十层，镕生铁曰箫曰笥，纵横贯之。君栉沐风雨，躬自程督，再期而蒇事，凡筑塘一千二百四十三丈有奇。

工头某以事斥罢，有赂重金乞补充者，君峻拒之。温、处榷盐厘，旧用州县官，多务侵牟，巡抚廖公破例属君。君大汰陋规，岁益公家二万金，改联票，由运司印发，宿弊咸革。后再至三至，帅前法如初。台州滨海而民悍，多奉西教，民教辄龃龉。黄岩应万德者，虎而冠，仇杀教民，牧师赵保禄恣恫愒。君捕诛万德，而拒保禄所要挟者。保禄扬言其国将以兵舰至，君陈大府，请密为备务镇静。大府谓君张皇，解君任。比去官，保禄乃曰：李公廉明，胡遽令去耶？其三权杭嘉湖道也，有南龙头之役。南龙头者，介西防、中防间，自石塘外斜出海中，杀潮势，空其内为沟槽，下柴扫实之，层累逾二丈，凡为工九百九十四丈。其年夏，飓风坏塘，南龙头未堕者才十六丈。会秋潮盛，工无所施，乃储偫薪桩，九月向尽，经始下楗。越明年六月，工始完。有忌者用蜚语播京师，御史某摭拾劾君冒销，工未就而塘已堕。诏命两江总督魏光焘按其事，悉诬枉，魏公奏雪之。君尝以直言忤同寮某，乃致此。其后省城复设塘工局，卒以君督理之。在浙三十年，始终任塘工事。念先世清白吏，恒厚自刻责，横被诬劾，卒皎然不欺。粤督谭文勤公疏荐君，谓践履笃实可倚任，他日倘贪污败事，愿与同罪。其信友获上如此。

君居工次久，苦目眚，或嗽上气，引疾乞休，经年而后瘥。寻遭国变，侨寄沪渎，沉忧积疢，子若孙奉君归。归三年而卒，丙辰七月初四日也，春秋六十有九。配张夫人，淑慎有令范，先君卒，生子县学生江苏补用知县相钧。侧室杨恭人，生子河南补用知县相纶，为本生叔父辅焯后。侧室辛安人，生子主事衔相慈。女九，张夫人出者五，杨恭人出者一，辛安人出者三，唐植廷、贺家德、翁光奎、谭继祖、贺家湘、陈嘉荟、盛霖，其婿也，其二尚幼。孙运允，县学生；运符，殇；运丹。曾孙庆颐、庆培。相钧等葬君善化河西七都胡家湾之原。

君勇于为义，里居日，尝捐屋彻为大池，号水仓，以备火患。布政使某惑形家言，将废之，君持不可。善后局灾，赖水仓不为害。咸丰初，贼窥长沙，陕安总兵福诚、潼关参将尹培立扼守石马铺，战死，祠祀久阙，墓且陊，君创议建祠葺其墓。为友人徐春生偿急逋万金，拯徐于危，而不欲与长官抗争，人尤以为难。吴县孙惠，官黄岩、临海，治盗得民心。其殁也，遗孤女二，其友朱、顾各育其一。顾贫甚，君从顾携女归，及笄，择仁和邹氏子嫁之，与邹约再举男以后孙。劝台郡人士醵金权子母，为孙氏子给饩鬻不足，君又自益之，浙人诵君风义不衰。

君工为篆分书，笃嗜金石，手模汉魏碑版文字，虽病中不辍。著《海塘图说》《玩止水斋诗草》《返魂词》若干卷。然君守家诫恒，不自表襮。晚丁百六，益厉风节，烦冤苑结，抱无涯之悲，闭门奄疾，怛焉委化。於戏！其可告两世先臣而无愧矣。是宜铭。铭曰：

衡岳降精生杰人，将相接武纷腾骞。觥觥文恭开厥先，苍梧应识悲骖鸾。词臣趾美扼无年，嗣息连起称象贤。筑塘捍海福浙民，辇致铁石搴茭薪。南箕翕舌相排根，卒榆如石磨不磷。晚入裸国躬自完，呵壁僭澹湘累魂。三世忠亮世孰伦，乔柯凌霜今几存。河西之乡峨新阡，千祀不灭视此文。

——《玩止水斋遗稿》民国刻本

后　记

在经历有意整理、无意出版等种种纠结之后，《李辅燿长沙日记》终是问世了。此书从初次过录到最终出版，前后历时七年，我于是想和读者说说这段历程和些微感想。

2017 年，我到南京读书，由于南大古籍部可随手翻阅大套影印书，我很快沉迷其中。9 月 14 日，我在古籍部看到浙江大学出版社影印的《李辅燿日记》，就把这个消息告诉锺叔河先生，他说倘若完工，可帮忙推荐出版。12 月 12 日，我注意到这部日记中丰富的湘菜及医学资料。12 月 15 日，我又从中抄出与叶德辉相关的诸多资料。因察觉到这部日记与近代长沙文史研究关系密切，我决定过录整理。

2018 年 1 月 31 日，我到南京图书馆拍摄《李辅燿日记》第十册，计 700 多页，预备在寒假录完。不久之后，我回了一趟江西老家。2 月 6 日参加了大姨七十岁生日会，2 月 7 日，我甚至在故乡溪流边的老屋里过录这部日记。后来，我的岳父生病了，我又返回长沙。那可真是一个艰难而奔波的寒假。假期中，我所做与学习有关的事情只是录李辅燿日记，却并没有完成。

2018 年 2 月 23 日，因帮忙校勘《周勋初先生九十寿辰纪念文集》，我分得校对费 500 元，外加之前在《书屋》刊文所得稿费 300 元，一时觉得钱袋充盈，当夜就在孔夫子旧书网下单《李辅燿日记》。第二天，杭州通雅轩就通过顺丰快递把书寄到南京。书是全新的，大概无人问津，在我却高兴十分。很长一段时间，《李辅燿日记》都是我书架上最贵重的书。此后，我陆续整理此书，至 2018 年 10 月 8 日，已过录到 10 万字。10 月 15 日，《李辅燿日记》第十册终于录完。我原想一鼓作气悉数整理全书，不料，这时风闻浙江有人已初步整完此书，于是兴致大减。外加彼时我还在整理《何绍基日记》，并校对《潘钟瑞日记》，终于断了整理全本《李辅燿日记》的念想。

整理稿虽出版无望，但有了它，研究就方便得多。在这前后，我果然写了好几篇文章，如讨论李辅燿长沙日记记载的中西医观念竞争，述说民国初年长沙名流如叶德辉等人的状况，钩稽李辅燿和现代湘菜见闻等，这些文章先后发表在《湘学研究》《地方文化研究》《文史拾遗》《湘菜》等刊物。那时，我以为它们就是我的李辅燿研究的终点，文章刊发后则它们就是消散的风烟。直到这一回，在忙迫中，我才想起这些旧稿，稍事修整，就成了本书的前言。功不唐捐，自己认真写下的文字终于给我福报。

由于怀着文献整理求“全”的观念，我对《李辅燿长沙日记》的出版并不抱希望，它在电脑里一躺就是六年。今年以来，我对长沙重萌兴趣，再看看风闻的《李辅燿日记》全本仍未出版。我想索性拿出这部旧稿出版吧。尽管它只是李辅燿日记的一部分，但却是最为精彩的一段。况且民国初年的长沙，在这一时期，也正好缺这么一部日记。恰巧岳麓书社对此有兴趣，于是它终于有机会走到读者面前。

阅读至此，读者势必要问：整理一本薄薄的书，有必要说这么多赘余的话吗？毕竟这书别有作者，整理者不过是作者和当代读者之间的桥梁。如将所整理的文献视作预制菜，整理者不过是稍事加工的厨师，尽管有的蹩脚，有的花样翻新，但终究只是加工环节的厨师，并非全盘烹饪的大厨。

我的回答是：文献整理的前言后记，除详明介绍作者及书籍价值外，整理者不妨说说整理过程，整理中遇到的人与事。这样的叙述，或长或短，都是整理类著作不可或缺的“副文本”。每常翻阅中华书局、人民文学出版社、上海古籍出版社等所出的各类古籍整理著作，我虽仰之弥高，却不满意于整理者冷峻的前言。这些书的前言后记往往不提整理者校理此书的历程，而只谈学术。于是，读者也很难从中感受到整理者的喜怒哀乐。不管是有意还是无意，我总不赞同整理者与此书的缘分被褪去情感色彩，甚至悉数泯灭，而只在书籍封面留下孤零零的名字。

引我走入长沙近代文史天地的任大猛老师，熟谙近代长沙文史掌故，人称“长沙百事通”。2019 年春间，我曾将所整理的《李辅燿长沙日记》初稿交给他，任老师表示有用。不久之后，他还转来李青崖孙子从美国发来的信息，其中一段说：“李辅燿公是我祖父再三交代我不可忘记的，他将在杭州西湖小孤半岛的房产和地皮全捐给了西泠印社，解放后祖父母带我几次入住，因捐的一个小条件是李家子孙可以入住。辅燿公的日记我有一套。您传上的某段中提到丙孙，就是指我祖父青崖公。青崖公是辅燿公长孙。您说烟台一支我是知道的，听说长沙还有一支，在望城区发现了星沅公的墓碑等，甚至在设计重建芋园。”如不是写这篇后记，我早已忘记还有此事。

文献整理，是和历史遗忘作无休止对抗的、有意义的工作。从事者仿佛推大石的西西弗斯，不断的复起和前行虽枯燥，每每却也能带来惊喜，赋予人生不那么枯燥的意味。为使

《李辅燿长沙日记》更加完善，在最后的统稿阶段，我烦请复旦大学博士生王星帮忙查阅《皇清诰授通奉大夫署理江西巡抚江西布政使本生显考黼堂府君事略》，当他在复旦大学古籍部看到书后的借阅卡，想必大吃一惊。他把那张借阅卡拍照传我，上面赫然有我 2018 年 11 月 7 日手写的借阅记录。若非他提醒，我全然不能忆起。除我之外，借阅卡上最早的记录在 1980 年 12 月 10 日，借阅人是华东师范大学阮德意先生。此外则是 2016 年 11 月间，王风丽的两次借阅记录。此书在复旦图书馆，除去馆员之外，大概就我们几位看过。王风丽，我早听孙田女史谈过多次，印象中，2021 年 2 月 28 日，孙老师曾赠我王风丽整理的《吴庆坻亲友手札》，而《吴庆坻亲友手札》开篇就是李辅燿致吴庆坻书札三十三通。然在此番查阅之前，我已完全记不得了。我们和历史人物的相遇，太容易擦肩而过，即如自己的研究对象，也未必始终投射着高度的关注。于是，需要不断地提醒，持续地关注。也许唯其如此，人与人、人与物之间脆弱的联系才能维持得更加牢固。

在 OCR 等技术日趋成熟的时代，古籍智能整理与数字人文的开发是学者不能不拥抱的新趋势，文稿的校录整理工作也因此遭到普遍的轻视。人们认为有了新技术的加持，这类工作过于轻松，学术含金量较低。在这套评判体系中，当代人所写的著作，所具有的“学术含金量”天然高于那些被整理的旧文献。创新凌驾于传承之上，在某些学科是天经地义，但在人文学科，这并非无可置疑的金科玉律。

我以为，人文学科的研究者，始终要做一些文献传承的工作。倘或承认人文学科的学问如一条生生不息的大江大河，则每一位人文研究者无论居于何等位置，也不过是这条长河里的一部分，有的能激起瀑布深潭，有的只能溅出朵朵浪花，更多的则只是江河水一滴，充当河流微不足道却又必不可少的一分子。倘人人都只想着激起瀑布、溅出浪花，在学问长河里尽可能留下自家身影，则这条长河恐怕终将四散奔溅，河床崩塌，泛滥无归。自然，在新时代里，每一滴水珠都有选择利益最大化的自由，而学问长河的最终走向也并非一滴水珠所能左右。于是，是否回望河流的来处，承衍上游来的流水，只存乎学人恋旧的性情和兴趣。

人工智能尚不能解决实物文献的搜集问题，肯定也不会记录搜集过程中的心路历程。而我对此记得比较清楚，毕竟搜集李辅燿相关著述花费了不少心血。《李辅燿日记》花费 1400 多元，自印本《玩止水斋遗稿》花费 188 元，刻本《玩止水斋遗稿》花费 400 多元，《长沙芋园翰墨珍闻》先后买过三本，计 350 余元，《清故显考幼梅府君行状》的资料费是 200 元，通计而言，我搜集李辅燿相关著述，花费大约在 3000 元。自然，人情债是除开在外的，如《皇清诰授通奉大夫署理江西巡抚江西布政使本生显考黼堂府君事略》《李辅燿诗词集》PDF 等，都是朋友们好意的赠送。而新时期稍显开放的古籍数字化和公开化成果如中华古籍资源库等，也为我的研究和整理工作提供了极大便利。

学问天地容或有个人独闯的空间，而一本书的出版却不是一己之力可以完成的。于是，我不能不对《李辅燿长沙日记》整理过程中帮助过我的师友们表示真挚的谢意。孙田、吴钦根、龚逵、张天骐在文字识读上曾予我帮助，叶鹏、王星、肖亚男、祖胤蛟帮忙提供了诸多文献资料。本书责编孙世杰及其团队则为书稿的最终完善，做了大量细致的工作。这些，都是本书得以问世的必要前提。

《李辅燿长沙日记》出版了，李辅燿著述的全面整理工作却还遥遥无期。他的诗词稿、书信及其他著述，还散落在各地。即如李辅燿的日记，尚有近100万字需要点校整理。倘或一定“求全”，《李辅燿长沙日记》是羞于面世的。然我近年对日记出版的“求全”观念别有看法，我以为对部头较大而关注度较小的日记，整理者不妨根据学术兴趣和市场需求，截取其中某些部分，先行整理出版。倘读者和市场颇为认可，不啻为全面的整理奠定坚实基础。《李辅燿长沙日记》便是我践行这一观念的产物，知我罪我，就请读者批评了。

稿件齐清时，我尚在东湖之滨；校稿时，我已身在岳麓山下。转徙之际，心绪纷乱。幸赖马志立、吴钦根、唐志远三位兄长竭力相助，使书稿脱胎换骨。爰缀数语，以志铭感。

2024年11月22日，时小雪节，余栖身岳麓山下湖南大学民主村中

图书在版编目(CIP)数据

李辅燿长沙日记/(清)李辅燿著;尧育飞整理.--长沙:岳麓书社,2024.12--ISBN 978-7-5538-2238-9

Ⅰ.I264.9

中国国家版本馆 CIP 数据核字第 2024M3A412 号

LI FUYAO CHANGSHA RIJI

李辅燿长沙日记

著　　者:[清]李辅燿
整 理 者:尧育飞
出 版 人:崔　灿
出版统筹:马美著
责任编辑:孙世杰
责任校对:舒　舍
封面设计:戴　宇

岳麓书社出版发行
地址:湖南省长沙市爱民路 47 号
直销电话:0731-88804152　0731-88885616
邮编:410006

版次:2024 年 12 月第 1 版
印次:2024 年 12 月第 1 次印刷
开本:640mm×960mm　1/16
印张:22.5
字数:272 千字
书号:ISBN 978-7-5538-2238-9
定价:160.00 元

承印:长沙超峰印刷有限公司

如有印装质量问题,请与本社印务部联系
电话:0731-88884129